Emmanuelle Cosso

LA DERNIÈRE MORT D'ÉRIC MULLER

Roman

Fayard

Couverture : © Louise Cand

ISBN : 978-2-213-72593-2

Dépôt légal : février 2024

*Le grand télescopage de l'*être *et du* ne pas être *tient à autre chose, un je-ne-sais-quoi, une impossible expérience dont il n'y a aucune leçon à tirer, rien à rapporter, et tout à romancer.*

Anne Bert, *Le Tout Dernier Été*

À mes morts chéris

PROLOGUE

ELLE

était couchée là où l'ultime coup de poing l'avait envoyée : au pied d'un mur gris sale, près de la grande grille d'aération de l'entrée Vivaldi au troisième sous-sol du parking Indigo. Le souffle du ventilateur faisait valser les troupeaux de moutons de poussière en même temps que les mèches de ses cheveux châtains. Une lame de sang bruni lui coupait le visage, de la pointe de l'oreille droite à la commissure gauche de ses lèvres déchirées.

Lui était planté devant elle, stupéfait.

Ses yeux étaient clos. Il songea à la laisser là, place 323, pour morte, ce qu'elle était peut-être. Il voulut se retirer. Tourner le dos à toute cette merde. Exit la peur qui lui vrillait le cœur, exit la noirceur.

Dehors l'attendait une vie sans elle. Dehors s'impatientait. Dehors soufflait un air frais.

Mais il est des êtres auxquels on ne peut échapper. Quand bien même les aimer fait un mal de chien.

Alors malgré la violence et le glauque, malgré tous les sous-sols que cela signifiait, il l'a ramassée.

Il l'a ramenée chez eux, l'a soignée comme une enfant. Auprès de ceux qui ont estimé qu'il était coupable, il n'a rien démenti.

PREMIÈRE PARTIE

LA RENCONTRE

1

LE VOL DE L'HISTOIRE

La première fois, c'est lui qui s'est assis à côté de moi. Je ne lui ai tout d'abord pas prêté attention, je n'ai pas levé le visage vers lui, je n'ai pas détaillé ses traits.

C'était au printemps dernier. Je regagnais Paris par le train. J'écrivais à cette époque l'autobiographie d'une jeune chanteuse et cette occupation m'avait conduite à Genève. La voie de l'écriture anonyme, je l'avais empruntée trois années auparavant pour améliorer mes revenus – je suis correctrice dans un quotidien. « Plume », m'avait-on dit à l'époque, expression à laquelle je préférais de loin celle d'« écrivain fantôme », *ghostwriter* en anglais, qui me correspondait mieux.

Chose rare, ce jour-là l'entretien s'était mal passé. Alicia, tel était le nom d'artiste de la jeune fille, était restée mutique. Qu'importe, j'avais l'habitude des enfants gâtés du show-business. Je n'avais pas vraiment besoin d'elle pour écrire sa vie.

Je somnolais donc en toute quiétude, en cette fin d'après-midi, à ma place de première payée par la maison de disques, au retour d'un rendez-vous avec Alicia qui serait probablement suivi d'une dizaine d'autres. J'espérais qu'ils ne seraient pas tous du même acabit.

J'étais à la recherche, dans cette somnolence, de la phrase d'attaque du livre, de sa tonalité, quand mon voisin de voyage attira mon attention d'un simple geste : il sortit d'une pochette de cuir noir un paquet de feuilles blanches.

C'était un voisin de voyage quelconque, une présence indifférente, le genre de corps que l'on regrette vaguement de découvrir assis à côté de sa propre place... On espère toujours pouvoir faire le voyage seul, étaler un peu ses jambes et ses affaires.

L'homme avait été discret jusqu'à présent. Mais lorsqu'il posa ses feuilles sur la petite table amovible rivée au fauteuil devant lui et, avec un stylo-plume pris dans la poche intérieure de son costume, se mit à écrire, son geste me fit l'effet d'un signal.

J'ai tout de suite su qu'il ne s'agissait pas d'une quelconque prise de notes, tout de suite perçu que cet homme n'était pas en train de faire le compte rendu d'une banale journée de travail. Il y avait une fièvre dans son mouvement, et, dans ce wagon, à cette heure-ci, cette fièvre était indécente.

Au milieu de la faune de banquiers alentour, apparaissait un humain. C'était remarquable.

Mon voisin, appelons-le H, comme Humain, comme Homme, avait, en commun avec les autres voyageurs masculins qui occupaient quatre-vingt-dix pour cent des sièges de ce wagon Lyria, le fait de porter une cravate et des chaussures brillantes. Mais, sous ce costume, il possédait un cœur. Il était vivant. En sourdine certes, mais il était vivant. Cela se voyait à une aura de solitude qui émanait de sa personne et à l'urgence dans le débit fluide des mots qu'il couchait sans ratures sur le papier.

Si peu de gens vivent. Si peu de gens ont le cœur qui bat. Si peu de gens vivent et ont le cœur qui bat en même temps. Voilà une pensée qui me fait battre le cœur. Moi qui suis, comme tout le monde, si souvent morte.

Il remplissait des feuilles, les unes après les autres, presque sans respirer, comme s'il était plus fort que lui qu'il les noircisse, comme si cela ne pouvait attendre.

La curiosité n'est pas le moindre de mes défauts.

Tout d'abord, je ne parvins pas à déchiffrer son écriture tant elle était vive et penchée. De temps en temps, je reconnaissais un mot, *mon ange* ou *chérie*, ce qui acheva de me persuader que cet homme était bien en train d'écrire quelque chose de sensible et de personnel, quelque chose qui avait toutes les chances de m'intéresser.

Il y a fort à parier que cette idée m'était venue en raison du format papier de la lettre. Je n'aurais pas été alertée de la même façon par un mail. On est tous les mêmes devant un écran. Le texte varie, pas les gens. Alors que face à une feuille de papier, un stylo à la main, notre corps change et produit de l'émotion. Je la recevais cinq sur cinq.

L'écriture était courbée, agitée par la tempête qui, je le supposais, devait souffler dans le fond de son âme. Les lettres élancées dessinaient de fines silhouettes d'arbres longilignes, des rangées de peupliers d'encre ployés par un vent fort et régulier dans la plaine du papier.

J'ai regardé ce paysage par-dessus son épaule. Je m'y suis promenée. De cette campagne qui aurait pu être paisible, j'ai senti les tourments. L'imminence d'un danger.

Je ne me suis pas attardée. Le cœur encore frémissant de cette escapade, je me suis mise à observer l'homme à distance.

Cette lettre m'attirait comme s'il s'agissait d'un trésor. J'éprouvais l'adrénaline de l'archéoanthropologue qui vient de tomber sur un os. J'aurais donné cher pour savoir de quoi il retournait. Forcément c'était une histoire d'amour. Cette énergie était sans conteste celle d'un homme qui risquait de perdre la femme qu'il aimait, celle qu'il appelait *mon ange* et *chérie*. Peut-être qu'il fallait lui écrire une lettre d'amour pour tenter de la séduire à nouveau. Peut-être l'avait-elle blessé et fallait-il opérer sur-le-champ. Oubliée, la pseudo-autobiographie de la petite chanteuse, je ne pensais plus qu'au drame qui devait se jouer entre ces pages.

En une autre époque, l'histoire se serait arrêtée là. Mais aujourd'hui, nous avons, nous autres chercheurs d'or, la possibilité de notre indiscrétion. Je dirigeai l'objectif de mon téléphone portable vers le manuscrit de mon voisin, et c'est ainsi, qu'ayant pris soin d'ôter le son de l'appareil, je pus photographier tout ce que H avait écrit.

Je volai ainsi en toute impunité son histoire à cet inconnu. Non seulement, je n'y voyais rien de répréhensible, mais j'adorais ce que je faisais et bouillais même de plaisir à l'idée de cette aubaine. Ma journée prenait un sens.

Quelques minutes avant l'arrêt à Bourg-en-Bresse, il rassembla ses feuillets en une pile compacte et les glissa dans sa pochette. Il quitta le wagon en m'adressant un au revoir distrait, politesse réflexe, ne me jeta pas un regard, n'avait rien perçu de ma manœuvre.

Je le vis disparaître lentement dans le ventre de la gare, chevelure poivre et sel, haute taille, dos blasé.

J'occupai mon temps, le reste du voyage, à inventer la vie d'Alicia, la jeune artiste dont je savais si peu de chose mais que je connaissais quand même. J'avais eu seize ans moi aussi et parfois, je les sentais palpiter encore en moi. Comme un papillon qu'on a la surprise de voir bouger quand on se risque à l'effleurer alors qu'on le croyait mort.

Arrivée à Paris, je regardai ma montre, huit heures dix, quelqu'un m'attendrait-il à la maison ?

***

Rue des Grands-Augustins, j'ai levé la tête, pas de lumière à l'appartement. Bien sûr. De lumière, il n'y en avait plus depuis belle lurette. Comme toutes les lumières, c'était surtout le soir qu'elle manquait.

Si la Lumière avait été là, elle m'aurait demandé tout de suite comment s'était passée ma journée.

Non, pas tout de suite. Elle m'aurait d'abord cueillie dans ses bras en silence. J'aurais respiré l'odeur dans son cou, glissé la main dans ses cheveux, pressé mon corps contre le sien.

Je lui aurais raconté ma rencontre avec H. À elle, j'aurais pu faire cette confidence. Mais soyons honnête, elle n'aurait pas aimé.

– Qu'as-tu encore fait ? aurait-elle dit.

Depuis quelque temps, toutes mes idées lui étaient devenues exaspérantes. C'est d'ailleurs ainsi qu'un soir la Lumière chez moi s'était éteinte et était partie éclairer ailleurs.

Il fut pourtant une époque où mes expériences la charmaient et l'enthousiasmaient... Longtemps, la Lumière a ri, frémi, espéré avec moi, au tempo de mes idées, à la recherche de mon Grand Projet, celui qui ferait de moi autre chose qu'un *ghostwriter*, autre chose qu'un fantôme.

Quelques années plus tard, encore plus que moi, elle s'est agacée de voir que tout cela ne me menait à rien. À ses yeux, j'étais une sorte d'électron libre, gonflé de désirs divers, agité de curiosités en pagaille. Mais, sans but, ces désirs et ces curiosités ne produisaient rien d'autre que du vent. Je remuais les branches légères et les feuilles sans rien changer au paysage. Je soulevais la poussière un moment mais elle finissait toujours par retomber. D'ailleurs, j'avais pris il y a peu la décision de mettre fin à cette quête sans espoir. J'allais cesser de chercher à me faire plus grande que je n'étais. Je me contenterai de vivre, ce serait déjà pas mal. Cette résolution avait provoqué en moi un intense soulagement. Le renoncement, lorsqu'on a vraiment essayé et pas réussi, est une bière que l'on vous tend, servie bien fraîche, un soir d'été.

J'allais m'en tenir à mon métier.

Correctrice au journal, ce n'était qu'un job au début. Je ne pensais pas alors qu'une décennie plus tard j'en serais encore là, gardienne de l'accord et de la concordance des temps.

C'est plus fort que moi, j'adore ça. Ce sentiment d'ouvrir le robinet du texte et de le filtrer. De lui tendre un filet et d'en attraper les imperfections. Les banals oublis de marques du pluriel ou du féminin qui font le gros des prises, les erreurs classiques, les traits d'union, les trémas, les confusions, prémices et prémisses, collusion et collision, les plus rares, les plus délicates erreurs, les couleurs bleues mais les couleurs bleu foncé, les teintes roses mais les marron.

Néanmoins, c'étaient mes propres écrits que j'avais longtemps brûlé de corriger. Quand la Lumière s'était éteinte, j'étais d'abord restée aux aguets, à l'affût du bon projet, celui dont je ferais un bon livre, celui qui dirait peut-être quelque chose de moi, donc de tous. Avant d'abdiquer. Avant de boire cette bière délicieuse. Et amère.

Alors pourquoi ? Pourquoi étais-je seule chez moi ce soir-là à contempler les photographies de lettres d'un inconnu en me demandant, comme toutes les fois où un sujet m'avait mordue au mollet : Et si c'était le bon ? Si je l'avais trouvé dans ce train ? Si quelque chose dans la lettre volée faisait des étincelles ? Est-ce que cela ramènerait la Lumière dans mon appartement ?

***

J'ai commencé par imprimer les photos. Je me suis ensuite mise au travail pour décrypter le texte, aidée par la fonction zoom de mon téléphone.

Je t'écris, ma chérie, ne … parler… venu … dernier, … longtemps devant chez toi, … vue, tu fumais, … terrasse. …

Le message restait vague. Je m'attendais à des révélations, j'en étais pour mes frais.

J'insistai plusieurs heures à passer du papier au téléphone, du téléphone au papier à en avoir les yeux abîmés, notai sur un carnet les bribes de phrases que j'avais réussi à reconstituer.

Mon ange,... arrivés là ? Tu dois ... réponse à cette question. Je... ai pas... grande parenthèse... qu'hier ... dans mes bras. J'adorais ... oublier ... passé après. ... plus moi. ... plus... ... Chérie. ... avant... trop tard... bientôt... Chérie, peux-tu oublier un instant que tu m'en veux ?

Je n'avais qu'une phrase entière.

Que s'était-il passé ? Pourquoi *Chérie* lui en voulait-elle ? Et pourquoi serait-il bientôt trop tard ? Ma curiosité avait faim encore. Je n'avais plus rien à lui mettre sous la dent.

Je commençais à me dire que j'avais à nouveau essayé d'allumer un pétard mouillé. Que pouvais-je faire de plus avec cette lettre ? Il n'y avait rien dedans qui puisse me mettre sur une piste. Déçue, je pliai les sorties papier, les rangeai dans mon bureau. J'eus du mal à refermer le tiroir. Il débordait de mes projets avortés.

ELLE

marchait au soleil, au milieu de la grande allée, bien en vue. Elle était trop élégante pour le quartier. Elle le savait. C'était ce qu'elle voulait. Qu'on la remarque. La jupe de soie bleue voletait, légère, autour de jambes fines, dont on devinait la musculature à chaque pas. De la main, elle agaçait le tissu, lui imprimait sa volonté, le contrariait. Elle n'était même pas nerveuse. Juste frissonnante. Comme on peut l'être avant un rendez-vous d'amour.

2

LA RENCONTRE

Je travaillai au livre d'Alicia toute la matinée suivante. Je le rédigeais à la première personne, l'écrivais à sa place, schizophrénie professionnelle.

Je commençai par décrire le milieu dans lequel elle avait grandi. Je ne me basais que sur ce que les médias en avaient dit. J'imaginais le reste. Plus tard, j'irais repérer sur place. Je vérifie toujours ce que mon imagination m'a inspiré. Il est très étonnant de constater que la plupart du temps, je réussis à décrire parfaitement des endroits où je n'ai jamais mis les pieds. À croire que tout se ressemble un peu.

Après le déjeuner, j'ai filé prendre un café avec Florimond Foucher, mon éditeur pour le livre d'Alicia. Florimond s'inquiétait de ce qu'avait pu donner ma première séance de travail avec la jeune fille. Je lui dis que je l'avais trouvée bien entendu gonflée à bloc, le succès enflant parfois fort les jeunes gens qui n'en ont pas l'habitude, ce que laisse faire, trop heureux, l'entourage professionnel qui occupe presque cent pour cent de l'espace dans ces moments de gloire. Il est facile de manœuvrer un jeune talent plein d'air. Je me gardais bien de juger ce phénomène, dis-je à Florimond, ne sachant pas, en pareilles circonstances, surtout à son âge et avec un succès aussi populaire, la façon dont j'aurais réagi. Sans doute aurais-je gonflé moi aussi. Une véritable outre, parions-le.

Florimond rit à cette évocation.

– Tu es in-manœuvrable, Blanche ! Tu ne fais jamais que ce que tu veux !

Gentille manipulation de sa part. Si je faisais ce que je voulais, ce ne serait pas du livre d'Alicia que je serais en train de parler avec lui en ce moment.

Je ne précisai pas à mon éditeur que la petite m'avait accueillie avec mauvaise grâce ; je n'étais pas bien inquiète. Je saurais m'y prendre en temps voulu pour la décoincer. Je me mettais à sa place aussi : l'idée du livre n'était pas d'elle mais du marketing de sa maison de disques (qui n'avait pas trouvé mieux soit dit en passant) voulant surfer sur le succès inespéré de sa vedette en ces temps de disette musicale (elle avait vendu presque un million de CD, un chiffre qui n'existait plus pour un objet qui n'existait plus non plus pour ainsi dire).

Florimond rassuré, je sortis et, rentrant chez moi, me retrouvai non loin de l'île de la Cité et donc de la petite place Dauphine, ma place préférée à Paris. Il faisait beau, j'allais faire le détour pour le simple plaisir de m'asseoir sur l'un de ses bancs et de m'offrir la possibilité de voyager dans le temps. Pas de voitures, peu de commerces, quelques galeries d'art, cinq restaurants, un chausseur, une papeterie, aucune affiche publicitaire : rien, sur la place Dauphine, ne vous accroche au siècle. Si vous ne faites pas attention aux gens à la mode, vous pouvez vous y croire au XIXe, en 1980, ou en 2030. De toute façon, il n'y a pas tellement de gens à la mode, place Dauphine. Surtout pas moi.

Je pris donc la direction de l'île de la Cité mais au bout de quelques pas, un voile noir me tomba devant les yeux. Cela m'arrivait parfois, malgré moi. Une dépression me prenait d'un coup, et je me retrouvais à me débattre dans un ciel sombre, orageux et menaçant, alors que cinq minutes plus tôt ma journée était anticyclonique.

Je rentrai directement chez moi. Je détestais ce qui m'arrivait. C'était assez fréquent et vraiment stupide. Il me semblait que cela n'avait aucun sens. Je m'enfonçais dans une eau noire qui était en moi-même. J'avais tous les symptômes de la noyade. J'étouffais, mes idées tourbillonnaient et je n'arrivais à m'arrimer à rien.

Personne autour de moi n'avait jamais rien su de ces épisodes. Ni mes amis, ni ma famille. Je prenais ces accès de dépression comme une contrepartie à ma capacité d'émerveillement. La douceur de la teinte d'une plume d'oiseau pouvait m'émouvoir et me caresser l'âme sans même que je la touche. Un reflet dans une pupille avait le pouvoir de m'élever par sa grâce, sa profondeur, son mystère. Un rien pouvait aussi m'assommer et me maintenir la tête sous l'eau. C'était logique.

Une seule solution pour contrer la main puissante qui voulait me courber : me mettre au travail. La concentration forcenée sur un thème, sur un livre, fût-il celui d'une autre, me permettrait de me sortir de cet enfer. Je n'avais en cours que mon insipide projet d'autobiographie de starlette, c'était mieux que rien. Je relus mes premières pages, mais dans l'état où j'étais, je me martyrisai, voulant tout réécrire, puis abandonner, tout cela était si vain, si mauvais.

Il fallait laisser passer la tourmente. Organiser la suite. J'envoyai un e-mail à Alicia, pour lui proposer une nouvelle séance dès le lendemain. Je n'avais pourtant pas prévu de repartir en Suisse si tôt, mais si je voulais sortir la tête de l'eau, je devais me mettre en action. Je mis un enthousiasme délirant dans mon courrier, reçu cinq sur cinq par le manager de la jeune fille qui me répondit dans l'heure qu'il allait organiser l'entrevue, que cela ne devrait pas poser de problème. Malheureusement, le mail suivant ne me donnait rendez-vous que cinq jours plus tard. Je plongeai.

***

Le wagon dans lequel je pris place était presque plein. Harassée par l'agitation de mes récentes nuits, je sombrai aussitôt dans un sommeil ferroviaire, bercée par la vitesse et le brouhaha. J'en émergeai peu de temps avant que le train ne stoppe à son premier arrêt. Léthargique, je regardai des gens descendre du train, d'autres prendre leur place. Du point de vue de la voiture 11, l'opération était blanche, me disais-je, avec cette manie de vouloir toujours donner du sens à ce qui n'en avait pas. Quatre descendus, quatre montés. Mais soudain je me redressai.

L'un des arrivants était mon inconnu de la dernière fois. L'homme à la lettre volée. H.

L'impression de retrouver une vieille connaissance. Sur une inspiration, je rassemblai mes affaires en vitesse et filai m'installer à côté de lui, espérant ne prendre la place d'aucun autre voyageur.

Après le départ du train, H passa un premier quart d'heure à ne rien faire. Puis il se saisit de papiers dans la poche intérieure de son veston. Je vis que ses mains tremblaient légèrement. Je reconnus la lettre qui m'avait tant intriguée lors du trajet inverse, à ses côtés, six jours auparavant. L'avait-il réécrite ? Complétée ? J'observais sans me faire voir, du moins je l'espérais. Peut-être s'agissait-il d'une autre lettre ?

Cette fois, je ne pris pas la peine de sortir mon téléphone pour shooter les pages. Je me concentrai sur l'homme. Je repérai sa montre, suisse, et qui devait être chère. Je le regardai écrire. Je parvenais à déchiffrer quelques phrases. Son style m'était devenu familier et pour cause, j'avais passé toute une soirée penchée sur sa calligraphie.

Si c'était une nouvelle missive, elle était à coup sûr adressée à la même personne que la précédente. Je reconnaissais l'énergie qui circulait entre sa feuille et lui. Que pouvais-je déduire de cet intérêt que je lui portais malgré moi ? Le destin me remettait tout de même une seconde fois sur le trajet de cet homme et de son mystère, je ne pouvais que le constater. Je ne crois au hasard que modérément. Je revoyais cette lettre volée que j'avais étudiée, pleine de blancs. Une lettre à trous…

Qu'en faire ? Remplir les espaces vides ? Combler les manques ?

Inventer une histoire qui colle parfaitement avec les mots déchiffrés ? Plusieurs histoires ? Oui, ce pouvait être une piste. Il pourrait être divertissant de créer vingt situations imaginaires différentes à partir de bribes d'une histoire vraie, récoltée dans un train…

« Chérie, peux-tu oublier un instant que tu m'en veux ? » Je me souvenais de la seule phrase que j'avais décryptée dans son intégralité. Il me semblait que la fièvre de H avait diminué sans que le sentiment qui le liait à ce qu'il était en train d'écrire ait perdu en intensité.

À bien y réfléchir, c'est surtout ce lien qui m'intéressait.

Qu'est-ce qui, en ces temps numériques, ne pouvait être communiqué autrement qu'avec du papier et un stylo ? La correspondance est une activité qui a perdu presque tous ses adeptes. Était-ce là mon sujet ? Oui, pourquoi pas ! Raconter l'histoire de gens pour qui l'écriture restait indispensable.

Le projet prenait forme dans ma tête. J'aimais ce genre de thème vaste et qui pouvait apporter des surprises.

Depuis que les smartphones permettent de répondre aux besoins de communication des hommes en temps réel, qu'est-ce qui peut faire que l'on se donne la peine d'écrire une lettre ?

Née au tout début des années 1980, j'ai assisté à l'implantation grandissante de la communication digitale dans nos vies privées et professionnelles. Mais j'ai connu aussi l'époque de la lettre d'amour, de la lettre d'amitié. Celle de la lettre de rupture. Je me souviens de pages et de pages échangées, adolescente, avec mes amis, ma famille, mes amours. Le plaisir d'ouvrir l'enveloppe, d'en tâter l'épaisseur, de vérifier le timbre, s'il était banal ou choisi, d'apprécier la texture de la feuille, le graphisme, de sentir le parfum de l'encre, parfois celui de l'expéditeur, de deviner son humeur, de découvrir de petits objets, fleurs séchées ou autres menus cadeaux parfois glissés dans la pliure du papier… De ranger la lettre après l'avoir lue une, deux ou mille fois. L'archiver en se disant qu'on pourra la retrouver, demain ou dans dix ans, un jour de peine, un soir de nostalgie ou quand sera enfin venu le temps de la comprendre.

De quand datait la dernière lettre que j'avais reçue ? La dernière fois que j'avais aperçu quelqu'un en train d'écrire ?

Il n'était pas étonnant que j'aie été frappée par H, par sa différence.

Je ne divaguais pas. Il y avait là un phénomène.

Cet homme avait un lien avec l'écriture que presque plus personne ne possédait. Il serait un bon point de départ. Je pourrais déjà l'interviewer. Voir ce que cela donnait.

Je passai le reste du trajet à soupeser mon idée. Pourquoi écrire ? Un livre, un poème, une lettre, une phrase sur un mur ?

Peut-être qu'écrire, c'est ne pas renoncer à être entendu ? Ou est-ce le contraire ? Se pourrait-il que l'on écrive justement parce qu'on a renoncé à être compris des autres ?

Pourquoi H écrivait-il, lui ? Pour qui ?

Le train entra en gare de Genève.

H rangea ses affaires. J'examinai son visage pour la première fois et fus extrêmement surprise de ce que j'y lus. De la souffrance.

Je fus choquée même. Ce projet qu'il m'avait inspiré à son insu était devenu un jeu pour moi. Un sujet d'excitation et de stimulation. J'avais oublié qu'à son origine il y avait la vérité d'un homme. Je l'avais pourtant approchée à la lecture de ses premières pages. Son expression venait de me le rappeler.

À la sortie du train, sans réfléchir, je le suivis. Comment dire ? Comme on se met à suivre une personne qui vient de faire battre votre cœur.

***

H se dirigea vers une place où se dressaient plusieurs hôtels. Il marchait sans se presser. Je me retrouvai juste derrière lui à quelques mètres de l'entrée de l'hôtel Warwick. J'étais proche à pouvoir le toucher lorsque je l'interpellai :

– Monsieur…

Il pivota pour me faire face. H était nettement plus grand que moi, il avait déjà le pied sur la marche supérieure de l'escalier. Je ne pus m'empêcher de me sentir intimidée. Stature imposante, épaisse chevelure, yeux perçants, visage mince, je le voyais comme pour la première fois. Je lui connaissais fièvre et émotion, je le découvrais puissant et charismatique.

Il me regardait avec l'air de quelqu'un qui pense qu'on s'adresse à lui par erreur. C'en était sûrement une. Je dus pâlir en me rendant compte que je ne savais pas du tout comment l'aborder. Devais-je lui avouer que j'avais lu son courrier ?

– Pardon de vous importuner… voilà… dans le train… j'étais assise à côté de vous, en fait c'est la deuxième fois que je suis assise à côté de vous…

complètement par hasard, me sentis-je obligée de mentir, il y a eu un autre trajet dans le sens inverse, voilà quelques jours…

Il fronça les sourcils, et je compris qu'il pouvait y avoir un gros malentendu. J'essayai de le dissiper aussitôt.

– Je travaille pour un journal… ajoutai-je, comme si cela était susceptible de le rassurer.

– Je ne saisis pas.

Son ton était sec, son visage sévère. Je me sentais bête.

– Je vous ai vu écrire dans le train.

La phrase a sonné comme un aveu. C'était comme si je lui murmurais que je connaissais son secret. *Je vous ai vu faire quelque chose de mal, je vous ai vu mettre le feu à ce bâtiment, je vous ai vu voler ce bijou dans ce magasin, je vous ai vu embrasser cette femme…*

– J'aimerais vous interviewer… Personne n'écrit, vous savez, plus personne… La correspondance est presque exclusivement numérique aujourd'hui. Je crois que vous êtes une espèce en voie de disparition… conclus-je en espérant le faire sourire.

Espoir déçu. Il ne me jeta qu'un drôle de regard. Qu'importe, je repris la parole, réfléchissant tout haut :

– C'est juste un projet pour l'instant, mais je pense qu'il y a un sujet. Je crois que l'on ne mesure pas aujourd'hui la perte que représente la disparition de la communication manuscrite.

H ne m'avait pas quittée des yeux, il devait être en train de choisir les mots qui m'éconduiraient le mieux possible. Je cherchai d'autres arguments…

– Personne n'écrit pour rien, vous savez. Si on écrit, c'est qu'il y a danger, c'est qu'il y a urgence… lançai-je sur une inspiration.

Il eut alors une expression indéfinissable. Comme s'il n'en revenait pas que j'ose lui parler ainsi. C'était peut-être mon tour d'avoir allumé quelque chose chez lui… J'eus brusquement peur de sa réaction. À quoi avais-je mis le feu ? Était-ce de la colère ? Est-ce qu'elle allait se déchaîner contre moi ?

Aussi n'en crus-je pas mes oreilles lorsque je l'entendis me dire, d'une voix soudain voilée :

– Suivez-moi.

Il entra dans l'hôtel et, sans même s'assurer que je lui avais emboîté le pas, m'indiqua d'un geste de la main un petit salon. Je compris que je devais l'y attendre. Lui se dirigea vers la réception. Il semblait connaître parfaitement le lieu. Le réceptionniste le salua comme un habitué, lui donna sa clef et lui proposa de monter son sac de voyage. Mais H préféra le garder avec lui. Il me rejoignit et s'assit face à moi.

Il me dévisageait avec gravité. Je fis de même. Je me souviens avoir noté pêle-mêle qu'il était moins voûté que sur le quai de gare, qu'il était habillé d'un costume trois pièces, qu'il y avait une tension dans l'air ou dans son visage. Il me sembla que ce n'était pas le même homme que six jours plus tôt, que son regard était dirigé vers le mien mais semblait me traverser pour aller voir plus loin, que pour lui j'étais peut-être une porte d'entrée.

– Je vous écoute, me dit H, sans se départir de son regard lapidaire.

– D'accord, donc… Je m'appelle Blanche. Blanche Seurat. Je vis à Paris. Je travaille pour le journal *Le Parisien…*

– Journaliste ?

– Plus exactement, je suis correctrice… Mais j'écris aussi… Quelques lignes de faits divers que je signe de mes initiales, et puis il y a ces biographies que je ne signe pas du tout… que je rédige en tant qu'écrivaine fantôme, qui se vendent comme des petits pains et pour lesquelles j'en touche, moi, une bouchée.

– Un fantôme, dit-il d'un air songeur… Un fantôme correcteur…

J'ai cru qu'il se moquait. J'ai su plus tard que c'était le contraire.

– J'écris aussi pour moi et c'est la raison pour laquelle je vous ai abordé.

J'étais partie pour jouer cartes sur tables.

– Monsieur, j'aimerais vous dire que j'ai mené à leur terme de nombreux ouvrages personnels mais je vais être franche avec vous, ce n'est pas le cas. Je n'ai jamais réussi à être portée par mes propres projets plus que le temps de quelques pages. Écrire en mon nom a toujours été mon désir le plus cher. Pour autant, à force de ne pas y arriver, j'ai fait le deuil de cette idée… Enfin, c'est du moins ce que je croyais… jusqu'à ce que je croise votre route.

H me regardait, l'air de dire, allez, tu n'as pas été jusqu'au bout, dis-moi tout. Les rôles s'étaient inversés. Je devais me dévoiler auprès d'un inconnu.

Peut-être étais-je en train de me fourrer dans quelque chose qui commençait à ressembler à un pétrin. Je repris néanmoins.

– Je n'ai jamais rencontré de sujet qui me tienne suffisamment à cœur.

– Que cherchez-vous ? À gagner beaucoup d'argent ?

– Ce qui m'intéresse, si vous voulez, c'est de parler de l'Homme avec un grand H autour d'un sujet pris sur le vif. Je suis comme un sculpteur qui ne veut travailler que la terre et la pierre qu'il aura trouvées lui-même. La matière qui m'intéresse, c'est la vraie vie, voyez-vous. Le sujet doit être là, sous mes yeux. Je le choisis. Peut-être même est-ce lui qui me choisit, je ne sais pas. Ce que je sais, c'est que s'il y a connexion entre ce sujet et moi, je jette toutes mes forces dans la bataille.

J'étais lancée et parlais à cœur ouvert. Les joues me brûlaient. Je me serais battue : pourquoi ne savais-je pas être simplement efficace, synthétique, convaincue, convaincante ? Je me demandais de quoi j'avais l'air, les yeux pleins de fièvre et d'espoir, à parler de manière si intime avec un inconnu. D'une folle, probablement.

– C'est là votre réponse ? me dit-il avec une froideur qui visait peut-être à éteindre les flammes sur mes joues.

– Ma réponse ? répétai-je.

J'étais un peu perdue.

– Je vous ai seulement demandé si votre objectif était de gagner beaucoup d'argent.

Oh, je m'étais emballée ! Je me remis aussitôt dans les rails d'une conversation policée.

– Concernant l'argent, je ne dédaignerais pas une augmentation même considérable de mes revenus, mais là n'est pas l'essentiel.

Je pris une seconde avant d'enchaîner :

– Puisque je vous ai parlé de moi en toute sincérité, je dois encore vous avouer quelque chose.

– Je vous écoute.

– En fait, je dois plutôt vous présenter des excuses. Parce que j'ai… photographié votre courrier la première fois que j'étais assise à côté de vous, il y a six jours, dans le train qui allait à Paris. J'ai fait ça sans réfléchir, pensant que ce serait peut-être le début d'un livre… Je suis désolée…

– Vous avez lu ma correspondance ? Pour en faire un livre ?

Il eut l'air plus surpris que terrible.

– Je sais… Je suis désolée… Ce n'est pas quelque chose à faire… Pourtant ce sont des choses que je fais… Cela fait partie de mon travail, enfin je veux dire, ça fait partie de mes travers… Mais je n'ai pas tout compris, loin de là, votre écriture est épouvantable, ai-je plaisanté comme on jette une bouteille (de bière) à la mer.

J'attendis qu'il s'emporte contre moi et mes pratiques. Je serrai les fesses, j'avais l'habitude. Il m'étonna.

– Voici ma carte, pouvez-vous y inscrire vos coordonnées ?

Je pris la carte. Je fis ce qu'il avait dit, j'inscrivis mon nom et mon numéro de téléphone au dos. Je la retournai et lus le sien avant de la lui rendre. Il se leva pour partir.

– Attendez ! lui dis-je.

Je repris la carte qui était toujours dans sa main, la posai sur la table et la photographiai. Je la lui tendis avec un tout petit sourire d'excuse, dont il ne me rendit pas le centième.

H se nommait Éric Muller.

***

Était-ce parce que je m'étais sentie légèrement déstabilisée par mon entrevue avec monsieur Muller ? J'étais bancale lorsque j'arrivai face à Alicia.

Elle, en revanche, semblait en pleine possession de ses moyens et disposée à mettre toute son énergie à ne pas répondre à mes questions. J'avais trop besoin de ce revenu pour le laisser s'en aller. J'employai donc les trois heures de notre entretien non à l'interroger mais à la convaincre de la chance qu'elle avait. Le film, avec un réalisateur en vue, qu'elle était en train de tourner à Genève, son album qui cartonnait, toutes les gamines de douze ans qui connaissaient ses chansons par cœur. N'avait-elle pas rêvé de ce succès ? (Non, en fait elle n'en avait pas eu le temps.) Toutes les jeunes filles de son âge ne devaient-elles pas désirer être à sa place ? (Si, probablement, mais en quoi cela la concernait-il ?) Je connaissais moi-même les vraies réponses aux questions formatées que je lui posais. Mais j'étais trop énervée pour en tenir compte.

Dans le taxi du retour, j'étais épuisée par mes efforts visant à être une autre que moi. Mais je ne voulais pas y penser. Tandis que le paysage défilait, le front posé sur la vitre, je goûtais le contrejour de la fin de journée, le lac avec ses nuances profondes d'émeraude, les voiliers, papillons blancs légers à sa surface.

Lorsque je rallumai mon téléphone, différents signaux de notifications composèrent une musique dissonante. Ma mère m'écrivait qu'elle avait quelque chose d'important à me dire. La messagerie vocale m'interpellait.

Je reconnus la voix de H. Il me demandait de le rappeler sans plus de précision. Ce que je fis. Mais je tombai sur sa boîte vocale et laissai un message à mon tour, lui proposant de me rappeler après vingt-deux heures, horaire de mon arrivée à Paris. Je lui communiquai également mon adresse mail.

Rendue à la maison, je m'écroulai dans le canapé non sans avoir envoyé dans les enceintes une playlist jazzy.

Je commençais à m'assoupir lorsque le signal de réception d'un e-mail m'alerta. Je le lus sur mon ordinateur. Éric Muller me donnait rendez-vous le lendemain à quatorze heures, dans le salon de l'hôtel Pershing Hall, près des Champs-Élysées. Je répondis tout de suite que j'y serais. Je tapai alors son nom sur Google. À qui avais-je affaire, au fait ?

Je demeurai un moment devant l'écran de mon ordinateur, à chercher des informations sur ma nouvelle proie artistique.

Deux choses m'échappèrent à ce moment-là. La première, c'est que c'était moi qui étais devenue la proie. La deuxième, c'est que pour la première fois depuis un bout de temps, je n'avais pas cherché la Lumière en rentrant chez moi.

3

LE MARCHÉ

Je connaissais son nom, mais je m'étais habituée à son surnom et c'est toujours ce qu'il était pour moi, H, un Humain rencontré par Hasard.

Il m'attendait, assis dans un salon tendu de velours vert procurant intimité et discrétion.

– Merci d'avoir accepté ce rendez-vous.

Je serrai sa main tendue. Sa poigne était ferme, sèche, brève.

Je m'assis, posant sur le sol mon sac dans lequel j'avais à tout hasard fourré mon matériel, carnet de notes et crayons.

– Je me suis renseigné sur vous.

– Moi aussi, rétorquai-je en souriant, bêtement légère.

– Vous avez tout d'une loseuse.

Je n'arrêtai pas de sourire. Le sang-froid fait partie du métier de journaliste (que je ne suis pas).

– Vous n'avez de succès que lorsque vous vous mettez dans la peau d'un autre. Vous avez réussi à travailler dans la presse depuis dix ans sans jamais vous constituer aucun réseau, vous avez envoyé trois manuscrits à quatre éditeurs qui vous les ont tous refusés sans motiver leur refus, à part un qui s'est fait plaisir à vous tailler en pièces.

Je me promis de changer radicalement ma façon de communiquer sur les réseaux sociaux.

– Vous n'êtes pas mariée, n'avez pas d'enfants, pas de vie sentimentale connue.

Là, il me fit mal. Si Éric Muller se rendit compte de mon trouble, il n'en montra rien.

– Vous gérez votre vie n'importe comment, vous avez trente-cinq ans, c'est encore jeune. Dans cinq ans, vous ferez partie des seniors de cette planète. Et il y aura, pour faire ce que vous avez envie de faire, cent jeunes femmes comme vous avec vingt ans de moins, vingt fois plus d'énergie, vous serez finie.

– Vous savez comment parler aux gens pour leur être agréable.

Il me regarda sans aménité :

– Croyez bien que je me fiche comme d'une guigne de vous être agréable. Je vous rappelle que c'est vous qui êtes venue me chercher.

Bon, il commençait à m'agacer avec ses airs supérieurs.

– Justement, lui répondis-je, parlons-en, si vous prenez la peine de perdre votre temps en ma si peu glorieuse compagnie, c'est que vous devez avoir une bonne raison. Laquelle ? J'imagine que ce n'est pas le projet dont je vous ai parlé qui vous intéresse.

– Nous voilà au cœur du sujet. De combien de temps disposez-vous pour notre rendez-vous ?

– Je n'ai rien de mieux à faire, lui répondis-je avec un peu d'humeur.

– Fort bien. Alors commandons quelque chose à boire.

Je pris une limonade. Il commanda un verre de vin rouge, je ne sais plus ce que c'était mais vu le prix sur la carte, ce devait être un grand cru. J'avais l'impression d'être une parfaite idiote avec ma limonade. Notre différence d'âge – j'estimai le sien à une petite soixantaine d'années – faisait que je me sentais l'âme d'une gamine. Le temps est question de contexte.

Il attendit que le serveur soit reparti avant de reprendre la parole. Il leva son verre à la lumière, regarda le breuvage, le faisant tournoyer lentement devant ses yeux.

– Vous vous demandez peut-être si je bois beaucoup, vu l'heure qu'il est... Sachez que je suis libéré de la plupart des conventions.

Il prit encore le temps d'une gorgée qu'il sembla apprécier puis il dit, sans quitter son verre des yeux :

– Mademoiselle Seurat, votre sujet n'a aucun intérêt. Il vous conduira dans le mur, comme l'ont fait vos sujets précédents.

Ne pas lui montrer à quel point j'avais envie de lui foutre mon poing dans la gueule.

– En revanche, vous m'avez donné une idée. Et votre profil me paraît adapté à la réalisation de cette idée.

– Mon profil de loseuse ? persiflai-je.

– Oui, celui-là. Ce profil que, selon les critères de réussite actuels, on peut assurément qualifier de perdant. Voulez-vous que je vous explique pourquoi ?

Bon, eh bien, nous y voilà. Arrivés à ce point de rupture entre rêve et réalité. Ce point précis qui est comme un lieu de rencontre bien connu de moi-même, une sorte de rendez-vous dont je ne veux pas mais vers lequel mes pas me portent malgré moi avec une régularité qui m'impressionne autant qu'elle me désespère.

Ma nouvelle idée de projet s'écroulait donc avant même d'avoir commencé. Je regardai le bout de mes baskets usées. Découragée, j'eus la sensation que je ne ferais jamais rien de ma vie, que mes neurones ne savaient fabriquer que des leurres pour me faire avancer dans le vide pendant que l'horloge tournait. J'aurai bientôt cent ans et n'aurai toujours rien fait d'important.

Éric Muller lisait-il dans les pensées ? Oui, à en croire ce qu'il me dit alors.

– Ne soyez pas déçue. Ce que je vais vous proposer devrait vous plaire.

Je n'y croyais pas une seconde.

– Je vous écoute.

– J'ai perdu ma femme il y a six mois.

– Je suis désolée.

– Ne m'interrompez pas.

Un plaisir que de côtoyer cet homme-là.

– Je vais vous livrer le topo dans le désordre, vous remonterez.

J'acquiesçai en silence. Difficile de désobéir à ce type.

– Christine est décédée d'une maladie qui devait l'emporter en trois mois et qui a mis deux ans à la ronger. Je me suis occupé d'elle, quasiment seul, jusqu'au bout. Elle ne tolérait personne d'autre. À la toute fin, elle ne voulait même plus que nos filles la voient dans l'état de déchéance physique où elle se trouvait. Nous avons deux enfants, deux filles donc. Elles ont, à peu de chose près, votre âge. Nous verrons ces détails plus tard. Je n'ai pas parlé à l'aînée depuis cinq ans. Avec ma fille cadette, si ce n'est guère mieux, du moins le fil n'est-il pas rompu… Je suis au comité de direction et ai dirigé le pôle administratif et financier d'une grande entreprise équipementière automobile française durant quinze ans mais cela je suppose que vous le savez. De même que vous savez que cette entreprise a essuyé de nombreuses critiques sur sa politique salariale et fiscale.

– Oui. Sans parler des délocalisations.

J'avais glané dans mes recherches sur Internet suffisamment d'informations pour me faire une idée assez précise de sa carrière et du style de directeur financier qu'il avait été, pas vraiment le genre de type avec qui on avait envie de partir en vacances. Un financier de haut vol, c'est le mot, représentatif de cette période de l'économie française où le chômage avait rendu les patrons tout-puissants, et où les employés peinaient à boucler leurs fins de mois sans que personne y trouve à redire dans les comités de direction. J'avais appris aussi que l'entreprise était prospère et avait créé énormément d'emplois dans la région de Bourg-en-Bresse. Moins glorieux, l'un des dirigeants avait été traîné en justice, quelques années auparavant, pour une sombre histoire de délit d'initié. L'affaire avait fait grand bruit, c'était tout de même un fleuron de l'économie française, et le grand patron fut contraint à la démission. Éric Muller faisait alors partie du triumvirat qui dirigeait la boîte.

– Parfait, vous avez mené vos recherches, vous savez donc que je ne suis pas un tendre. J'en arrive au sujet qui nous réunit.

Me conformant à ses désirs, je ne prenais toujours pas la parole.

– Ma carrière a fait de moi un homme de décisions. Je sais gérer les situations les plus délicates. Je sais reconnaître aussi quand j'échoue. C'est ce qui m'arrive avec mes filles. J'échoue. C'est pourquoi j'ai besoin d'aide. Cette aide viendra peut-être de vous.

Je l'écoutais avec une grande attention. Il avait réussi à attiser ma curiosité.

– J'ai fait du tort à mes filles. Bien malgré moi. Je veux corriger. Elles ne sont pas heureuses aujourd'hui, chacune dans leur genre. Je pourrais les aider à avancer mais il faudrait qu'elles consentent à m'écouter. Le problème est qu'elles m'ignorent. Je dois donc trouver un moyen d'attirer leur attention.

Il se tut.

– Vous comprenez ?

– Non, rien. Cette lettre, que vous écriviez dans le train, était pour l'une de vos filles ?

– Oui. Ces lettres, il y en avait deux, que vous avez photographiées étaient pour mes filles. Je les ai jetées depuis.

– Voulez-vous que je fasse pareil ?

– Non, justement pas.

– Vous voulez que je parle à vos filles ?

– Quelle idée ! Non.

Pourquoi me laissait-il tâtonner ? Ce type était décidément agaçant.

– De quoi s'agit-il alors ? D'écriture ?

– Vous y êtes presque. Je voudrais que vous écriviez un livre, oui.

– …

– Le livre qui va changer l'image que mes filles ont de moi.

Je laissai cette phrase s'inscrire dans mon cerveau. Il me proposait d'être un écrivain privé ? C'était niet ! Je n'allais pas verser dans le roman de commande. Je commençais à m'impatienter. Mais là encore, il sembla lire dans mes pensées.

– Il n'est pas question d'un roman familial, rassurez-vous.

Je réfléchissais à toute berzingue, quoi alors ?

– Vous pouvez vous réjouir, mademoiselle Seurat, vous avez réussi. Vous avez mis la main sur quelque chose avec vos photos volées. Vous vouliez un projet de livre ? En voici un.

Il me fixait du regard. Qu'étais-je censée faire ? Je détestais qu'on souffle le froid et le chaud avec moi. Je restai coite.

Il reprit :

– Mon deal est le suivant : vous enquêtez sur moi et vous écrivez comme vous voulez. Vous avez une liberté totale. C'est un travail à la croisée de ce que vous savez faire. Je ne pourrai pas tout vous dire, il vous faudra chercher, fouiller, prospecter parfois car je veux que ce soit par vos yeux que mes filles me voient. Le regard de ma femme s'est éteint, le mien n'a plus leur confiance, le leur est persuadé depuis longtemps que je suis un sale type. Et il faut que vous soyez très disponible parce que je veux cet ouvrage très rapidement.

– Très rapidement ? C'est-à-dire ?

– Combien d'entretiens avec l'intéressé vous a-t-il fallu pour écrire ceci ?

Il sortit de son attaché-case un exemplaire d'*Une vie rêvée*, la dernière biographie écrite par mes soins sur une célébrité dont la spécialité était d'endormir les gens à la télé et de leur faire faire des choses à l'opposé de leur personnalité. Avec lui, une femme âgée, qui n'avait jamais conduit de sa vie, arrivait à changer une roue en dix minutes chrono. Il pouvait faire s'exprimer dans une langue érudite un illettré, ou faire en sorte qu'un gamin de douze ans résolve des équations mathématiques de niveau maths spé.

– Une dizaine d'entretiens ont été nécessaires.

– Bien, disons quinze entretiens, la plupart avec mon entourage, plus le temps d'enquête, plus le temps d'écriture, vous avez soixante jours. Qu'en pensez-vous ?

Je fus honnête.

– Je ne sais pas, répondis-je.

C'était vrai. Je ne comprenais pas bien. Il voulait que j'écrive un livre parce qu'il n'arrivait pas à écrire une lettre.

– Ne voulez-vous pas plutôt que je vous aide à écrire vos lettres ?

Il me répondit par la négative et avec un regard sévère ajouta qu'il espérait que j'allais à l'avenir me montrer un peu plus brillante dans mes réflexions. Bizarrement, je ne pris pas sa répartie avec la mauvaise grâce à laquelle on aurait pu s'attendre. Ce type m'obligeait à réfléchir plus vite. Je n'en montrai rien, mais cela me plut.

– Prenez votre temps, je veux une réponse demain matin à la première heure. Ah oui, deux dernières précisions…

– Oui ?

– D'une part, je ne veux pas vous payer pour cela…

Je crus avoir mal entendu. Je n'avais pas parlé d'argent par élégance et aussi parce que vu la montre, l'hôtel et le grand cru, j'étais rassurée sur ce point. Mais voilà qu'il me proposait d'être bénévole !

– Attendez avant de vous insurger. Vous avez dit vous-même que le travail qui vous passionne et pour lequel vous vous démenez le plus est celui qui ne vous rapporte même pas la bouchée de pain que vous procurent les autres. Je ne veux pas être une énième biographie écrite par vous, je veux être votre premier projet personnel abouti. D'ailleurs, je vous autorise à publier ce que vous aurez écrit.

Il m'autorisait ? J'étais contrariée et désorientée. J'avais l'habitude de diriger les entretiens et là, je me faisais balader. H avait toujours un ou deux coups d'avance.

– Vous avez parlé d'une deuxième précision…

– Oui. D'autre part, je vous interdis de faire lire à qui que ce soit, avant ma mort, ne serait-ce qu'une seule ligne du livre que vous aurez écrit. Il y aura un contrat pour cela.

Ce type était-il fou ? Qui accepterait un travail aussi saugrenu sans être payé et avec un espoir de publication remis sine die ?

Il lut, cette fois encore, dans mes pensées.

– Non, je ne suis pas fou. Et vous n'aurez pas longtemps à attendre, je serai mort dans soixante jours.

Je ne réagis pas tellement c'était absurde.

– C'est ce que vous vouliez, non ? Écrire quelque chose à partir de moi, de mes lettres... Eh bien, je vous le propose. Mieux ! J'en ai besoin. Je suis un petit peu connu dans les milieux économiques et financiers, je suis même impliqué dans un procès qui n'a pas fini de faire parler de lui. Si vous écrivez correctement, vous ne devriez pas avoir de mal à trouver un éditeur intéressé par votre histoire.

– *Mon* histoire ?

– Votre histoire, oui. L'idée est que ce soit la vôtre. Je ne suis que votre sujet. Mes filles ne liraient pas un livre signé par leur père.

Je le regardai, éberluée. J'essayais de mettre en place les éléments. Il m'avait prévenue, ce serait dans le désordre et en effet ça l'était.

– Vous êtes sérieux ?

– On ne peut plus sérieux, mademoiselle.

– Vous ne m'en dites pas plus ? Comment pouvez-vous savoir qu'il vous reste soixante jours à vivre ?

– Vous saurez les détails dès que vous m'aurez donné votre réponse.

Si j'avais rencontré ce monsieur autrement, s'il m'avait été présenté, s'il m'avait contactée, il est certain que j'aurais refusé. Je n'aurais pas pu être inspirée par une commande. Mais H avait raison. C'est moi qui l'avais cueilli. Je l'avais même baptisé. H. J'en avais déjà fait mon personnage.

Au diable la bière fraîche du renoncement, j'allais m'accrocher de nouveau à mon rêve.

***

C'était si étrange quand on y réfléchissait... J'avais levé ce type au hasard, je l'avais affublé d'un surnom, j'étais entrée par effraction dans son intimité. Et voilà que le protagoniste sortait de mon ébauche de projet et venait me dire que mon idée le concernant n'était pas la bonne, mais qu'il y en avait une autre.

Un peu comme si un romancier, en pleine réflexion sur son œuvre, rencontrait son personnage dans la vraie vie. Et comme si celui-ci, sautant sur l'occasion, se mêlait d'intervenir dans l'intrigue.

Que peut-on refuser à son personnage ?

Bien sûr que j'allais accepter. Parce que son idée était folle et que cette folie me happait. Folle et urgente, encore mieux. H avait raison, ce projet pouvait bien être celui que je cherchais depuis longtemps.

– Je vous donne ma réponse tout de suite, monsieur Muller. C'est oui.

Il se leva, me tendit la main sans se départir de son air sévère. Je la serrai.

– Faisons les choses comme il faut, s'il vous plaît. Un peu de réflexion ne nuit pas. Vous en avez beaucoup manqué jusqu'à présent. Le *oui* d'aujourd'hui est émotionnel, il est encore chaud. Celui de demain sera froid et dans le marbre.

– À demain alors.

– Si vous me dites bien oui, retrouvons-nous ici même heure pour notre premier entretien.

– À demain, confirmai-je.

***

C'était l'heure de pointe sur les Champs-Élysées lorsque je sortis de l'hôtel. Je me hâtai de quitter le quartier. Il faisait beau, je décidai de rejoindre à pied ma chère place Dauphine.

Je descendis les Champs par le côté impair. Place de la Concorde, je poursuivis rive droite. Sur les quais, récemment devenus piétons, la promenade gagna en charme. À fleur de Seine, glissaient, outre les péniches de croisière parisiennes, quelque cygnes aussi gracieux qu'irréels dans ce paysage urbain. Il me fallut une demi-heure pour atteindre le Pont-Neuf, tourner le dos à Henri IV sur son cheval de bronze et m'engouffrer vers la place Dauphine par l'étroit passage de la rue Henri-Robert.

L'endroit était animé en cette fin de journée, les terrasses pleines. Sur la base du triangle que formait la place – le sexe de Paris comme l'avait qualifiée André Breton –, des joueurs de pétanque s'occupaient à pointer et à tirer. Tout au cœur de Paris, on était en province. De la même manière que, dans l'œil du cyclone, on n'est plus dans le cyclone, dans le cœur de Paris, on n'est plus à Paris. Souvent je regardais les immeubles tout autour en rêvant de pouvoir m'y nicher un jour. Je me verrais bien écrire chaque jour ici, sous le regard de l'aigle du Palais de Justice.

Cette pensée me fit revenir à la proposition d'Éric Muller. Une sorte d'excitation que je connaissais bien m'attrapa au col. Le vol de la correspondance dans le train avait donc porté ses fruits ! Pour une fois, j'avais lancé mon hameçon au bon endroit. Une bouffée de bonheur m'asphyxia par surprise. Elle était composée à quatre-vingts pour cent d'espoir. Un vrai shoot.

Qu'Éric Muller ait évoqué sa mort prochaine me troublait, sans porter atteinte à ma joie. Je n'y croyais pas vraiment. C'était abstrait et, de toute façon, j'avais trop besoin de cette joie.

Je regardai les façades des immeubles côté pair sur la place, c'était là qu'il fallait être, là où le soleil s'invitait toute la journée, jusqu'au soir.

***

Rentrée à la maison, j'envoyai tout de suite un mail à H, lui confirmant mon intérêt pour sa proposition et notre rendez-vous du lendemain. J'ouvris un dossier sur lequel j'écrivis son nom au marqueur noir. À l'intérieur, je plaçai les photos des lettres que j'avais gardées, et jetai quelques notes, en distinguant ce qui avait trait à sa vie personnelle et à sa vie professionnelle. Je notai l'existence de ses deux enfants. Les relations dégradées, le décès de l'épouse. Je consignai les informations relatives à son entreprise, les cinq mille salariés, le comité de direction, le nom du dirigeant, un certain Donnadieu. À la fin, j'écrivis, soignant mon écriture :

H sera mort dans soixante jours.

Qu'était-il donc supposé lui arriver d'ici à deux mois ? Mille scénarii tragiques se bousculèrent sous mon crâne. De l'assassinat politique au suicide collectif en passant par la simple suppression de soi. Au moment de creuser cette dernière idée de toutes les façons possibles, je jetai l'éponge. Je ne voulais pas tomber dans un piège plein de pensées morbides.

J'écrivis : H sera mort dans soixante jours. Je frissonnai. Certaines phrases sont des trappes donnant sur des lieux qu'on fuirait sans doute si on les connaissait. Des lieux inconnus faits de mystères, d'ombres, de secrets, de dangers assurément.

Conserver cette initiale serait une bonne chose. Cela me permettrait de garder une distance émotionnelle. Je pourrais dissocier l'Homme, le personnage principal de mon livre, de la personne Éric Muller. H serait mon sujet d'étude, Éric Muller, son commanditaire. S'il disait vrai, si Éric Muller mourait, H lui survivrait. Les Héros ne meurent jamais.

Je voulais m'efforcer de saisir ce qu'il avait en tête.

Éric Muller voulait, avant de partir, mettre ses affaires en ordre. Dire la vérité à ses filles. La plupart des gens auraient laissé un testament avec une longue lettre de justification ou d'explication. Mais lui voulait plus que cela. Il aimait ses enfants même s'il s'en était éloigné. Leur mésentente faisait qu'il lui fallait passer par mon filtre pour leur parler.

Je m'étais trompée, je n'étais pas une porte d'entrée. J'étais une porte de sortie. Probablement une sortie de secours.

DEUXIÈME PARTIE

L'ENQUÊTE

59 JOURS

Au réveil, j'eus ma mère au téléphone ; elle voulait savoir si je pouvais venir déjeuner le dimanche suivant ou celui d'après. D'après ce que je compris, elle voulait me présenter quelqu'un. Mon père serait là aussi. J'acceptai l'invitation. D'avoir simplement évoqué la mort prochaine de H me donnait envie de profiter des vivants.

Le sommeil m'avait prise par vagues et la question était toujours là au réveil, nullement polie par la nuit : Comment un homme pouvait-il prétendre connaître le jour précis de sa mort ? Bien sûr, nous sommes tous des morts en sursis, mais d'après ce que je savais, en ce qui concernait H, on connaissait le sursis. H moins soixante. Enfin, cinquante-neuf, le compte à rebours venait de commencer.

Il m'attendait à la réception lorsque je débarquai au Pershing Hall à quatorze heures une, m'inventant pour l'occasion une ponctualité qui n'était guère dans mes habitudes. H n'avait pas de temps à perdre.

Cette fois-ci, il ne me proposa pas de m'asseoir mais me pria de le suivre. Une berline avec chauffeur nous attendait à l'entrée. Je ne posai pas de question et pris place sur la banquette arrière, tandis qu'il s'asseyait devant. Il jeta plus qu'il ne donna au chauffeur une adresse dans le quinzième arrondissement.

La voiture s'arrêta au bas d'un pont. Le chauffeur vint lui ouvrir la portière, je sortis de mon côté. H dédaigna l'ascenseur et emprunta l'escalier métallique, raide, qui longeait l'une des piles du pont. Je le suivis. Il progressait avec lenteur mais ne se plaignait pas. Ayant gravi une trentaine de marches, nous nous retrouvâmes sur une ancienne ligne de chemin de fer. Je n'étais jamais venue mais j'avais entendu parler de cette ligne, la Petite Ceinture. Inaugurée durant le second Empire, elle servait à relier les différentes gares parisiennes. À l'époque on pouvait, grâce à elle, faire le tour de la capitale en deux heures. Au XXe siècle, son usage avait progressivement été abandonné au profit du métro, mais on pouvait encore voir traverses et rails, vestiges rouillés servant désormais de décor à une promenade arborée.

– Il y a des choses qu'on ne peut se dire confinés à l'intérieur d'une pièce, fût-elle le salon d'un palace.

C'étaient les premiers mots que prononçait Éric Muller depuis notre départ de l'hôtel.

J'acquiesçai. Je comprenais parfaitement. Il y a bien des choses que je ne comprends pas, des concepts, des théorèmes, des équations, l'extinction des feux, mais cela je le comprenais bien. On ne peut pas dire n'importe quoi n'importe où. Certains mots ont besoin d'espace, sinon on se cogne dedans. Il est des phrases qui prennent toute la place.

Je mis en marche le dictaphone sur mon téléphone et lui posai tout de suite la question qui me brûlait le cerveau depuis la veille.

– Monsieur Muller, comment connaissez-vous le jour de votre mort ?

– C'est facile. J'ai rendez-vous.

– Vous avez rendez-vous... Comment ça ?

– Oui, j'ai rendez-vous. Avec la mort. Le vingt et un juin prochain. À quatorze heures.

– Le vingt et un juin à quatorze heures, vous mourrez, c'est ça ?

– Je suis quelqu'un de ponctuel.

Je laissai filer le silence le long de la voie de chemin de fer.

– Êtes-vous malade, monsieur Muller ? demandai-je à voix basse, retenue par l'intimité de ma question.

– Oui, d'une maladie dont l'issue ne fait aucun doute. Mon existence touche à sa fin.

– Et ce rendez-vous que vous avez avec la mort est la raison qui vous fait vous rendre à Genève ?

H marqua un léger temps d'arrêt.

– Vous allez vite. C'est bien.

Quelques éléments du puzzle commençaient à se mettre en place. La veille au soir, n'arrivant pas à m'endormir et ressassant les propos de H, je m'étais souvenue que le train dans lequel, par deux fois, je l'avais rencontré reliait Paris à Genève. Les recherches que j'avais menées sur sa société n'avaient mis en lumière aucun lien particulier avec ce pays. J'ai pensé tout d'abord qu'il avait peut-être un compte bancaire là-bas, vu le profil du gars, ce n'était pas impossible... Et puis j'ai repensé à sa différence, dans le train, à ce que son corps racontait, à cette douleur, à ces tourments que j'avais décelés… Et à cette information capitale dont il m'avait fait part concernant la certitude de la date de son décès. C'est là que j'ai soupçonné autre chose…

J'avais entendu parler de ces établissements en Suisse, à Genève, à Bâle ou à Lausanne, qui pratiquent le suicide assisté. En France, le sujet revenait de plus en plus souvent dans les quotidiens et les conversations. Une loi était en préparation. Au journal, une amie y avait récemment consacré un reportage d'une double page. C'est moi qui avais relu et corrigé son travail avant le bouclage. Je savais que ces cliniques n'acceptaient que des cas médicaux lourds.

– Pouvez-vous m'en dire plus ? lui demandai-je.

– Je ne veux pas m'étendre sur ce sujet. Si vous voulez en savoir plus, je vous dirai où chercher. Je peux mourir de cette maladie dans un mois ou dans six. Mais l'issue fatale est proche et inéluctable. Le malade est d'abord juste un peu fatigué puis cette fatigue s'installe parfois pendant des mois, enfin la dégradation est brutale. Malheureusement, la mort se fait parfois désirer et toutes les conditions sont réunies pour que le supplice ait lieu. J'ai dépassé les stades de la tristesse, de la révolte, de la colère et même de la dépression. Mourir me paraît une alternative souhaitable. Sans Christine de toutes façons, ma vie ne rime plus à grand-chose…

H se tut. Il m'était impossible d'enchaîner. Toutes mes questions restaient coincées dans ma gorge, prises au piège des mailles d'un filet de pudeur installé là depuis le début de la conversation. Je ne pouvais que le regarder en silence en attendant qu'il poursuive.

– Quand elle est morte, j'ai cru qu'elle s'en était allée pour de bon… J'ai essayé de vivre un peu pour moi. Mais je me suis rendu compte que ce n'était pas possible. Vivre pour moi n'avait aucun intérêt. Je crois qu'on ne peut bien vivre que pour les autres. J'avais construit toute mon existence autour de ma femme. Je me suis aperçu, à sa disparition, que j'avais bien eu raison. Et puis je suis tombé malade. De la maladie de ma femme. Étonnant, n'est-ce pas ? C'est une maladie qui ne va jamais en arrière. Alors je ne vais pas y aller non plus. En revanche, je veux aller de l'avant. Si possible, la doubler.

Pourquoi est-il presque impossible, en regardant une personne vivante, de l'imaginer morte ? Pourquoi, tant que nous sommes en vie, paraît-on immortel jusqu'à notre dernier souffle ? Je regardai H. Je ne le connaissais pas mais même si je pouvais l'imaginer faire une attaque, une crise cardiaque, un AVC ou que sais-je, il m'était absolument impossible de l'imaginer parti. Parti où ?

– Je dois m'organiser, reprit H. La première chose que je veux éviter est d'imposer à mes filles et à leurs familles le spectacle de ma fin de vie. Ma fille cadette est dévouée. Malgré nos différends, elle s'occuperait de moi comme de l'un de ses enfants. Je ne veux pas lui faire subir cela. Je ne veux pas que telle soit la couleur de notre dernière relation. Je sais comment la maladie peut dévorer un corps. C'est difficile à supporter. Croyez-moi, je suis bien placé pour en parler parce que…

Éric Muller s'interrompit. Je lui jetai un regard, un masque de souffrance s'était posé sur son visage. Il y passa la main comme pour l'ôter. Il resta silencieux quelques secondes, avant de reprendre sur un autre ton :

– Ma fille aînée, elle, ne bougerait pas le petit doigt et préférerait même se le couper plutôt que de m'aider. Jeanne est aveuglée par sa colère. Mais c'est une bonne fille. D'avoir laissé partir son père sans un mot la marquerait à vie d'un vilain remords. Ça non plus je ne le souhaite pas. Quoi qu'il en soit, je n'ai pas été honnête avec elles, alors, même si j'en avais la possibilité, je ne voudrais pas, je ne pourrais pas mourir dans leurs bras et dans un mensonge.

J'essayai d'y voir clair.

– Si je comprends bien, vous avez appris votre maladie. Vous en connaissiez les souffrances. Vous saviez ce que votre femme a enduré. Vous avez décidé de faire autrement. Vous avez pris contact avec une clinique en Suisse. Vous avez rendez-vous le vingt et un juin prochain. Et, d'ici là, vous voulez arranger vos relations avec vos filles.

– Voilà.

– Pour elles et pour vous.

– Pour elles surtout. J'en ai bientôt fini avec tout ça. Je ne sais pas ce qui m'attend dans l'au-delà, mais elles, elles ont la vie devant elles.

– Que leur avez-vous fait ? demandai-je sans prévenir.

Mais oui, que leur avait-il fait ? Ce devait être quelque chose de grave pour que l'une des filles ne lui ait pas adressé la parole depuis cinq ans et ce, malgré la mort de sa mère, et aussi être quelque chose de pardonnable puisque sa seconde fille avait tout de même gardé un lien. Je me dis que s'il venait à m'avouer des agressions sur ses enfants ou quoi que ce soit de violent, j'abandonnerais aussitôt toute idée de collaboration. Éric Muller me regarda dans les yeux.

– Je ne sais pas.

– Comment ça, vous ne savez pas ?

– Je ne sais pas précisément.

– Je ne comprends pas.

– Si je le savais, je n'aurais pas besoin de vous…

– …

– J'ai essayé d'agir pour le mieux, avec le jeu que j'avais en main.

– On a rarement les cartes dont on rêve…, ajoutai-je. Il faut faire avec.

– Je n'ai pas triché. La partie a été difficile mais je n'arrive pas à la regretter. De toute façon, aucune solution n'est idéale, et rien dans l'existence n'autorise l'immunité. Je n'ai exercé, sur les événements de ma vie, au moment où ils se jouaient, aucune analyse. L'exact contraire d'un écrivain, n'est-ce pas ? Je ne sais pas expliquer ce qui s'est passé… En revanche, depuis la mort de Christine, la tendance s'est inversée. J'ai beaucoup réfléchi. J'ai compris des choses. Pour autant, je ne suis pas un homme de mots, je n'ai pas les moyens de m'en expliquer auprès de mes filles. Et puis, ce n'est pas tout… je perds la mémoire…

– C'est une conséquence de votre maladie ?

– Celle d'un traitement antidouleur qui altère ma capacité à restituer les souvenirs. Mon passé est brouillé, je confonds les époques. La vérité ne sortira pas telle quelle de ma bouche. Je ne suis pas en état de mener seul ce dernier combat.

Il s'était arrêté de marcher pour s'asseoir sur un banc. Je me posai à côté de lui. Il se tourna vers moi.

– Blanche ?

C'était la première fois qu'il m'appelait par mon prénom.

– Je ne suis pas un pervers, ni un homme violent. J'ai accompagné Christine jusqu'au bout. Mes filles m'en veulent. Leur colère est légitime, je le sais. Mais elles se trompent sur les raisons de m'en vouloir. Il y a des choses que je n'arrive pas à leur raconter. Comme je ne veux dire à personne de mon entourage ni que je suis malade, ni que je vais mourir, je n'ai d'autre choix que de croire en une solution qui passe par vous.

– Je ne sais pas, lui répondis-je dans un éclair de lucidité, ce que vous me demandez de faire en moins de deux mois est quasiment impossible. Ne pouvez-vous pas repousser votre rendez-vous ?

– Non, me répondit avec calme Éric Muller, j'en suis à mon sixième. Je n'en aurai pas d'autre.

– Je ne comprends pas.

– J'ai déjà eu cinq rendez-vous dans cette clinique. Cinq rendez-vous avec la mort, si vous voulez. Je me suis défilé chaque fois.

– Comment l'expliquez-vous ?

Il regarda ses mains et fit tourner l'alliance qu'il portait à l'annulaire.

– Je ne peux pas partir sans parler à mes filles.

Il baissa la tête. Il n'exprimait rien mais je devinais un désespoir. J'avais envie de faire un geste vers lui, je n'en fis rien, je n'osais pas, je craignais d'en rajouter. Ma main sortit presque malgré moi de ma poche mais n'alla pas plus loin car déjà il relevait la tête et dit sans émotion apparente :

– La voilà.

De quoi me parlait-il ? Ou de qui ?

– Jeanne. Ma fille aînée. La voilà. Debout, en face de vous.

Je suivis son regard. Sur l'une des terrasses du toit d'un immeuble des années 1970 qui se dressaient devant nous, une femme nous tournait le dos. Elle était grande, filiforme avec des cheveux sombres et courts et je crus voir qu'elle fumait lorsqu'elle se retourna pour s'accouder à la rambarde. Ce n'était qu'une silhouette, je ne pouvais distinguer les traits de son visage, ce qui ne m'empêcha pas de m'émouvoir de la situation. H, lui, ne laissait rien paraître. Il m'avait tout de même emmenée là où, je le devinais, il avait dû passer pas mal de temps, spectateur anonyme de la solitude de sa fille.

Nous restâmes de longues minutes sur ce banc, à tisser ensemble le même silence. Je regardais Jeanne fumer. Je songeais à mes parents, au lien qui m'unissait à eux. À quel point ils m'avaient manqué alors que nous étions loin les uns des autres. Je partageai ce moment de silence avec Éric Muller et c'est comme si un pacte tacite se signait pendant ce temps-là. Oui, j'irais jusqu'au bout. Oui, je lui ferais confiance. Oui, je lui livrerais son histoire et ses enfants sauraient tout ce qu'il y avait à savoir. Désormais, rien ne serait plus important pour moi.

Nous ne bougeâmes pas, même après que sa fille eut regagné l'intérieur de son appartement.

– Jeanne a toujours porté les cheveux courts.

– Elle a l'air très belle.

– Elle est très belle. Quand elle était petite, c'est moi qui lui coupais des cheveux. Je ne crois pas qu'elle s'en souvienne.

– Il faut le lui rappeler. C'est peut-être important.

– C'est ce que je fais, me répondit-il avec simplicité.

Bien sûr que c'était ce qu'il était en train de faire. Tout ce que H me disait, me dirait, c'était à ses filles qu'il le destinait. J'étais la passeuse. J'écrirais. Elles liraient.

Il y aurait tant d'informations. Je notai mentalement de veiller à toujours enregistrer nos conversations et plutôt deux fois qu'une. La prochaine fois, j'utiliserais un vrai dictaphone en plus de l'application de mon téléphone.

– C'est toujours vous qui lui coupiez les cheveux ?

– Le plus souvent possible, Christine maniait les ciseaux comme moi le stylo ! C'était plutôt baroque avec elle, ajouta-t-il avec un sourire tendre.

– Vous vous entendiez bien avec vos filles quand elles étaient petites ?

– Nous vivions à Nice. C'était une période plus qu'heureuse.

– Cela s'est gâté ?

– Bien entendu.

– C'est-à-dire ?

– Tout finit toujours par se gâter. C'est comme ça. On n'y peut rien. C'est un cycle. Les roses fanent, les pommes pourrissent. Il faudrait ne rien cueillir. Mais lorsque le bonheur est vermeil, lorsqu'il vous tend ses fruits bien mûrs et bien juteux, comment résister ? Peu de gens ont l'âme de l'ermite qui ne cède jamais à la tentation et se tient à l'abri de la déception.

Je comprenais ce que H voulait dire. Même si moi, ces fameux fruits, je n'en avais pas tellement croisé sur ma route. Alors nul doute que, si je tombais un jour sur un arbre fruitier bien pourvu, j'installerais un campement à son pied sans hésiter. Et je les boufferais tous jusqu'au trognon.

– Tout a commencé comme dans un rêve avec elles et leur mère. Mais les rêves n'existent pas. Et j'ai fait comme ce personnage joué par l'acteur Jim Carrey dans le film où il est prisonnier sans le savoir de sa propre vie, j'ai atteint le mur du fond. Je l'ai crevé et suis passé de l'autre côté. Au-delà, je n'ai plus pu être le père que j'avais implicitement promis d'être à mes filles. Je me suis retrouvé orphelin du rêve qui m'avait élevé. Tout part de là.

– Tout ?

– Oui, la distance, les malentendus.

– C'était quoi ce mur au bout du rêve ?

– L'amour.

– Comment ça ? L'amour, c'est toujours du rêve, non ?

– L'amour, c'est toujours un mur. Il vous isole…

Je crus percevoir de la tristesse dans sa voix.

– L'histoire d'amour, quand elle est complexe, exclut les enfants. Ce dont ils ne se remettent pas.

Ce fut sa dernière phrase ce jour-là. Tout juste en me raccompagnant à la voiture m'annonça-t-il que tous nos rendez-vous se dérouleraient ici dorénavant. Nous nous reverrions dans quelques jours, le temps que j'avance un peu et mette de l'ordre dans mes idées. Ou plutôt, dans les siennes.

PENSÉE

«

Je veux être un bon mort. Un mort présent pour mes vivants. Je souhaite partir sans m'en aller. Que se poursuivent nos échanges au-delà.

»

ELLE

se regarde dans le miroir. Ses grands yeux vert amande virent au vert sombre des sous-bois pleins de mystères. La fièvre y allume des feux. Elle se fait peur. Elle sait qu'elle ne doit pas être belle à voir. Elle est tellement maigre, elle se demande à quel stade de déchirement elle devra en arriver pour disparaître tout à fait. Peut-être n'est-il pas nécessaire d'attendre.

4

LA LISTE DES NOMS

Mon dernier entretien avec H m'avait remuée. Sa vie glissait dans la mienne. Son histoire me devenait chère. La greffe était en train de prendre.

Je n'avais pas beaucoup de temps. La première chose à faire était d'appeler Florimond. J'allai droit au but. Je lui expliquai que j'allais modifier mon organisation pour l'écriture du livre de la petite Alicia. Cela ne changerait rien à la date de remise du manuscrit, qu'il se rassure. C'était juste que mon prochain entretien avec elle n'aurait pas lieu avant le vingt-deux juin.

Je lui demandai de faire prévenir Alicia, afin qu'elle ne s'étonne pas de ne pas avoir de mes nouvelles entre-temps.

Florimond râla un peu pour la forme, mais au fond cela lui était égal. Que le livre sorte à la date prévue, c'est-à-dire fin octobre, était tout ce qui comptait. La formalité Florimond accomplie, je préparai un café et le bus à la fenêtre, le regard en rase-mottes de l'éventail des toits d'ardoise qui me faisait face.

Comment devais-je procéder à présent ? Le projet de H était délirant, voire irréalisable. Mais je me faisais confiance, si je l'avais accepté, c'est qu'au fond de moi j'y croyais. Je faisais aussi confiance à mon commanditaire, Éric Muller n'était pas homme à se lancer dans des entreprises hasardeuses. Si lui-même avait confiance en moi, c'était rassurant.

Une des voies possibles serait de ne pas réfléchir. Foncer tête baissée. Il n'y aurait pas plusieurs versions du texte, nous n'aurions pas le temps. Les mots devraient couler de source. Je n'y reviendrais pas. Cette urgence serait même l'ADN du projet. Il me faudrait sans doute parler de moi. Ce serait la première fois.

Si je n'y arrivais pas, si le bouquin n'était pas fini au moment du départ de H, ce ne serait pas grave. Qu'il y ait une fin ou qu'il n'y en ait pas, le livre existerait. Pour ce travail, je devais pactiser avec l'incertitude, avec le clair-obscur, avec l'ambivalence. L'authenticité même du sujet faisait qu'on ne pouvait pas prévoir comment l'histoire allait se terminer. On savait juste quand – et aussi qu'on ne saurait éviter la mort du personnage principal.

Je voulais retourner en Suisse. C'était là que se nouait l'histoire, là qu'elle se terminerait. Il fallait commencer par Genève. Rencontrer la personne qui était en relation avec H à la clinique.

Cher monsieur Muller,

J'aurais besoin que vous me mettiez en contact avec la personne qui s'occupe de votre dossier médical à Genève. Pourriez-vous également me communiquer les coordonnées de toutes les personnes qui pourront apporter un éclairage sur votre vie et celle de votre famille ?

Bien à vous.
Blanche Seurat.

Tel fut le mail que j'expédiai à H. Dès le lendemain, je reçus une réponse avec une liste de noms et de coordonnées.

En tête de liste, il y avait le nom de la directrice de la clinique Dignity.

Barbara Bricott ne fut pas des plus chaleureuses au téléphone mais elle n'était pas surprise de mon appel, Éric Muller l'avait prévenue. Elle m'accorda un rendez-vous.

Cela fait, je pouvais me mettre à écrire. J'allais commencer par le commencement. Et le commencement, c'était un voyage retour Genève-Paris.

***

La première fois, c'est lui qui s'est assis à côté de moi. Je ne lui ai tout d'abord pas prêté attention, je n'ai pas levé le visage vers lui, je n'ai pas détaillé ses traits.

J'éprouvai une bouffée de plaisir à voir apparaître cette phrase sur l'écran de mon ordinateur. Pour une fois, lorsque j'écrivais le mot *je*, je parlais de moi et non d'un acteur, d'une chanteuse, d'une vedette de télé.

C'était au printemps dernier. Je regagnais Paris par le train. J'écrivais à cette époque l'autobiographie d'une jeune chanteuse et cette occupation m'avait conduite à Genève. La voie de l'écriture anonyme, je l'avais empruntée trois années auparavant pour améliorer mes revenus – je suis correctrice dans un quotidien. « Plume », m'avait-on dit à l'époque, expression à laquelle je préférais de loin celle d'« écrivain fantôme », ghostwriter *en anglais, qui me correspondait mieux.*

J'écrivis tard dans la nuit. Je cherchais dans mon geste le souffle de H. Je voulais lui laisser presque tout l'espace, l'entendre respirer à mes côtés.

Les gens nommés sur la liste accepteraient-ils de me recevoir ? Aurais-je le temps de rencontrer tout le monde ? Qui étaient-ils ? Leur relation à H n'était pas précisée. Il n'y avait pas les coordonnées des enfants. H ne jugeait-il pas utile que je les rencontre ou présumait-il que ses filles refuseraient de me voir ?

Quatorze noms.

Si j'avais dû faire un inventaire des personnes qui auraient la possibilité de parler de moi, de raconter ma vie, combien de noms l'auraient composé ?

Pas autant, à coup sûr. Il est vrai que j'avais la moitié de l'âge de H. Qui seraient les prochains noms sur ma liste ? Ceux dont je ne manquerais pas de croiser la route… Déjà présents en creux, ils me disaient que ma vie connaîtrait de nouveaux épisodes dont je n'avais pas la moindre idée aujourd'hui. Cette pensée me donna le tournis.

Barbara Bricott, Jean-Pierre Doucet, Clémence Doucet, Jacques Ollivier, Sabine Abkharian… Comment convaincre ces gens d'accepter de me rencontrer, de me raconter ? Ne pouvant prévenir mes interlocuteurs de la maladie d'Éric Muller, ni de sa mort prochaine, je devais trouver un autre type d'accès. Inventer une histoire… Laquelle ? Elle devrait être bonne. Elle serait la condition de la réussite de ma mission.

Nina Pratt, Yves Marie Rohmer, Hans Jager, Jörg Jager… À la fin de la liste, il y avait cette phrase, écrite en conclusion : *Voilà, pour commencer*. L'ampleur de la tâche me sauta à la figure.

La caravane de doutes s'ébranla. Ce projet d'enquête et de livre n'était-il pas alambiqué ? Est-ce qu'Éric Muller n'aurait pas eu intérêt à faire simple ? Débarquer chez ses filles ? Leur demander pardon, invoquer sa fin prochaine ?

Il y a de grandes chances pour que l'annonce de la mort imminente d'un parent change la donne. Personne n'a envie de se séparer fâché. Il est probable que ses filles auraient enterré la hache de guerre.

Mais je faisais fausse route, je m'en rendais compte : ce à quoi Éric Muller aspirait, ce n'était pas un baiser avant de partir, c'était que ses filles apprennent la vérité sur lui. Quelle vérité ? Voilà ce que je devais découvrir.

Maud Friquet, Francine Gellan-Vartier... La seule à qui je pouvais tout dire serait l'interlocutrice suisse, la responsable de la clinique Dignity, Barbara Bricott.

Aller mourir en Suisse. Je laissai sonner la phrase à mes oreilles. Serais-je capable de faire cela ? Oui, peut-être... La Suisse me faisait l'effet d'un endroit paisible qui pouvait ressembler à une phase de transition. Mais moi, si j'avais décidé de partir par là, j'aurais aimé embrasser quelqu'un sur le perron avant de franchir la porte. Je n'aurais pas voulu faire le voyage seule.

56 JOURS

Train 6351, voiture 5, place 54. Direction Genève. Même destination, nouvelles motivations. La vie offre des surprises à ceux qui les aiment, songeai-je. Sans ma curiosité et mon sans-gêne, je serais toujours en train de me déplacer pour écrire le livre d'une autre.

De Barbara Bricott, je voulais apprendre tout ce qu'elle savait sur Éric Muller mais je voulais qu'elle me parle de sa clinique et de son activité. J'avais besoin de mettre la démarche de H dans un contexte. Je consignai donc dans mon carnet questions et thèmes à aborder. Je passai le temps du voyage à écrire sans relâche. J'écrivais le passé et brossais le présent à grands traits, ce qui me permettrait de retranscrire au mieux l'étrange enquête que je menais, lors de mes prochaines séances d'écriture.

Je notais ce qui m'entourait. À cette heure matinale, le ciel rose pâle strié de brumes, le wagon presque vide, les sièges en tissu, élimé par endroits, les cernes de l'employé de la voiture-bar, sa bonne humeur sincère ou automatique, le café pas vraiment délicieux mais chaud, c'était déjà ça, les champs géométriques à travers la fenêtre, les vaches blondes, les parcelles de colza en fleur, comme passées au Stabilo jaune fluo, les bosquets dessinant le contour des pâturages, les petites maisons bien alignées… De loin, tout semblait si parfait, si rangé…

Le train étant direct, je me retrouvai en un rien de temps dans un taxi. Le chauffeur ne broncha pas lorsque je lui donnai ma destination. Était-il particulièrement discret ou ne savait-il pas que je me rendais à l'une des adresses de la mort ?

Car les derniers jours s'étaient chargés de me le faire comprendre : de ce carnet d'adresses bien fourni que possède la mort sur notre planète, voilà que je connaissais une ligne… J'avoue que je n'étais pas super à l'aise avec cette idée-là.

En fait de clinique, Dignity avait en réalité tout d'une maison bourgeoise du début du XXe siècle. Elle avait été repeinte, façade blanche, volets gris clair.

Belle bâtisse, entourée d'un joli parc arboré, jouissant d'un environnement calme, aurait écrit une agence immobilière.

Je m'attendais à une ambiance médicale, il n'en était rien.

Une fois grimpées les quelques marches du perron, on entrait dans un salon clair, murs craie, plafonds immaculés, canapés et fauteuils revêtus de coton blanc cassé. Au sol, le carrelage, traditionnellement à carreaux noirs et blancs dans ce type de demeure, était ici gris clair et blanc, comme si la teinte avait passé. C'était l'impression que ça donnait d'ailleurs, partout où se portait le regard, que les couleurs étaient estompées. On avait le sentiment, en pénétrant dans cette maison, que les choses matérielles avaient déjà moins d'acuité. Le monde commençait à s'effacer. C'était doux et glaçant.

Le taxi m'avait déposée juste devant l'entrée. Le temps que je règle la course, que je sorte de la berline, personne n'était venu à ma rencontre. J'étais restée un moment à contempler le bâtiment, à prendre la mesure du parc autour. Toujours personne. Je me demandais si l'accueil était le même pour tous ou si je bénéficiais d'un régime spécial. Je n'allais pas tarder à apprendre qu'il était dans la charte de la clinique de laisser venir seul le nouvel arrivant dont le but est généralement de passer de vie à trépas. Il était nécessaire que chaque pas vers l'issue fatale soit consenti. Un accueil à l'extérieur aurait pu être considéré comme une incitation. Il arrivait d'ailleurs que certaines personnes fassent demi-tour et ne reviennent jamais. D'autres s'asseyaient sur un des bancs du parc et y passaient un temps parfois considérable avant de pénétrer dans la maison d'un pas sûr.

– Qu'on choisisse d'entrer ou de renoncer, le plus important est de pouvoir en décider dans la sérénité. C'est à cela que tend notre organisation. Le silence, le calme, la nature, les couleurs claires sont là pour ça..., m'expliqua la directrice lorsque je m'étonnai de ce non-accueil.

Barbara Bricott ne correspondait pas du tout à l'image que je m'étais faite d'elle en entendant sa voix au téléphone. J'avais imaginé une femme grande et maigre, à l'allure impeccable et coiffée d'un chignon serré. Une femme à l'air sévère et au sourire de circonstance. Au lieu de cela, je serrai la main d'une maman. C'est du moins le mot qui me vint à l'esprit en la découvrant qui m'attendait à la porte de son bureau. Taille moyenne, jolie, formes harmonieuses, plutôt bien en chair, large visage couvert de taches de rousseur et qui débordait de bienveillance, imposante chevelure blonde, cheveux mi-longs et lâchés, grands yeux grand bleu scintillant sous leur frange de soleil. Sous ces stigmates de douceur, Barbara Bricott dégageait une énergie hors du commun – je le sentis à sa poignée de main – et possédait un sourire plein de charme qui vous faisait vous sentir privilégiée dès qu'elle vous le décochait.

– C'est ce qu'il s'est passé chaque fois avec monsieur Muller ? Il a changé d'avis sur le banc du jardin ? Il m'a dit qu'il avait eu plusieurs rendez-vous ratés.

– Avant d'évoquer monsieur Muller, vous voulez peut-être en savoir plus sur le travail que nous accomplissons ici ?

– Oui, madame, merci, absolument.

Barbara Bricott me remettait dans le droit chemin. Ce serait elle qui guiderait l'entretien. Malgré sa gentillesse apparente, elle n'était pas femme à se laisser dicter sa conduite.

– Que savez-vous du suicide médicalement assisté ? me demanda-t-elle en m'entraînant à sa suite dans un couloir puis un escalier.

J'avais quelques notions. Non seulement j'avais lu l'article de ma consœur mais j'avais suivi avec intérêt en France les débats sur le sujet et l'adoption de la loi Léonetti instaurant en 2016 « le droit à une sédation profonde et continue jusqu'au décès pour les malades en phase terminale ». Je m'étais émue aussi de ces combats menés sur la place publique pour quelques cas particuliers, pour lesquels la loi était inopérante, souvent des jeunes gens accidentés à qui on refusait ou on accordait le droit de mourir selon les croyances, les opinions qui divergeaient au sein des familles. D'après ce que j'avais compris, dans certains cas, tout le monde pouvait bien se déchirer, il n'existait pas de « bonne » solution.

– Je sais qu'il est interdit en France, répondis-je, mais qu'il est légal ici en Suisse, ainsi que dans une dizaine de pays. Je sais qu'en Belgique il n'est pas autorisé mais que l'euthanasie est légale dans les cas désespérés. Je sais qu'il faut avoir un dossier médical en béton, être déjà condamné à mort en quelque sorte. Vous n'êtes là que pour exécuter une sentence qui a déjà été rendue. La mort n'est pas naturelle mais elle est douce. Il s'agit de prendre un peu d'avance pour éviter les souffrances physiques et psychiques. Je sais aussi que le danger est qu'il y ait des dérives.

– Il n'y en a pas chez nous. Nous y veillons. Je suis médecin, vous savez, je suis programmée pour sauver des vies.

Nous arrivâmes dans une grande pièce arrondie, qui devait être son espace de travail. Elle négligea le coin salon et nous nous assîmes de part et d'autre de son bureau.

– Je n'aurais jamais pensé créer une telle structure lorsque j'ai commencé à pratiquer la médecine. Mon seul objectif était de soigner, et ces soins visaient toujours à faire en sorte que la vie de mes patients se trouve prolongée et améliorée. De plus, durant mes études, la fin de vie n'était pas un sujet. Quelques heures seulement sur tout le parcours… J'ai exercé pendant plus de vingt ans avant d'être amenée à créer Dignity. J'ai pratiqué la médecine ici, à Genève, d'où je suis originaire mais aussi en Inde, en Afrique et dans les Caraïbes. Ce à quoi j'ai été confrontée m'a peu à peu appris que la vie et la mort étaient indissociables. Ma vocation est de soulager la souffrance pour améliorer la vie. Or il arrive, dans de rares cas, que ce soit la vie elle-même qui soit la souffrance.

– Qu'est-ce qui vous a fait sauter le pas et vous lancer dans la création de cette structure ?

– Mon père. C'est lui qui a inauguré Dignity.

– Vous voulez dire que…

– Oui. Il aurait dû être mon premier patient.

Son père… Ce n'était pas anodin. J'avais vu en elle une « maman », mais je m'étais trompée, elle était une fille. Une fille dévouée qui accompagnait des parents dans leur dernier voyage. Je pensai aux filles de H.

Ce qui n'était pas anodin non plus, c'était qu'elle emploie le mot « patient ». Certaines personnes auraient parlé de « clients » pour ces femmes et ces hommes venant acheter la mort. Mais un médecin n'a pas de client. Et Barbara Bricott était avant tout un médecin, elle avait bien insisté là-dessus.

– Vous pouvez m'expliquer ce qui s'est passé avec votre père ?

– Oui. C'est fondateur. Dans tous les sens possibles. Mon père était médecin, généraliste, comme moi. Il a exercé dans toute la Suisse, ici en ville mais aussi en montagne. Il a été confronté, comme tout médecin, au fil de sa carrière à des personnes malades en fin de vie, souvent dans ce qu'on appelle de « bonnes conditions », une famille aimante, de l'attention, une mort qui vient en douceur. Mais il a côtoyé aussi les douleurs immenses, la misère, affective ou économique, parfois les deux. La vie est injuste, il n'y a pas de raison que la mort ne le soit pas aussi. Bien sûr, la plupart des cas sont potentiellement faciles à résoudre. Il suffit que les équipes médicales autour du malade soient aussi bien formées que possible sur la fin de vie et les soins palliatifs… Voyez-vous, la Suisse autorise l'accompagnement au décès depuis 1918, nous portons donc, et depuis longtemps, beaucoup d'attention à nos concitoyens en fin de vie. Mais comment agir dans les cas où le palliatif ne suffit pas ? On ne peut pas faire comme s'ils n'existaient pas… Depuis 2001, le suicide assisté est encadré dans ce pays. Jusqu'à cette date, nous autres médecins n'avions aucune solution licite à apporter aux malades qui désiraient légitimement abréger leurs souffrances. Mon père a été plusieurs fois choqué par la dureté de la fin de vie de ses patients, à partir du moment où, hospitalisés, ils n'étaient plus sous son autorité. La déchéance était parfois très dure à supporter… pour tout le monde.

– Il a cherché d'autres voies…

– Nous en avons beaucoup parlé. Et lorsqu'il est devenu légal dans notre pays de choisir la date de sa mort, en cas de maladie incurable ou très invalidante, il lui est arrivé d'accompagner quelques patients à cette extrémité. À vrai dire, il l'avait déjà fait par le passé. La légalisation, pour lui, n'a pas changé grand-chose. Voyez-vous, la loi des hommes n'est pas toujours aussi exigeante que sa propre conscience.

– Vous avez parlé d'extrémité ? C'est donc que vous jugez que c'est un ultime recours ?

– C'est une extrémité au sens propre. L'autre extrémité de la vie. La naissance se fait aujourd'hui dans des conditions optimales pour que personne ne souffre. Il arrive de déclencher des accouchements lorsque cela est nécessaire. C'est ce que nous avons décidé de proposer, mon père et moi : provoquer une mort paisible comme on provoque une naissance. Personne ne se pose de question éthique lorsqu'il s'agit de donner le jour avant l'heure à un enfant, si sa santé ou celle de sa mère l'exige. Nous en avions parlé avant que la grave maladie de mon père ne soit diagnostiquée. Quand elle l'a été, il m'a dit : voilà le déclencheur, ma fille, monte cette clinique, je veux mourir quand je l'aurai décidé et je veux que ma mort serve à quelque chose. J'étais très affectée mais en tant que médecin, je ne pouvais que le comprendre et l'admirer. Nous en avons parlé autour de nous et nous avons eu la chance de pouvoir financer notre projet. Nous voulions proposer un encadrement humain et bienveillant. Nous avons créé une fondation. Grâce à de nombreuses donations, nous avons pu acquérir cette maison et la transformer. Cette fondation est suffisamment bien dotée pour que les patients bénéficient du meilleur de la médecine et du suivi psychologique en ne déboursant que des sommes modestes. La mort ne doit pas être à vendre. Pas plus que la vie. Ce qui est fou, c'est qu'on ne donnait pas six mois à vivre à mon père. Mais il tenait tellement à ce projet qu'il est resté en vie plus d'un an. Il est parti, en quelques jours, après l'ouverture de la clinique.

– Il est parti… sans aide ?

– Oui… C'est paradoxal… Finalement, il n'a pas eu besoin de nous. Il est parti serein, en sachant qu'il avait accompli cette mission qui lui tenait à cœur et l'a maintenu en vie un peu plus longtemps que prévu.

Je dois dire que j'étais autant impressionnée par le récit du Dr Bricott que mal à l'aise. Je mettais les pieds dans quelque chose d'ambigu et d'ultrasensible. Je sentais que chaque pas que je faisais, chaque parole que je prononçais pouvait déranger des forces obscures qui me hanteraient. Pourtant j'avais mon opinion là-dessus et entre ce que j'avais lu, la connaissance du sujet que j'en avais acquise, et ce que je voyais et ressentais dans cette clinique, je penchais plutôt en faveur de ce qui s'y passait. Mais je n'étais pas dupe non plus. Je sais qu'on ne badine pas avec la mort. Tout en étant donc favorable à la cause du suicide assisté lorsqu'il est strictement encadré et semble n'apporter que du confort dans la fin de vie de grands malades, je ne pouvais m'empêcher de penser qu'il y avait quelque chose de sacrilège dans cette façon d'organiser l'issue. Je songeais aux sociétés antiques, aux cultures non européennes, à leurs rites funéraires… N'y avait-il pas dans leurs coutumes des réponses à ces questions autour de la fin de vie ? Il serait utile que je me documente. Aurais-je seulement le temps ? Me revenait en mémoire cette phrase de l'écrivain Julien Green : *On ne devrait jamais condamner un homme à mort parce que nous ne savons pas ce qu'est la mort.* C'est le genre de phrase qui me semblait susceptible de clore le débat pour ou contre la peine de mort. Le genre de phrase qui vainc par K.-O. toute controverse sur le sujet.

Mais si l'on ne peut condamner à mort, peut-on alors se permettre de la hâter ? Le problème, c'est qu'il y a le débat d'idées et puis il y a la vieille femme, ou la jeune femme devenue vieille en six mois de temps, ou le vieil homme, ou le jeune homme ne pesant plus que trente kilos et qui vous demande ou vous supplie de l'aider à passer plus vite de l'autre côté, parce que finir ainsi, ce n'est pas une vie. Et là, je reconnais que je donnerai toujours l'avantage à l'être humain en souffrance plutôt qu'à la belle idée. Et puis, il y a ce que venait de me raconter Barbara Bricott. L'exemple si puissant de son père. Ce qui avait apporté du confort à sa fin de vie était tout d'abord le fait d'avoir un ultime projet. Mais aussi le fait de savoir que s'il avait besoin d'une assistance à mourir, il en bénéficierait, en toute légalité et sans mettre personne en danger d'être jugé.

– C'est compliqué, n'est-ce pas, de se faire une opinion de ce qui est juste et de ce qui ne l'est pas ? me dit Barbara en me décochant son sourire imparable.

– Oui, c'est vrai, je suis heureuse de ne pas avoir à trancher ce genre de décision.

– En tant que médecin, c'est ce que l'on fait tous les jours. Trouver le moindre mal.

– Je comprends. Pouvons-nous parler du cas de monsieur Muller ?

– Éric Muller est un cas particulier. J'ai été tentée plusieurs fois de refuser son dossier après l'avoir accepté.

– Ah bon ? Pourquoi ?

– Il est gravement malade, c'est vrai. Et de ce point de vue-là, il possède le profil des patients que nous pouvons assister. Seulement voilà, il a déjà eu cinq rendez-vous et il s'est toujours désisté au dernier moment. Le plus loin qu'il ait été, c'est dans un fauteuil du salon.

– Que s'est-il donc passé à chaque rendez-vous ?

– La première fois, il s'est assis sur le banc et est reparti avant même d'entrer. C'est la seconde fois qu'il a atteint le salon et que nous avons longuement parlé, à la suite de quoi je l'ai congédié. Il n'était pas prêt. En deux autres occasions, il a dormi à l'hôtel à Genève et a repris le premier train du matin, sans même venir nous voir. La dernière fois, il est venu à mon bureau, la veille de son rendez-vous, pour me prévenir qu'il ne viendrait pas le lendemain.

– Vous l'avez vu ?

– Je l'ai reçu ici même. J'ai voulu dénoncer notre engagement. Je pensais que les conditions n'étaient plus remplies. Mais il m'a convaincue de lui accorder un dernier rendez-vous.

– Qu'est-ce qui a fait que vous avez dérogé à votre règle ?

– Il a dit qu'il venait de rencontrer quelqu'un et que cela allait lui simplifier les choses. Est-ce vous ?

– Moi ?

– La personne qu'il a rencontrée et qui lui permettra d'aller au bout de son projet de fin de vie ?

– C'est possible. Il y a quelque chose qu'il veut faire avant de mourir. Je dois l'aider. J'ai peu de temps.

– Cinquante-six jours.

– Oui, je sais.

– Voyez-vous, il est très fréquent que des personnes à qui nous avons donné rendez-vous ne viennent pas. Elles cherchent avant tout à être en paix. Savoir que le moment venu, elles auront une main tendue suffit à les rassurer. Mais le cas d'Éric Muller est différent. Je pense que si quelqu'un recule cinq fois, c'est qu'il n'est pas temps pour lui. S'il ne vient pas la prochaine fois, il n'y aura pas d'autre rendez-vous. Il est prévenu. Il est d'accord.

– Hum, il n'a pas vraiment le choix…

– Il est conscient que ses multiples refus puisent peut-être leur motivation dans des sources qu'il ne connaît pas.

– C'est possible, dis-je en songeant que cet aspect évident des choses ne m'avait pas encore frappée.

Barbara Bricott avait soulevé ce point avec tant de facilité que je me fustigeai intérieurement de ne l'avoir pas fait jusqu'à présent. C'était pourtant une piste à ne pas négliger. Peut-être en effet qu'Éric Muller ne mourrait pas après que j'aurais fini d'écrire le livre. Cela changeait la donne. Mais si c'était inconscient, et cela devait l'être, je ne pouvais tout simplement pas lui en parler. De toute façon, il m'apparaissait que je m'étais engagée dans une fichue entreprise. La réalisation de mon projet reposait sur la mort de son commanditaire, puisque son décès était la condition de tout. Si H renonçait définitivement, que pourrais-je y faire ? Je ne pourrais tout de même pas râler parce qu'un candidat au suicide changeait ses plans…

– Mademoiselle ? Mademoiselle ?

Depuis combien de temps le Dr Bricott m'appelait-elle ?

– Pardon, j'étais dans mes pensées…

– J'imagine qu'il y a de quoi faire…

– Oui, répondis-je, un peu gênée.

Je ne savais trop ce qu'elle voulait dire par là et si seulement c'était gentil. Son visage n'exprimait qu'une passive amabilité.

– J'étais en train de vous dire que c'est Christine Muller, l'épouse décédée de monsieur Muller, qui a pris contact avec nous en premier.

– Je l'ignorais !

– Le temps que nous lui renvoyions notre accord, elle était décédée. Quelques mois plus tard, nous avons reçu le dossier de monsieur Muller. C'est la question que je me pose, voyez-vous : est-ce le souhait d'Éric Muller de finir ses jours ainsi, ou la dernière volonté de sa femme qu'il veut faire sienne ? Cela pourrait expliquer sa difficulté à aller au bout.

Je ne croyais pas du tout que ce fût la volonté de sa défunte épouse qui avait conduit H en Suisse. Éric Muller était certes un homme en proie à des tourments, mais il tenait la barre. Il était un capitaine. Un capitaine désorienté mais un capitaine. Je ne savais pas s'il convenait de s'en réjouir mais, après réflexion, je me dis que si je réussissais à faire ce qu'il attendait de moi, il serait à l'heure à son prochain rendez-vous.

Nous nous levâmes. L'entretien était terminé. Barbara Bricott me proposa de me faire visiter le reste de la clinique. Je refusai. Je ne voulais pas en voir plus que ce qu'en avait vu Éric Muller. Je voulais respecter la mort. Celle de H, la mienne, celle de tous. Serrant la main de Barbara Bricott, je ne pus m'empêcher d'éprouver deux sentiments contradictoires à l'égard de cette femme qui fabriquait des fantômes. Un sentiment d'admiration, un sentiment de peur.

55 JOURS

J'avais écrit toute la matinée.

Dire la vérité à ses filles. La plupart des gens auraient laissé un testament avec une longue lettre de justification ou d'explication. Mais lui voulait plus que ça. Il aimait ses enfants même s'il s'en était éloigné. Leur mésentente faisait qu'il lui fallait passer par mon filtre pour leur parler. Je m'étais trompée, je n'étais pas une porte d'entrée. J'étais une porte de sortie. Probablement une sortie de secours.

Je levai la tête. Étourdie d'écriture, à se demander si je n'avais pas oublié de respirer ces dernières heures. L'entrevue avec Barbara Bricott ne cessait de me hanter. Fallait-il être pour ou contre le suicide assisté ? Fallait-il d'ailleurs répondre à cette question ou s'agissait-il plutôt de reformuler la problématique ? Je songeais que le fait même que le débat existe était une bonne nouvelle. Certes certains s'écharpent. Mais ce temps durant lequel il n'y a pas encore de décision prise est précieux. Les atermoiements, disons, font partie du processus. Or le processus évite l'arbitraire. En France, il y a débat. Le débat nous honore. Dans combien de pays n'y a-t-il pas de débat possible ?

Je décidai de faire une pause le temps du déjeuner. J'avais besoin de prendre l'air après une matinée passée les yeux rivés à mon écran d'ordinateur. J'avais mal au dos comme toujours quand je restais assise longtemps à écrire. Je repensais aux paroles d'Éric Muller, je serais bientôt une *senior*. Mon dos semblait l'être déjà.

Au Perroquet, le bistrot en bas de chez moi, l'énergie circulait, courait, tournoyait. La vie était là. Il n'était pas question ici d'aller mourir en Suisse ou de disparaître, de dernières volontés ou de mystères. Il n'était question que de demis à la pression, de discussions de travail, de déjeuners entre collègues ou entre amis, de sandwiches au comptoir, d'omelettes complètes salades. Cette trivialité m'était salutaire.

Après le déjeuner, je pris mon vélo pour rejoindre H sur l'ancienne voie de chemin de fer. Il m'attendait au pied des escaliers.

Après les salutations d'usage, après que nous eûmes monté les marches et fait quelques pas, après que je lui eus donné les premières feuilles du livre, après que nous nous fûmes tenus en silence, je le regardai droit dans les yeux pour lui dire d'une voix que je fis la plus douce possible :

– Je reviens de la clinique Dignity. J'ai passé un long moment avec Barbara Bricott.

Je m'attendais qu'il me pose des questions, par exemple sur ce que j'avais pensé de l'établissement ou si sa directrice m'avait réservé un bon accueil. Il n'en fit rien. Au lieu de cela, il me désigna un banc, nous nous assîmes et H partit dans un long monologue qui me captiva. Dès la première phrase, je sentis que cela allait être important. Je mis mon enregistreur en marche.

– La clinique Dignity… Il y a d'abord eu le moment où ils m'ont écrit pour me prévenir qu'ils accédaient à ma demande. J'ai éprouvé une joie enfantine, la joie des premières fois. C'était la première fois que je mourais.

C'était troublant et un peu bête. J'ai ouvert l'enveloppe, j'ai lu. J'ai éprouvé le même plaisir que lorsque je recevais les réponses positives d'écoles auxquelles j'avais postulé lorsque j'étais étudiant. La même sensation qu'à l'annonce des résultats du bac ou du permis de conduire. C'était tout à fait idiot… Ce contentement d'avoir réussi à convaincre un jury composé d'inconnus que vous êtes l'homme ou la femme de la situation. Cette griserie qu'on vous ouvre une porte qui donne sur l'avenir… Dans ce cas précis, c'était encore plus stupide car, en l'occurrence, la porte que l'on acceptait d'ouvrir à ma demande donnait sur la mort. J'en étais à me réjouir qu'on veuille bien m'aider à partir. J'avais réussi quoi ? Rempli quelles conditions d'admissibilité ? Obtenu quelle distinction ? Une licence *ad patres* ? Une maîtrise en Au-delà ? Un permis d'extinction personnelle ? C'était… fou… comme sensation. Avez-vous déjà ressenti une joie tout en vous condamnant de l'éprouver ? Voilà ce qui m'arrivait. Mon intelligence et mon affect étaient engagés dans une lutte fratricide.

Je me souviens m'être installé dans cette joie. Elle m'a accompagné jusqu'à Genève. J'ai pris le train dans une sorte d'euphorie. Il s'était passé quelque chose dans ma chimie personnelle. J'étais comme drogué. Une route unique devant moi. Plus de choix à faire. J'avais pris la décision ultime. Je me disais qu'ainsi j'épargnais mes filles. Elles ne pourraient pas se reprocher mon trépas puisqu'elles n'étaient pas au courant. C'était le plan parfait.

C'est en arrivant à la clinique que la magie s'est dissipée. J'ai pris conscience du fait que les choses n'étaient pas aussi simples, que je ne pouvais pas tout bonnement disparaître, que j'avais des affaires à régler avant de partir, beaucoup d'affaires.

J'étais arrivé à Dignity en taxi. Je me suis senti d'un coup très fatigué. Comme lorsque, plus jeune, j'avais fait la fête très tard, et que le sommeil, sans prévenir, me prenait d'un coup. Ou comme quand, par la suite, je travaillais toute la nuit jusqu'à l'étourdissement. Un poids immense s'est abattu sur mes épaules. Un voile blanc m'est tombé devant les yeux qui m'a obligé à me reposer sur le banc devant l'entrée, au bord de la pelouse. Je me suis assis face à la bâtisse mais elle était trop imposante, elle m'empêchait de réfléchir. Alors, j'ai pris place de l'autre côté du banc, et j'ai laissé mes pensées et mes désirs sortir de moi. Je les ai regardés en face. C'est là, à ce moment précis, que m'est apparue la nécessité absolue d'écrire à mes filles. Comment avais-je pu croire jusque-là que je pourrais en être dispensé ? Il m'a aussi semblé évident qu'il me fallait régler certaines affaires professionnelles. Je ne devais pas quitter le monde en laissant les choses en l'état. J'avais des responsabilités. Mourir ne m'en exonérait nullement. J'ai rappelé une voiture et suis reparti directement à la gare. Bien sûr j'ai prévenu le Dr Bricott et demandé à décaler notre rendez-vous. Je lui ai expliqué ma ferveur qui avait été trop grande et avait masqué certaines réalités, je lui ai dit ma prise de conscience et l'ai assurée que mon désir de mourir était intact, ce qui était vrai. J'ai insisté pour qu'on ne me donne pas une nouvelle date trop éloignée. Je voulais rester dans l'énergie qui m'habitait et m'avait conduit d'une traite à la porte de mes funérailles.

Je me mordais les lèvres pour ne pas poser de questions, j'avais peur de le bloquer, il était lancé. Je ne savais même pas à qui il s'adressait. À moi ou à quelqu'un d'autre. À lui peut-être.

Ils m'ont donné une autre date. Cette fois, je n'avais pas l'intention de foncer tête baissée. J'ai pris soin de mettre mes affaires en ordre. J'ai organisé plusieurs rendez-vous au bureau visant à assurer le suivi de dossiers sensibles. Je cherchais surtout à ne pas provoquer d'ennuis aux gens que j'appréciais et qui auraient pu se trouver en difficulté du fait de mon départ. Je n'ai bien sûr rien révélé de mes projets. Aux questions que l'on m'a posées, j'ai répondu que j'allais demander à prendre ma retraite. J'ai écrit une lettre à mon président pour l'en informer. Je savais que j'aurais quelques mois de préavis. D'ici là je serais dans un autre monde de toute façon, ce n'était qu'une manière de justifier mon désir de transmission. J'ai assez vite reçu ma nouvelle convocation à Dignity.

– Vous étiez toujours sûr de vous ?

– La seconde date que l'on m'a donnée pour mourir tombait un vendredi. Je me suis demandé si cela avait un sens. Était-il préférable de mourir la veille d'un week-end ou était-ce mieux pendant ? Si j'avais eu le choix, aurais-je opté plutôt pour un lundi afin de bien attaquer la semaine ? La vérité c'est que, quand vous allez mourir, vous vous en foutez complètement. Lundi, dimanche et autres jeudis ont tous la même valeur. L'organisation de la semaine, c'est quelque chose pour les vivants. Moi, j'étais déjà mort. C'est à ce moment-là d'ailleurs que je m'en suis rendu compte. Je croyais être reparti vivant de Genève après mon premier rendez-vous à Dignity, mais pas du tout, j'y étais bien mort en fait et puisque j'étais mort, je pouvais bien prendre le temps de vivre encore un peu. Je me suis détendu.

– Je ne comprends pas…

– Prendre le temps de vivre encore un peu : mettre de l'ordre dans ma vie avant de partir. Ne pas claquer la porte en laissant un cloaque derrière moi. J'ai écrit à Jeanne, à Lou, en pesant chacun de mes mots. Je leur disais mon amour ainsi que ma résolution de ne pas leur infliger le spectacle de mes douleurs et la déchéance qui commençait à pointer sa truffe dégueulasse de bête cruelle et décatie. J'y ai passé beaucoup de temps et c'est avec le sentiment du devoir accompli que je suis reparti le jeudi soir pour Genève. Les lettres reposaient dans des enveloppes cachetées, à leurs noms, posées en évidence sur le bureau de ma maison de Bourg-en-Bresse. Mes deux filles ne manqueraient pas de s'y rendre après l'annonce de ma mort et les y trouveraient. Tout était bien organisé. Du moins, me le semblait-il : je croyais avoir tout prévu.

Mais je n'avais pas tenu compte du fait que mes filles et moi n'avions plus aucune relation. Dans ce moment où je n'étais plus qu'à quelques pas de quitter ce monde, j'oubliais tensions et différends. Je me disais qu'ils n'étaient pas importants, qu'ils s'effaceraient avec ma mort. Je faisais des raccourcis avantageux, imaginant qu'après ma disparition tout s'arrangerait, que mes filles iraient mieux, cesseraient de m'en vouloir, que nos relations redeviendraient douces, ce qu'elles auraient toujours dû rester. Bien sûr, ce serait des relations posthumes mais l'important était que l'amour l'emporte et je ne doutais pas qu'il le pût.

– Cela fait combien de temps que vos relations avec vos filles se sont dégradées ?

– Oh, je ne sais pas vraiment… Il n'y a pas de date précise. Elles se sont empoisonnées peu à peu… C'est même plus compliqué que ça. Il était nécessaire qu'elles se détériorent.

Un silence vint ponctuer cette phrase étrange. J'attendis la suite. Rien ne vint.

– Que voulez-vous dire par là ?

Et comme il ne répondait toujours pas :

– Vous ne pouvez rien me dire ? Je dois trouver par moi-même ?

H acquiesça d'un hochement de tête.

– L'anniversaire de Jeanne tombe le vingt et un juin. Croyez-vous que ce soit un problème ?

Le vingt et un juin ? La date de son dernier rendez-vous à Dignity ? !

Je ne savais pas en effet si faire en sorte qu'une fille fête son anniversaire le jour où son père a décidé de se suicider pouvait être considéré comme un cadeau. Mais ce n'était pas forcément une punition non plus. Alors quoi ? Un rendez-vous ?

– Si vos relations sont apaisées, cela ne devrait pas l'être. Mais si elles ne le sont pas, alors elle risque d'y voir une ultime manipulation…

H ne répondit pas. Nous étions toujours côte à côte sur ce banc. Quelques rares promeneurs passaient sans troubler notre silence. Une petite dame suivait à pas menus un chien, sa main d'enfant gantée d'un sac en plastique blanc opaque ; un type, maigre, crasseux, flottait plutôt qu'il ne marchait ; un autre type, un jeune homme, en survêtement, des écouteurs ponctuant ses oreilles de virgules blanches, parlait avec animation. Aucun d'eux ne faisait attention à nous.

Je regardai le bouledogue se fendre d'une crotte, la menotte de plastique s'en emparer, l'homme en survêtement raccrocher, lever la tête de son téléphone, marquer un temps d'arrêt en voyant que le type flottant devant lui s'effondrait, puis se précipiter, le rattraper juste avant qu'il ne touche terre, et le guider ensuite en le tenant par le coude vers la sortie la plus proche.

H n'avait rien suivi de tout cela. Il me l'avait dit, il n'était déjà plus de ce monde. Sa voix me ramena dans le sien.

– Jeanne est née à l'hôpital Massena de Nice à huit heures du matin. C'était un bébé calme qui posait un regard grave sur les choses et les gens. Les yeux sombres en amande qu'elle tenait de sa mère, sa bouille de petit bouddha, je l'ai adorée tout de suite… Je lui ai toujours parlé comme à une adulte, j'avais l'impression que se cachait dans ma petite fille la maturité d'une autre. Vers l'âge de sept ans, elle a développé une passion pour l'équitation. Elle adorait monter les poneys et était curieuse de tout ce qui les concernait. Son engouement était total. Sitôt l'école terminée, elle n'avait qu'une idée en tête, qu'on l'accompagne au haras qui se trouvait non loin de la maison. Elle se tenait fièrement en selle, droite comme un *I* même après chaque obstacle, elle était magnifique. Pour ses treize ans, je lui ai acheté un cheval. Nos relations n'étaient déjà plus terribles. Nous vivions en région parisienne à cette époque.

– Jeanne est-elle mariée aujourd'hui ? A-t-elle des enfants ?

– Jeanne vit seule. Il y a eu un jeune homme. Elle ne s'est jamais épanchée sur les raisons de leur rupture. Elle s'était déjà beaucoup éloignée de moi. Et ne se confiait pas à sa mère non plus.

– Qu'en est-il de Lou ?

– Lou est mariée. Elle est pédiatre. Elle exerce à Paris dans le treizième arrondissement. Son époux est artiste peintre. Ils vivent dans une petite maison. Un endroit minuscule dans un joli quartier. Ils vivent là parce que c'est pratique, Yves Marie a son atelier accolé à la maison, mais Dieu que c'est exigu. Enfin, elle est heureuse. Je suis son seul nuage. C'est dommage parce que Lou étant médecin, j'aurais pu avoir avec elle le genre de conversation qu'on peut dérouler au soir de sa vie. De plus, Lou a toujours été intéressée par la mort. Depuis toute petite. Ses dessins d'enfant avaient un point commun, ils étaient peuplés de squelettes. Christine et moi nous heurtions souvent aux regards soupçonneux de qui jetait les yeux sur ses œuvres. Le nombre de fois où l'on nous a conseillé d'emmener Lou consulter un « spécialiste » ! Jamais nous n'avons suivi ces conseils. C'était une petite fille étrange mais souriante et bien dans sa peau. Si Lou dessinait des squelettes, c'est qu'elle avait compris le secret des apparences. Son plus grand plaisir, l'hiver venu, était de se promener avec moi dans les criques sauvages des environs, à la recherche d'ossements d'oiseaux, de rongeurs, ou de petits mammifères. Sa joie quand elle découvrait un crâne de lapin ou une mâchoire de rat des champs ! S'il y restait des dents, c'était encore mieux. Elle ramenait, enchantée, à la maison ces trophées qu'elle exposait dans son musée au fond du jardin.

– Nice ne fut donc qu'une période agréable dans votre vie, ai-je conclu.

– Oui… Presque…, répondit Éric.

Et sans me laisser le temps de lui demander le pourquoi de cette nuance, il enchaîna.

– À Nice, je passais beaucoup de temps avec mes deux filles. Mon agenda me le permettait. Je veillais à donner de l'attention à chacune. Le samedi matin, j'emmenais Jeanne au cheval et partais l'après-midi en excursion avec Lou, à la recherche d'ossements.

Tout cela me paraissait une bien jolie histoire mais je ne voyais pas en quoi cela expliquait la situation actuelle. Qu'avait-il pu se passer ensuite ?

– Et votre femme ? lui ai-je demandé. Vous n'en parlez pas beaucoup ?

Il ne me répondit pas. Il semblait perdu dans ses pensées. Je posai alors une autre question, espérant le faire réagir.

– Pourquoi avez-vous quitté Nice ?

Je n'eus pas plus de succès. Je ne me rendais pas compte à cet instant que H, en ne donnant pas suite à certaines de mes questions, définissait les contours du livre. Si la question que je posais n'était pas la bonne, il passait lui-même à la suivante. Il savait très bien ce qu'il voulait voir écrit. Et peut-être aussi ce qu'il ne voulait pas voir.

Toutefois, après un long moment, il reprit la parole et ce fut pour répondre à ma première question :

– Christine n'a cessé d'être mon grand amour.

Puis il eut un regard vers la droite et cela mit un point final à cette conversation.

Un homme marchait dans notre direction. H prit dans la poche de son costume une enveloppe qu'il me tendit.

– Je ne vais pas pouvoir vous en dire plus aujourd'hui. Je vous laisse notre contrat, vous le lirez et me le rendrez signé à notre prochaine entrevue.

L'homme s'arrêta à notre hauteur. H se leva. Je pensais que l'homme voulait nous demander un renseignement mais au lieu de cela, il prit H dans ses bras et lui administra moult tapes dans le dos. Les deux hommes se dévisageaient en souriant, comme étonnés d'être face à face, quand bien même il était maintenant évident qu'il s'agissait d'un rendez-vous.

L'instant me parut suspendu. Ce n'était pas une simple rencontre, c'étaient des retrouvailles.

Éric fit les présentations.

– Jean-Pierre, voici Blanche, dont je t'ai parlé. Blanche, je vous présente mon plus vieil ami Jean-Pierre Doucet.

L'homme avait un visage brouillon mais une poignée de main nette.

– Jean-Pierre, lui dit H juste avant de partir, comme je te l'ai dit, Blanche est une journaliste qui écrit un article sur moi. Tu peux tout lui dire à mon sujet, ne lui cache rien. Tout est prescrit, n'est-ce pas ?

Et il rit, d'un tout petit éclat de rire qui me fit ouvrir grands les yeux. Ce rire était celui d'un homme que je ne connaissais pas.

JEAN-PIERRE

Jean-Pierre Doucet, puisque c'était lui, le deuxième nom sur la liste, me fut ainsi servi sur un plateau.

Il portait sur son visage rond un air rêveur qui se convertissait sans prévenir en regard aiguisé dès qu'il parlait de son travail. C'est une dichotomie que j'ai souvent repérée chez mes interlocuteurs. Ils laissent voir une nature au repos, et une autre dès qu'ils revêtent leurs costumes professionnels. Parfois, il se trouve des gens pour être d'un seul tenant, je les appelle les *tout-d'une-pièce*. Je porte particulièrement dans mon cœur ces gens-là. Je me demandais dans quelle catégorie je pourrais ranger Éric Muller. Les gens qui abritent en eux des secrets sont-ils forcément des mystères pour les autres ?

J'abordai Jean-Pierre Doucet en lui demandant tout d'abord de me dire ce qu'il savait des circonstances de notre entrevue. Je voulais savoir où je mettais les pieds, ce qu'avait prétexté H pour amener son ami à me rencontrer.

Presque rien, fut ce que je compris de sa réponse. Éric lui avait seulement demandé de venir le voir à Paris, il s'agissait de rencontrer une personne qui lui poserait des questions personnelles. Il avait présenté la chose comme un service à lui rendre. Et il y avait peu de chose, m'assura-t-il, qu'il aurait pu refuser à ce vieil ami.

Je fis avec Jean-Pierre Doucet la promenade que nous n'avions pas faite H et moi, ce jour-là.

J'appris les circonstances dans lesquelles les deux hommes avaient fait connaissance à Nice. Tous deux professeurs sur le campus, ils enseignaient des matières proches, la biomécanique et l'ingénierie électronique. Les deux jeunes hommes animaient ensemble des ateliers de recherche avec leurs étudiants. C'est à cette époque qu'Éric avait rencontré Christine. Jean-Pierre, lui, était déjà en couple avec celle qui allait devenir sa femme, une dénommée Clémence. Je me souvins qu'il y avait en effet une Clémence Doucet sur la liste que m'avait communiquée Éric.

Je l'interrompis pour l'interroger sur Christine. J'allais lui poser des questions désordonnées. C'était une technique que j'avais mise au point pour que la personne en face de moi ne puisse savoir précisément où je voulais en venir et me réponde le plus spontanément possible.

– Christine était une fille géniale, originale, fantasque. Nous nous sommes connus très jeunes, j'étais au lycée, en classe de seconde, si je me souviens bien. Sa mère et elle s'étaient installées dans le coin. Elles venaient de Marseille.

– Vous étiez dans le même lycée ?

– Non. Christine n'allait pas au lycée. C'était une jeune fille très intelligente mais elle avait du mal avec la discipline. Elle s'était fait renvoyer de deux écoles, alors elle avait décidé d'arrêter les frais et de poursuivre sa scolarité par correspondance. Ça avait plutôt bien marché mais elle était sortie du système et cela l'avait singularisée malgré elle. Toute jeune, elle gagnait bien sa vie en faisant le mannequin, des photos, des publicités. C'était une très jolie fille mais pas jolie du genre spectaculaire. Elle n'était pas très grande, mais très mince, avec un visage fin et des yeux vifs qui bougeaient tout le temps. Elle souriait tout le temps aussi, vous pouviez lui annoncer une mauvaise nouvelle ou vous fâcher, elle souriait. C'était sa nature. Elle ne pouvait pas faire autrement.

(Une *tout-d'une-pièce*, ne pus-je m'empêcher de penser.)

– Tout le monde l'aimait bien, enfin surtout les hommes. Elle avait l'air d'une enfant. On avait envie de la protéger. Elle a toujours eu l'air d'une gamine d'ailleurs, toute sa vie, enfin, une gamine avec un esprit d'une rare vivacité. Elle réfléchissait à la vitesse de la lumière. À ce jeu, elle nous battait tous. Christine et Éric, ça a été tout de suite le coup de foudre. Ils se sont connus et ne se sont plus quittés, et Clémence et moi, on ne les a plus quittés non plus, enfin jusqu'à la vente de la boîte.

– De quelle boîte ?

– Celle qu'on avait montée Éric et moi. Nous passions tout notre temps à chercher des moyens de révolutionner l'automobile. C'était notre truc, on se disait qu'il fallait inventer un progrès par jour. On se tirait la bourre pour être celui qui aurait la meilleure idée. On l'a eue ensemble.

– Vous pouvez m'expliquer ?

– Oh, c'est simple ! Il y a trente-cinq ans, c'était une hécatombe sur les routes. Avec Éric, nous avions décidé de réfléchir à des systèmes pour améliorer la sécurité. La région de la Côte d'Azur était une zone particulièrement dangereuse, surtout l'été. Nous examinions chaque accident qui se produisait et cherchions comment, quel que ce soit le conducteur et son niveau de conduite, nous aurions pu l'éviter. Et c'est ainsi que nous avons développé le premier correcteur de trajectoire de l'histoire. Nous avons déposé un brevet.

L'expression « correcteur de trajectoire » résonna à mes oreilles… N'était-ce pas justement ce que j'étais en train de faire en ce moment, corriger une trajectoire ? Celle d'Éric Muller lui-même ?

– Très vite, poursuivit Jean-Pierre Doucet, les constructeurs nous ont approchés. Il restait beaucoup de travail avant de concrétiser le projet mais la piste était prometteuse. Nous avons tout d'abord refusé de vendre notre invention. Nous étions décidés à monter notre boîte, nous ne voulions pas risquer que notre idée nous échappe. Nous avons développé d'autres innovations mais on a dû se rendre rapidement à l'évidence : on ne ferait pas le poids face aux constructeurs. Les Allemands notamment insistaient fort pour racheter notre brevet. Éric et moi sommes tombés d'accord sur le fait que c'était une chance qu'il nous fallait saisir. On a vendu la société. Ils ont voulu nous racheter avec. On s'y attendait et il était entendu entre nous que nous refuserions. Nous avions décidé de continuer à inventer dans notre coin, de rester des artisans. J'ai dit non comme convenu. Éric a accepté. De ce jour, nous n'avons plus jamais travaillé ensemble. Heureusement que l'amitié a été plus forte. Enfin j'avoue que, sur le moment, j'étais triste et en colère.

– Pourquoi a-t-il fait ça, à votre avis ?

– Honnêtement, je n'ai jamais compris.

– Ah bon ? Même depuis le temps ?

– Non… J'ai été réellement surpris. Éric ne voulait pas quitter Nice, ni se faire embaucher. On était d'accord sans même avoir pesé le pour et le contre. Ce qui nous convenait, c'était de rester ici, et de continuer sur notre lancée.

– Vous n'avez aucune idée de ce qui a pu le pousser à changer d'avis ?

– Comment ont-ils réussi à le convaincre ? Je me le demande encore aujourd'hui. C'était comme si, soudainement, il avait réalisé que ça leur ferait du bien à Christine et à lui de changer d'air. C'est d'ailleurs ce qu'il m'a affirmé à l'époque. Mais… je ne l'ai pas cru. Il était parti à Paris pour finaliser les termes de la cession du brevet et quand il est revenu, il n'était plus le même et voulait accepter la proposition des Allemands. Sans explication valable. Pour être franc, j'ai supposé qu'il avait eu là-bas une proposition qu'il ne pouvait pas refuser.

– On parle de quelle époque, là ?

– Avril 1983, mademoiselle. Ça, je n'oublierai jamais.

– Christine et votre femme n'étaient-elles pas intimes ? Elles n'en ont pas parlé ?

– Elles étaient amies mais pas vraiment intimes.

– Qui était l'amie la plus proche de Christine ?

– Christine n'avait pas d'amie particulièrement proche, pas à ma connaissance en tout cas… Enfin, il y a une amie d'enfance quelque part, marseillaise… que je n'ai jamais vue… à part à l'enterrement.

– Vous lui en avez voulu longtemps ?

– Je n'en revenais pas de voir partir tout à coup mon associé et meilleur ami, mais il disait que c'était mieux pour lui, pour eux… je lui ai fait confiance. Que faire d'autre ?

– Et à présent ?

– Je n'en sais pas plus, nous n'en avons jamais reparlé.

– Ça a dû casser quelque chose dans votre relation, ce non-dit ?

– J'ai tout fait pour que ce ne soit pas le cas… Mais on ne peut pas lutter contre la distance…

– Loin des yeux loin du cœur ?

– Non, pas du tout. Cette distance, c'est Éric qui l'a décidée et elle n'avait rien de géographique. Il ne m'a pas tout dit. J'ai respecté son silence. Mais je sais qu'il y avait quelque chose.

– Où était basée la société qui vous a racheté ?

– À Stuttgart.

– Éric est parti là-bas ?

– Il y a fait un court séjour… quelques mois. Christine l'a accompagné. L'année scolaire était en cours, leurs filles sont restées à Nice à la maison. À la rentrée suivante, ils se sont installés tous ensemble en région parisienne. Éric a pris la tête de l'innovation de leur filiale là-bas. Il y est resté plusieurs années jusqu'à la diriger. Et puis il s'est fait débaucher par sa boîte. Celle dans laquelle il est toujours.

– Et vous ?

– Ah, moi… J'ai pas trop mal mené ma barque, dit-il avec un air malicieux, déjà avec une partie des sous, je me suis acheté un bateau. Un beau. Un vieux. Je l'ai toujours. Tous les étés, on part avec ma femme et mes enfants et maintenant avec mes petits-enfants. C'était mon rêve. J'ai continué à exercer mon métier d'enseignant, j'ai aussi monté une nouvelle société de recherche dans l'ingénierie automobile et continué à faire ce que je savais faire, innover dans la sécurité. Voulez-vous que je vous montre des photos du *Bel-Ami* ?

– Du *Bel-Ami ?* ai-je répété dans un sentiment de totale incompréhension.

– C'est le nom de mon bateau…

– Ah ! Non, merci ! me hâtai-je de répondre, enfin une autre fois ? Si je peux abuser encore de votre temps, je préférerais que vous me parliez de la vie familiale d'Éric. Quelles étaient ses relations avec ses filles ?

– Eh bien… il les adorait ! Elles étaient le centre de son monde, c'est sûr. Il leur consacrait beaucoup de lui-même. En bon ingénieur, il passait son temps à leur expliquer le fonctionnement des choses. Les petites étaient trop jeunes pour comprendre mais personne d'autre que leur père ne leur parlait ainsi, alors elles l'écoutaient avec attention, la grande avec ses cheveux courts et son regard grave, la petite avec ses couettes et ses yeux rieurs.

– Encore quelques questions, si vous le permettez. Êtes-vous restés en contact avec eux tout le temps depuis leur départ ?

Il grimaça.

– Ça fait un bail qu'on ne s'est pas vus. Mais au début, nos familles se retrouvaient pour les vacances, chaque année.

– Comment diriez-vous que votre ami a évolué professionnellement ?

– Je dirais qu'il a fait une jolie carrière, c'est sûr…

– Mais ?

– Mais je ne l'envie pas.

– Pourquoi ?

– Il est entré dans un monde très dur. Il n'était pas fait pour ça. Il a souvent eu droit à des critiques dans la presse. Bien sûr, les faits qu'on lui reprochait étaient avérés, pour autant je n'ai jamais reconnu Éric dans le portrait qu'on faisait de lui.

– Et du point de vue de sa vie privée ?

– Ah… Là… il n'a pas eu de chance…

– Vous pouvez m'en dire plus ?

– D'après ce que je sais, mais je n'en ai jamais parlé avec lui, Christine est tombée malade.

– Oui, je sais.

– Éric est quelqu'un de très pudique…

Je sentis, dans le silence qui suivit, que cette pudeur alliée à un certain secret avait fait que les deux hommes n'avaient pu continuer à développer leur amitié. Quel était ce secret ? Était-ce cela que je devais trouver ?

– Il vous a caché des choses, vous pensez ?

– J'en suis sûr, mademoiselle. Mais quoi ?

– Merci, monsieur Doucet.

– J'ai une question moi aussi.

– Allez-y.

– Éric m'a pris ce billet de train, avant-hier, à l'improviste. Il m'a dit de lui faire confiance. J'ai tout lâché pour venir vous raconter la fin de nos années d'or. Pourquoi ?

– Allez-vous le revoir avant de repartir à Nice ?

– Je dîne avec lui ce soir.

– Vous lui demanderez alors. Pour ma part, je pourrai vous répondre mais pas avant la fin du printemps.

J'éprouvai un pincement au cœur en pensant que ce serait mon livre qui répondrait à la question de Jean-Pierre. Éric ne le pourrait peut-être plus.

Une pensée acheva de me bouleverser : j'étais l'unique dépositaire du secret de la fin de vie d'Éric Muller.

Je ressentis sa solitude de façon violente. Je venais de rencontrer son ami le plus proche, et c'est pourtant moi, qui le connaissais à peine, qui détenais la clef de son âme. Si on exceptait Barbara Bricott, moi seule le savais malade. Moi seule partageais le secret de la date de sa disparition prochaine.

Je quittai Jean-Pierre Doucet avec une angoisse grandissante. Je pris sa carte professionnelle, la lui rendant avec mes propres coordonnées écrites au dos, prévoyant que je n'en avais pas fini avec cet ami intime de H.

Ma tête bruissait d'informations sur cette vie, ces destins qui se dessinaient, ces personnes que je ne connaissais pas et qu'il me fallait cerner si vite. C'était pourtant quelque chose dont j'avais l'habitude. Ce qui était inhabituel, c'était mon propre rapport à ces sensations que je connaissais si bien. Je sentais, cette fois, que je donnais vie à mon livre comme un savant fou donnerait vie au prototype improbable qu'il vient de créer en le branchant à son propre système veineux.

– Dernière chose, dis-je encore à Jean-Pierre Doucet avant de partir, auriez-vous des photos de cette époque que vous pourriez me confier ?

– Oui, bien sûr… Clémence garde tout…

– Éric m'a donné ses coordonnées. Pouvez-vous la prévenir que je vais l'appeler ?

Je me forçai à rentrer chez moi à pied, la marche me permettrait de chasser cette angoisse diffuse qui me menaçait, tout en ordonnant mes idées. Je ne voyais rien dans le récit de l'ami des débuts qui pût m'éclairer sur le problème avec ses filles. Mais j'avais avancé tout de même, j'avais mis au jour un secret. Un secret dont l'ami intime de H connaissait l'existence mais non le contenu. J'avais aussi découvert l'inverse de ce à quoi je m'attendais. Le portrait d'un homme qui adorait ses enfants et était adoré d'eux. Comment la situation avait-elle pu s'inverser ?

52 JOURS

Ces derniers jours, j'avais eu Clémence Doucet au téléphone, beaucoup écrit, laissé des messages à la plupart des contacts de H. J'attendais qu'ils me rappellent. J'avais aussi dégoté les adresses professionnelles des filles de H.

Je me demandais ce que lui faisait pendant ce temps, à quoi il s'occupait. Je lui posai la question, au rendez-vous d'après, alors que nous marchions en une fin d'après-midi tranquille sur la Petite Ceinture.

H me répondit qu'il se reposait. Je m'en étonnai. À quoi bon se reposer lorsqu'il vous reste cinquante-deux jours à vivre ? Était-il utile de mourir au meilleur de sa forme ? Il ajouta qu'il *respirait.* Il ne dit rien de plus. Je voyais sa poitrine se gonfler à chaque inhalation. Instinctivement, je mis la mienne à l'unisson.

J'essayai de saisir sa pensée. Voulait-il vivre pleinement chaque bouffée d'oxygène qui le séparait de la dernière ? Comme on dit qu'on veut profiter de chaque seconde ? Une manière de tirer parti de chaque seconde était-elle de se concentrer sur le fait de respirer ? Sur le fait d'être en vie ? Valait-il mieux vivre ou se concentrer sur le fait d'être en vie ?

Dans ma tête résonnait la question miroir, celle qui me concernait : valait-il mieux, pour tirer le meilleur parti de la vie, vivre les choses ou les écrire ? Les deux sûrement. « Si je ne les écris pas, les choses ne sont pas allées jusqu'à leur terme, elles ont été seulement vécues », me répondit Annie Ernaux.

C'était un vaste sujet, qui m'intéressait au plus haut point, et j'aurais volontiers engagé la conversation avec l'écrivaine, mais ce n'était pas celui de ce livre et d'ailleurs H me le rappela en me replaçant sur nos rails. Il prit une grande inspiration pour me raconter son second rendez-vous à la clinique Dignity. Il s'y était passé quelque chose d'extraordinaire, me prévint-il.

– J'avais réussi à pénétrer dans la clinique. Je me suis assis dans le canapé blanc de l'entrée. Mais je n'ai pu aller plus loin. J'avais un peu d'élan pourtant. J'avais pris congé du taxi, j'étais serein, j'avais regardé le banc sans éprouver l'envie de m'y installer, étais entré dans le hall. Et puis… ce fut tout. Mes jambes se sont dérobées. J'ai juste eu le temps de gagner le grand canapé blanc et de m'y cramponner. Lorsque Barbara Bricott est venue m'accueillir, elle a sûrement vu un homme digne, assis et se tenant droit. Le problème est survenu juste après, lorsqu'elle m'a prié de la suivre. Mes jambes ne m'ont pas obéi. Mon corps a refusé de se mettre debout. Barbara Bricott ne s'est pas démontée. Elle a approché un fauteuil et nous avons conversé longuement. À la fin de l'entretien, presque deux heures plus tard, mes jambes ont accepté de me porter. Direction la sortie.

– De quoi avez-vous parlé durant ces deux heures ?

H me raconta tout. Et même beaucoup plus. Il ne s'arrêtait plus, prisonnier de sa logorrhée. Il parlait vite, revenait en arrière, s'attardait longuement sur des points de détail, enchaînait, à l'aide de sauts dans le temps, sur des événements postérieurs. Se laissait-il balader par une pensée libre ? Ou avait-il prévu ce jour-là de me raconter tout ce qui concernait ses rendez-vous à la clinique ? Je penchais pour cette dernière option. Il avait probablement décidé qu'aujourd'hui était le jour où l'on évacuerait le sujet. C'était beaucoup d'informations, il ne respectait aucune chronologie, il m'était donc difficile de le suivre et je me félicitais d'avoir mis mon dictaphone en marche. Je ne comprenais pas tout, loin de là, mais je le laissais vider son sac qui était plein de ses rendez-vous à la clinique, plein de Barbara Bricott, empli de pensées sur sa mort, sur la mort, sur la difficulté de la rencontrer, de s'entendre avec elle. Je ne posai que très peu de questions. Il n'avait pas besoin d'être relancé. Il déroulait les fils tout seul. Quand enfin il eut fini, il s'était passé cinq heures. J'étais à la fois soûlée de paroles et fascinée par son récit. Surtout je me disais que le livre venait de progresser d'un bond.

Le lendemain, réécoutant l'enregistrement, je me rendis compte assez vite que j'allais avoir un gros travail à faire pour rendre audible ce récit décousu.

Je réécoutai chaque passage plusieurs fois, faisant sans arrêt des play/pause pour percevoir les divers sens de ses propos, de ses images, pour remettre dans l'ordre des idées dont j'avais parfois du mal à saisir le lien.

Ce fichier-là, j'allais prendre le temps de le retranscrire mot pour mot sur mon ordinateur. Ce serait chronophage mais je n'avais pas le choix, il était essentiel. H m'avait donné à vivre chacun de ses rendez-vous avec la mort.

Ce travail me prit deux jours. La retranscription terminée, je baptisai le fichier : *Les cinq premières morts d'Éric Muller*. Je pus dès lors réécrire l'histoire selon la chronologie : le compte rendu en quelque sorte de chacun de ses rendez-vous pris les uns séparément des autres. Je classai également les informations par thèmes. Il serait peut-être intéressant d'intégrer dans le livre les différentes pensées et réflexions que H avait délivrées au cours de cet entretien fleuve. Même si elles étaient désordonnées, posées parfois dans la conversation comme un cheveu sur la soupe. Je me dis qu'il serait bon de faire de même dans le livre et de poser ses pensées en passant. Elles seraient comme des respirations de H, venant rappeler que le personnage était plus qu'un personnage mais l'homme à l'origine de tout.

À partir de là, j'ai pu écrire ce qui s'était passé lors de chacun des voyages qu'il avait faits à Genève à la suite de sa première visite. Je n'ai rien romancé. Ma sensibilité s'est simplement ajoutée à la sienne.

Cette méthode m'a permis d'écrire la suite de la première entrevue d'Éric Muller avec Barbara Bricott. Alors qu'il venait de pénétrer pour la première fois dans la clinique et se trouvait bloqué dans le canapé de l'entrée.

Quand elle est entrée dans la pièce, m'a dit H, habillée tout en blanc, j'ai d'abord pensé à un ange. Je m'en suis aussitôt voulu, quel cliché. Cette femme n'était pas un ange. Je voulais mourir, pas me mentir. Et puis, je me suis dit que le blanc était tout simplement la couleur de l'uniforme du personnel médical, dont elle était. Mais c'était aussi la couleur de l'écran de cinéma parce qu'on peut ainsi y projeter ses images, son histoire… Je me suis demandé si ce n'était pas plutôt cela le sens de sa tenue, être le plus neutre possible pour laisser toute la place à l'autre, enfin j'ai décidé de stopper cette activité cérébrale, vaine, désordonnée. J'ai voulu me lever pour la saluer, elle, l'infirmière, l'ange, la projectionniste, mais je n'ai pas pu. Mes jambes sont restées bloquées, genoux pliés en un angle droit parfait.

Que dit-on à une personne qui va mourir dans quelques instants ? Lui demande-t-on si elle a fait bon voyage ? La félicite-t-on pour sa bonne mine ? Est-ce qu'on lui propose à boire ? Barbara Bricott, elle, me complimenta sur ma chemise bleue qui, selon elle, mettait en valeur mon regard azur. J'ai dû avoir un sourire crispé. J'avais un problème urgent à régler : mes jambes étaient tétanisées. Elle m'a proposé de l'accompagner. Je voulais bien, mais comment ?

Le Dr Bricott me faisait face, debout, attendant patiemment que je me lève, je décidai de jouer franc-jeu avec elle.

– Je suis désolé, je ne peux pas.

– Vous ne pouvez pas… quoi, monsieur Muller ?

– Vous suivre. Mes jambes refusent de m'obéir.

– Vos jambes ne vous portent plus ? Voulez-vous un peu d'aide pour marcher ?

J'acceptai l'aide bienvenue. Barbara Bricott me tendit son bras. Mais sans succès. Mes jambes étaient de marbre, mes pieds, de plomb, le mécanisme de mes hanches, verrouillé. Trente Barbara Bricott n'y auraient pas suffi.

La directrice de la clinique Dignity n'avait pas la force de me mettre sur mes pieds, mais elle avait celle de tirer un fauteuil jusqu'à moi. Ce qu'elle fit. Elle s'y installa, à mes côtés, comme si cela était tout à fait naturel, prévu même.

Elle ne me parla plus du tout de mes jambes ni de mes pieds, mais me questionna sur mon voyage et me fit apporter une tisane. Je me détendis un peu, regardai la tasse comme s'il s'agissait d'un poison qui n'aurait même pas le bon goût d'être mortel, et demandai s'il n'était pas possible d'avoir plutôt un grand cru quelconque. Barbara ne se donna pas la peine de me répondre. Elle me proposa que l'on parle de mon travail. J'étais d'accord. À présent, je pouvais en parler sans problème, tout cela était très loin de moi, lui dis-je. Il y a quelques années, jamais je n'aurais pu le faire. Tant de sujets professionnels étaient classés confidentiels. J'avais quelques phrases types à destination des profanes qui m'interrogeaient mais le plus souvent j'éludais. Oh, je m'occupe de gérer les sous de la boîte, rien de très enthousiasmant, avais-je coutume de répéter. Pourtant, il fut un temps où j'avais du plaisir à travailler, de la joie même. Mais ce temps-là était révolu depuis longtemps. Ma carrière, expliquai-je à Barbara Bricott, pouvait se résumer en trois grandes périodes. La première était d'enthousiasme et de créativité. La seconde était de politique et de bénéfices. La dernière période ne m'évoquait que du dégoût. Cependant, je ne regrettais rien. Mon travail m'avait sauvé.

– Pourquoi avez-vous perdu votre enthousiasme ? a demandé Barbara.

La réponse était évidente.

– Je me suis perdu tout entier, vous savez, l'enthousiasme est parti avec.

– Vous avez pourtant eu ce qu'on appelle une jolie carrière.

– J'aurai dû rester un inventeur.

– Mais encore ?

– Cela m'aurait évité de payer aujourd'hui certains actes que j'ai commis.

– Vous voulez en parler ?

Oh non, je n'avais aucune envie d'en parler, mais que faire d'autre lorsqu'on est bloqué sur un canapé blanc, dans une antichambre de la mort et qu'un ange, médecin, metteur en scène vous tend la main.

– Vous savez, quand vous êtes dans un système, il est dur d'en sortir. Surtout si vous y êtes depuis longtemps et que vous y avez trouvé un avantage. On vous cajole, on vous fait vous sentir important mais c'est pour mieux vous briser et vous rendre dépendant par la suite. Certains chefs d'entreprise n'ont rien à envier aux parrains de la mafia. Le pouvoir est une drogue dure.

– Votre travail est si dangereux ?

– J'ai essayé de limiter la casse. Mais j'en ai causé, c'est certain. Si c'était à refaire, je ne le referais pas. Souvent on ne découvre que trop tard qu'on aurait pu agir différemment. Sur le moment, on est sous la coupe d'un patron charismatique et on se retrouve à faire des choses qu'on n'accepterait pas venant de son propre père. On le fait parce qu'on suppose qu'on n'a pas le choix.

– Et vous aviez le choix ?

– Bien sûr que je l'avais. J'ai fait semblant de croire que je ne l'avais pas. J'ai été aidé dans cet effort par les nombreux avantages que j'en retirais. Respect social, berline de fonction avec chauffeur, salaire à six chiffres, etc. Ce sont de forts leviers.

– Qu'avez-vous fait ?

– Je suis passé de l'autre côté. J'ai joué le jeu. Je ne suis pas un criminel, je n'irai pas en prison. Je suis resté à la limite de la légalité. Sur le fil, il ne faudrait pas souffler bien fort pour que je tombe de l'autre côté, et beaucoup de monde avec moi. Mais du point de vue strict de la loi, nous restons droits. Moi, et tous ceux qui, au-dessus ou à côté de moi, ont joué à ce jeu, y jouent encore, devrions être jugés et condamnés pour ce qu'on a fait. Car nous faisons partie d'un système qui fausse le bon fonctionnement de l'économie. Nous ne misons que pour nous et pour nos semblables dans le but qu'ils misent pour nous aussi. Les plus honnêtes des malhonnêtes le savent et l'assument ; les plus malhonnêtes font semblant de croire qu'ils restent honnêtes. Nos intérêts sont tellement enchevêtrés tout en haut de la pyramide que nous n'avons plus la liberté de mouvement pour regarder en bas ce qui s'y passe. Nous n'en avons guère l'envie, du reste. Et cet enchevêtrement fait aussi que si l'un de nous tombe, nous tombons avec lui. Cela nous aide à privilégier nos carrières aux uns et aux autres. Quand on ne joue plus qu'un jeu de pouvoir, on n'a pas le droit de quitter la partie.

– Est-ce que vos erreurs vous empêchent de dormir, monsieur Muller ? me demanda alors la médecin.

– Non, madame… Elles m'empêchent de mourir.

Barbara s'est alors levée et a tiré un rideau dans le fond de la pièce. Derrière ce rideau, il y avait un tableau. Une toile, trop petite pour être admirée de loin. Barbara m'invita à la rejoindre. Je voulus répondre à l'invitation, vraiment je voulus le faire. Je ne le pus pas. Alors elle la décrocha et l'amena à moi.

– C'est une toile du XVIIe siècle, qui n'est pas signée. Regardez ces hommes et ces femmes. Ils personnifient tout ce dont vous venez de parler. L'envie, la jalousie, le contentement de soi, le remords, les regrets, mais celui-là, celui qui se tient dans le fond, c'est autre chose, non ? Voyez-vous ce qu'il représente ?

Je secouai la tête. Non, je ne voyais pas.

– Regardez mieux.

– Il a l'air… effrayé on dirait.

– C'est la peur, en effet, qu'il représente.

– La peur ?

– Oui. Voyez, le personnage est en recul par rapport aux autres. Il a une distance. Il n'est pas sur le même plan. Ce que le peintre a voulu représenter, c'est la peur qui arrive toujours après. Après les vices, après les défaillances. Au moment où l'on prend conscience de ce que l'on a fait. Au moment où c'est trop tard.

– Si c'est le cas, je n'en suis pas là encore. Je n'ai jamais eu peur.

– Ah, répondit simplement Barbara, vraiment ?

– Non, jamais. J'ai toujours fait face à mes responsabilités. Je n'ai jamais reculé.

– C'est donc la première fois ?

– Comment cela ?

– C'est aujourd'hui, la première fois que vous avez peur ?

Je l'ai regardée, sincèrement étonné.

– Je n'ai pas peur du tout, madame. Je fais une crampe. Une crampe terrible, c'est tout, ou une crise de quelque chose.

– Oui, en effet, de panique.

– Quoi ?

– Une crise de panique. Dans laquelle vos muscles sont tétanisés. Et ce, depuis trois quarts d'heure.

Je me suis tu. Je n'avais rien à répondre à cela. Elle était médecin. Je serais perdant.

– Je ne vais pas pouvoir maintenir notre rendez-vous d'aujourd'hui.

– Mais attendez, je suis là. Je suis venu, je suis entré cette fois !

– Monsieur Muller, vous voulez toujours que nous vous accompagnions dans votre projet de fin de vie ?

– Oui. Je suis fermement décidé à ne pas vivre les souffrances de ma maladie. Je veux partir, docteur, vraiment partir.

– Je ne reviendrai pas sur l'accord que nous vous avons donné. En revanche, ce ne sera pas pour aujourd'hui.

– Mais pourquoi ? Je suis là et décidé. Et qui est décidé, chez vous, est déjà un peu décédé, non ?

– C'est une bonne chose, monsieur Muller, de garder de l'humour malgré l'anxiété, mais ma position est irrévocable : ma réponse reste *non*. Votre corps et votre cerveau émettent des avis différents. Prenez le temps de vous mettre d'accord entre vous.

– Mais, mais… mais ce n'est en rien cela ! Un peu de nervosité… Je n'ai presque rien mangé ce matin… je dois manquer de quelque chose, de… de potassium ? Peut-être une… une banane ?

– Monsieur Muller, je n'ai pas l'habitude de porter moi-même mes patients jusqu'à leur lit de mort quand ils peuvent s'y coucher par eux-mêmes. Si votre corps refuse, c'est que vous avez encore des choses à faire avant de venir mourir.

J'étais congédié. J'étais furieux. La mort ne voulait pas de moi aujourd'hui. Et moi qui étais si satisfait d'avoir réussi à entrer dans la clinique !

– Vos jambes refusent d'aller plus loin. Il faut les écouter. Regardez donc vos pieds !

Je baissai les yeux et restai sans voix. Mes deux pieds faisaient un angle improbable, douloureux à voir, avec mes jambes. Ces dernières étaient droites, les genoux face à Barbara Bricott et donc face au couloir qui menait à l'intérieur de la clinique. Mais mes pieds, eux, étaient résolument tournés vers la gauche, vers la porte et donc la sortie.

Tout mon corps avait envie de prendre la poudre d'escampette, impossible de le nier.

– D'accord, ai-je hurlé carrément dans les oreilles de la chef de clinique. Alors comment je fais, hein ? Parce que ce n'est pas de la peur ! C'est autre chose !

Ce sentiment d'impuissance me faisait sortir de mes gonds.

– Il faut trouver ce que c'est, voilà tout.

Je n'avais malheureusement rien à répondre à cela.

– Avez-vous une idée de la raison pour laquelle vous bloquez ? reprit le docteur.

– Non, répondis-je, avec sincérité. Redonnez-moi un rendez-vous, s'il vous plaît. C'est mon meilleur anti-douleur…

– Vous souffrez beaucoup, monsieur Muller ?

– Ça commence à être dur, ai-je dû reconnaître.

Le Dr Bricott posa la main sur mon avant-bras. Une main fraîche sur ma peau brûlante. Je sentis, à son contact – elle laissa sa main posée un long moment sur moi –, la vie qui revenait dans mon corps, mon sang qui repartait de plus belle. Je n'eus plus aucun doute, elle était bien un ange.

– Si je vous donne un mois, est-ce que cela vous laissera le temps de chercher et de trouver ?

– Oui, merci docteur.

– D'accord, alors prenez ce temps-là pour comprendre ce qui vous met en panique. Considérez-le comme un supplément de vie.

– Des heures supplémentaires…

– C'est ça.

Barbara Bricott hocha la tête. Je me levai pour serrer sa main. Tous les membres de mon corps tombèrent alors d'accord pour regagner la sortie.

En repartant vers chez moi, me dit H en guise de conclusion de cet épisode, je n'avais pas la moindre idée de ce qu'il fallait que je fasse. Je ne savais pas alors que la réponse n'était pas loin, qu'elle m'attendait à la maison.

Cette réponse, m'expliqua-t-il, se trouvait dans une enveloppe au milieu de son courrier. Il s'agissait d'une lettre recommandée que l'on avait signée pour lui. C'était une citation à comparaître. Le rendez-vous était pour la fin du mois.

Éric Muller était convoqué au tribunal pour répondre de ses affaires. La justice qui lui tournait autour depuis un moment venait de le rattraper.

Il accueillit cette nouvelle avec un sourire. La coïncidence était belle, lui qui venait de réaliser qu'il n'avait jamais payé pour ses nombreux flirts avec la limite de la légalité tenait en main une occasion de le faire. Il ne savait pas de quoi exactement il retournait, ce n'était pas les sujets qui manquaient, mais quoi qu'il en soit, on lui donnait l'occasion de rendre des comptes et c'était pile ce dont il avait besoin. Ses jambes en bois chez Barbara Bricott lui en avaient fait prendre conscience.

Quelques années plus tôt, un tel courrier l'aurait plongé dans des abîmes d'angoisse. Il se serait pensé en danger, aurait eu peur de tout perdre. Aujourd'hui il avait tout à gagner. La fin change les perspectives.

5

LES PROCÈS

H allait préparer sa défense, cette occasion de solder ses affaires.

Il s'était mis au travail, avait appelé son avocat. Celui-ci avait bondi sur son téléphone en voyant enfin le numéro de son client s'afficher.

L'avocat était fou, il avait laissé à H une vingtaine de messages. Il ne pouvait pas savoir que son client, depuis qu'il était mort, ne consultait plus l'écran de son téléphone. Il ne faisait que le recharger épisodiquement, le temps de constater que l'écran se remplissait de notifications diverses auxquelles il ne prêtait aucune attention. Il n'écoutait pas les messages, ne lisait les sms et les mails que de temps à autre. Les seules personnes dont il attendait un message ne lui écrivaient pas.

L'avocat lui apprit que la justice lui reprochait des faits de manipulation boursière. Donnadieu, son patron, était déjà mis en examen. Il allait probablement l'entraîner dans sa chute, le prévint-il. Oui, oui, bien sûr, répondit H, pas préoccupé plus que cela par cette éventualité.

Éric Muller savait à quoi s'attendre. Même s'il ne l'avait pas fait dans l'idée de s'enrichir personnellement, il avait été un bras armé de Donnadieu. Bien sûr, il avait des parts dans la société et avait tout intérêt à ce que celle-ci se porte bien. Pourtant, s'il avait participé aux manœuvres douteuses de son patron, c'était par obéissance envers sa hiérarchie et parce qu'il s'en foutait. Il avait abandonné depuis longtemps l'idée d'avoir un point de vue sur ce qui était bien ou mal dans le domaine économique. Ou plutôt, tout lui semblait mal, quel que soit le côté vers lequel on se tournait. H avait été dans un désenchantement permanent depuis qu'il avait accédé à de hauts postes. Aujourd'hui il se contentait de faire ce que l'on attendait de lui. Et de le faire intelligemment. Cela faisait bien longtemps que le management aurait dû être pointé du doigt. Mais pour que l'information filtre à l'extérieur de l'entreprise, il aurait fallu qu'il y ait des tensions à l'intérieur du comité de direction, puisque les syndicats, eux-mêmes emmêlés dans des histoires d'abus de pouvoir, n'étaient pas en mesure de dénoncer grand-chose. Le pacte était tentaculaire. La pieuvre, vorace.

H et son avocat se mirent au travail. Ils avaient presque un mois devant eux. La date de première comparution tombait un lundi. Tout de suite après, il monterait dans son dernier train, pour son dernier voyage.

H avait prévu de dire la vérité, pas plus, pas moins. Il ne savait pas si Donnadieu allait l'enfoncer. Mais si on lui avait demandé ce qu'il pensait que son patron ferait, il aurait répondu : il va assumer, il va dire que je l'ai aidé bien sûr, et pourquoi non puisque c'est la vérité, il va peut-être un peu grossir mon rôle, pour ne pas être seul au gouvernail mais il va assumer, Donnadieu est un voyou économique mais ce n'est pas un traître.

Me Ollivier était payé pour penser le contraire, il encouragea H à l'aider à rassembler des pièces afin de prouver que dans la plupart des dossiers, il n'avait pas les rênes. Mais on aurait dit qu'au contraire son client voulait s'accuser de tout.

Vint alors le jour où Me Ollivier, le calme et mesuré Me Ollivier, sortit de ses gonds (qu'il avait pourtant bien serrés).

– Il y a des confessionnaux pour ça, s'emporta-t-il. Nous allons être au tribunal, pas dans une église !

H n'eut d'autre choix que de lui expliquer la situation. Il lui donna donc un rendez-vous au coin du feu.

Le coin du feu était un endroit particulier chez les Muller. Un lieu intime, ultime, où n'existait rien d'autre que ceux qui étaient là à se chauffer à la combustion douce du temps qui passe. Un espace sans tricherie, sans violence ni colère. Le lieu de la nuance et de la subtilité. Le point de la réflexion et de la douceur. La place de l'amour. L'amour tout simple avec son plaid écossais et son vieux et solide canapé en cuir craquelé.

Dans ce lieu si spécial, H avait confié à son avocat le secret de sa mort imminente.

La réaction de Me Ollivier fut simple : il posa la main sur le genou de son client.

Me Ollivier était une personne gouvernée par un professionnalisme à toute épreuve. Il possédait un sang-froid admirable. Son cerveau calculait à la vitesse de la lumière la bonne réponse à apporter à chaque situation problématique. Rares sont les hommes ou les femmes qui pouvaient prétendre l'avoir cueilli. Me Ollivier ne se donna pas la peine de prendre un air étonné lorsque Éric lui parla de son suicide prochain. Ce dernier le fit comme s'il ne s'agissait que de quelque chose de très anodin, avec une distance qui empêchait que l'on développât toute compassion à ce sujet. L'avocat enregistra l'information comme une nouvelle pièce à ajouter au dossier. Mais Me Ollivier avait de l'estime pour Éric Muller. Il l'avait compris, non dans le fonctionnement spécifique de ses circuits internes mais dans la globalité de sa personne. Il ne savait pas exactement pourquoi, mais H le touchait, tout critiquable que puisse être l'homme d'affaires qu'il était. C'est ainsi que, tout en conservant une attitude professionnelle, tout en parlant délais et procédures, sans rupture de ton, Me Ollivier mit sa main sur le genou de H. Comme on le fait avec un enfant ou un ami, pour lui montrer qu'on est là, qu'il n'est pas seul.

H fut gêné de cette familiarité, mais il eut aussi l'intuition de ce qu'il se passait. Il comprit que si ce geste était déplacé, ce n'était que parce que la situation l'était également. Il ne retira de sa jambe la main de son avocat qu'au moment de se lever. Aussi, c'est main sur le genou, que furent prises toutes les décisions essentielles ce jour-là.

La date du début de procès approchant, H et son avocat se virent ou s'appelèrent tous les jours. Ils s'étaient mis d'accord sur le fait que H ne chercherait nullement à être innocenté. Mais qu'au contraire il livrerait un récit objectif des faits. L'ambition de H n'était pas de dénoncer des gens mais un système. Ce serait la mission de

Me Ollivier de continuer le travail après le départ de H, le vingt et un juin.

***

H avait la conviction absolue de la nécessité de cette confession. Il en avait besoin pour pouvoir s'en aller. Et il était trop clairvoyant pour ne pas savoir qu'elle ne saurait s'appliquer qu'à sa seule vie professionnelle.

C'était le temps des révélations. Il devait maintenant se livrer à ses filles. Leur dire.

Je commençais à avoir envie de hurler : leur dire quoi ?

49 JOURS

Leur dire quoi ? Je mis une densité toute particulière dans la question que je posai ce matin-là à H, à quarante-neuf jours de la fin de son passage sur terre, tandis que nous arpentions la Petite Ceinture sous une bruine tiède.

Seulement onze jours que je connaissais Éric Muller, et ma propre vie n'existait plus. Je donnais à H mes journées, c'était comme s'il n'avait pas quarante-neuf jours devant lui mais quatre-vingt-dix-huit. J'estimais que j'étais en droit de connaître la vérité.

– Il faut comprendre d'abord beaucoup de choses, m'a-t-il alors répondu, il y a un chemin à parcourir… Si je vous dépose tout de suite au point d'arrivée, vous n'aurez rien compris. Si vous ne comprenez rien, elles ne comprendront rien, comprenez-vous ?

Je soupirai.

– Il me faut cet autre procès, Blanche, insista H. Ce procès personnel. Un procès, c'est concret, c'est un acte. Le mot vient du latin *processus* qui veut dire « progression », c'est assez clair, non ? Le mien permettra de soulager les victimes, mes filles d'abord, moi ensuite. Il ne suffit pas de leur écrire une lettre leur expliquant les raisons de mon geste et les assurant de mon amour éternel, non, il faut que je leur parle de moi, de leur mère, ce que je n'ai jamais fait. Il faut qu'elles puissent entendre toute l'histoire.

Il réfléchit un instant et dit en me regardant droit dans les yeux :

– Le fait même que je sois déjà mort et qu'elles ne le sachent pas prouve la distance entre nous. Je hais cette distance. Je l'ai d'autant plus en horreur que j'en suis l'auteur. Je l'ai fabriquée à force de mensonges et de non-dits.

C'était la première fois qu'Éric Muller parlait de mensonges. Quels mensonges ?

– Oh, ne vous inquiétez pas, vous allez tomber dessus… Il n'y a que ça des mensonges… Je me suis trompé, vous savez… tellement…

Je soupirai à nouveau. Ce n'était pas encore aujourd'hui que je comprendrais le livre que j'étais en train d'écrire. Une seconde, cela m'agaça. Mais je me repris vite. Je n'avais pas le droit de m'impatienter. C'était mon boulot de faire ce chemin. Et surtout je n'étais qu'une passeuse. La souffrance était de son côté, pas du mien. Je lui jetai un coup d'œil. Pourvu qu'il n'ait pas été blessé. Un soupir est une arme comme une autre. Mais, étrangement, il souriait.

– Je sais que c'est frustrant, Blanche…

– Pas du tout… Pardon… Je comprends… C'est moi qui… enfin, c'est vous qui avez raison… Je suis impatiente.

– J'avais un plan, à l'époque. Pour annoncer mon départ à mes filles. Il était complètement idiot…

***

Je ne sais pas s'il était idiot, mais trop simple, oui… H avait prévu de voir ses filles chacune en tête à tête. Juste après l'audience au tribunal. Il commencerait par la plus dure. Il allait dire la vérité à Jeanne et la remettre dans son rôle d'aînée. Ce serait elle qui parlerait à sa sœur. Elles comprendraient. Elles soigneraient peut-être leurs maux au baume de la vérité. Même si cette vérité était un poison, ce poison pouvait être un antidote à leurs souffrances.

Jeanne avait accepté de déjeuner avec son père, lui donnant la fausse impression que ce serait facile.

– Lorsque j'ai pris cette décision, parler à mes filles, leur révéler ce qu'elles ignoraient, je me suis senti léger pour la première fois depuis longtemps… Je savais que ce serait dur. Dur à dire, dur à entendre mais un chemin se dégageait. L'audience au tribunal était un lundi. Je voulais déjeuner le mardi avec Jeanne et passer ensuite embrasser Lou à son cabinet. Je m'étais entendu avec Dignity. Ils m'attendaient le mercredi. J'ai réservé un billet Paris-Genève pour le mardi soir. Une place isolée dans le dernier train. Un aller simple.

Ayant ainsi tout organisé, H ne doutait pas que son plan fonctionne. Les choses tourneraient-elles à son avantage ? Il n'y avait pas moyen de le savoir. Il ferait du mieux qu'il pouvait, voilà tout.

La pluie avait cessé. Paris était maintenant dans la poursuite d'une lumière orangée sous une coupole dense de nuages gris foncé. H et moi fûmes éclaboussés de cette lumière splendide. Nous arrivâmes près d'un long banc de bois. Je pensais que nous allions nous y asseoir. Mais…

– On va s'arrêter là pour aujourd'hui, Blanche, me dit-il.

C'est vrai qu'il avait l'air épuisé.

Il s'évapora plus qu'il ne partit, empruntant un escalier discret que je n'avais pas repéré.

Nos séances étaient de plus en plus courtes… Sa fatigue allait croissant. Il allait me falloir déployer de plus en plus d'énergie pour compenser.

C'était le corps de H qui le lâchait. Je voyais bien que son esprit, sa détermination ne faiblissaient pas.

Quand on côtoie certaines personnes, même très âgées, même centenaires, si drôles, si pleines d'esprit, si pertinentes, comment croire que l'esprit puisse mourir ? Il ne peut plus être accueilli par le corps vieillissant, c'est tout. Il doit trouver un autre logement…

Rendre l'âme… « D'accord, mais à qui ? » plaisantait Serge Gainsbourg.

ELLE

Il fallait qu'on la console. De quoi ? Elle ne savait pas. De quelque chose en elle qui était inconsolable. La chose était incompréhensible pour qui n'était pas dans sa tête, n'habitait pas son corps à ce moment-là. Comment lui aurait-il pu comprendre ?

47 JOURS

Nous examinions chaque accident qui se produisait et cherchions comment, quel que ce soit le conducteur et son niveau de conduite, nous aurions pu l'éviter. Et c'est ainsi que nous avons développé le premier correcteur de trajectoire de l'histoire. Nous avons déposé un brevet.

L'expression « correcteur de trajectoire » résonna à mes oreilles… N'était-ce pas ce que j'étais en train de faire en ce moment, corriger une trajectoire ? Celle d'Éric Muller lui-même ?

Ces derniers jours, je n'avais fait qu'écrire. Prenant tout de même quelques pauses pour aller marcher le long des quais de Seine. M'aérer la tête, me fatiguer le corps. Ce matin-là, j'aurai aimé écrire jusqu'au bout mon entretien avec Jean-Pierre Doucet mais je dus m'interrompre pour rejoindre H à notre lieu de rencontre habituel.

Je m'attendais qu'il reprenne le fil de notre dernière conversation, j'aurais aimé apprendre comment s'étaient passés les tête-à-tête avec chacune de ses filles, mais H repartit plus loin en arrière. Il me parla d'un temps où Jeanne et Lou étaient enfants encore, à l'époque où la famille vivait en région parisienne, où lui travaillait dans le quartier de la Défense.

Il venait de quitter le département recherche & développement de l'entreprise des frères Jager pour rejoindre la direction financière. Sa carrière décollait. À mesure qu'il me déroulait la liste de ses succès professionnels, je sentais son élocution changer. De petits cailloux taillés au bloc de sa tristesse roulaient dans sa gorge, encombraient sa voix qui en devenait rocailleuse.

H s'est alors mis à tousser, peut-être pour chasser les cailloux. Mais les cailloux ne sont pas partis, et la toux s'est faite quinte.

Je me suis inquiétée parce que ce n'était pas une toux ordinaire. C'était plutôt comme quand quelqu'un, à table, avale soudain de travers. Sauf que nous n'étions pas en train de manger et qu'il n'y avait aucune raison pour qu'il fasse une fausse route. Néanmoins, tout à coup et en moins d'une seconde, il était à côté de moi à presque s'étouffer… Il portait la main à la gorge comme s'il voulait desserrer l'étreinte d'une force invisible. J'ai paniqué, ne sachant que faire… j'ai crié, quelqu'un s'est mis à courir, H s'est affaissé et puis, au moment où un jeune homme est arrivé à nous, la quinte de toux s'est arrêtée. La crise était finie. Elle avait été d'une violence inouïe. J'ai cru que H mourait. Le jeune homme est reparti, nous laissant seuls, H et moi. J'ai fait comme si je ne les voyais pas, les larmes silencieuses sur les joues de H. Il a essayé de se mettre debout, je lui ai tendu mon bras. Je l'ai ramené à sa voiture. Son chauffeur devait nous guetter, il s'est précipité à sa rencontre.

Je n'ai pas fait attention à la douceur qu'il y avait dans son geste lorsqu'il a aidé son patron à s'installer dans la voiture. Tout ce que je voyais, c'est que H avait vingt ans de plus.

PENSÉE

«

Je devrais être mort. Ma maladie gagne du terrain. Je la sens qui prend confiance en elle, qui s'apprête à ne plus faire qu'une bouchée de moi – comme elle a régné en maître sur les derniers jours de Christine. Mais elle ne peut que se cogner contre ma quête. C'est elle qui me maintient en vie. Tant que je n'aurai pas trouvé le moyen de transmettre mon message à mes enfants, mon corps pourra bien souffrir tout ce qu'il doit mais il ne me lâchera pas. Je le lui interdis.

»

44 JOURS

Je n'ai pas eu de nouvelles de H pendant trois jours. Il ne répondait pas à mes coups de fil, à mes textos.

Le matin suivant, il y avait une enveloppe dans ma boîte aux lettres.

J'ai tout de suite reconnu l'écriture. J'ai repensé aux lettres que j'avais photographiées. Celle que j'avais dans les mains était en tout point semblable. L'espace-temps qui séparait les deux correspondances me parut vertigineux alors qu'il n'était que d'une vingtaine de jours.

L'écriture restait difficile à déchiffrer. Mais maintenant que j'en connaissais le sujet, la chose était à ma portée. H me remerciait d'avoir pris de ses nouvelles, il disait que sa santé l'obligeait à se tenir loin de Paris pendant quelque temps, qu'il avait su que j'avais demandé les coordonnées de ses filles, qu'il n'était pas certain qu'il faille que je les rencontre, que cela risquait de compromettre notre projet. Enfin, il reprenait sous forme d'un long monologue notre discussion interrompue quelques jours plus tôt par sa quinte de toux. H me donnait ainsi accès à ce qui avait été le prélude à son troisième rendez-vous à la clinique.

Je vis Jeanne. Elle avait accepté un déjeuner dans une brasserie, non loin de son bureau. J'y suis allé à pied, malgré le mal que j'ai à me déplacer et la lenteur qui résulte de cette difficulté. J'ai besoin de voir couler le sablier.

Elle était si belle… la délicatesse du dessin de son visage, ses éternels cheveux courts avec quelques mèches plus longues qu'elle rabat derrière les oreilles depuis l'enfance… Je reconnus ma Jeanne jusque dans son regard brûlant. Jeanne est habitée d'une fureur de la pire sorte. Celle qu'on éprouve, qu'on muselle et qui prend toute la place à l'intérieur.

Nous n'avons pas dépassé l'entrée. Elle est partie avant. Elle m'a accusé de tous les maux, jusqu'à la maladie de sa mère.

Blanche, je vous assure que je peux être accusé de beaucoup de choses, mais d'avoir provoqué la maladie de Christine, non. Je n'y suis pour rien. Si j'avais pu l'empêcher…

Jeanne n'a pas voulu me laisser parler. Dès que j'ai abordé le sujet de sa mère, j'ai été tout de suite stoppé. C'est plus fort qu'elle, elle ne veut pas m'entendre. Elle ne le voulait pas il y a cinq ans, elle ne le veut toujours pas.

C'est pour cela que je ne peux raconter moi-même. Même à vous. Si je me contente de vous expliquer ce qui s'est passé pendant toutes ces années, cela ne servira à rien. Mes filles ne vous écouteront pas plus qu'elles ne m'ont écouté. L'erreur serait que je m'adresse à elles par votre bouche. Il faut vraiment que ce soit vous qui racontiez l'histoire telle que vous la découvrez, comprenez-vous ? Vous avez toute latitude pour exprimer vos doutes, votre point de vue. Ce faisant, c'est comme si vous étiez à leur place… Avec l'avantage de n'être pas impliquée émotionnellement.

Jeanne… c'est un gâchis… Une fille brillante et gentille, les deux ne sont pas incompatibles contrairement à ce que beaucoup de gens croient. Mais elle a suivi mes traces, du moins ce qu'elle imaginait être mes traces… Elle est devenue glaciale, cinglante. Elle n'a pas compris… Comment comprendre ? Elle n'avait pas tous les éléments en main… Elle a pensé me faire plaisir en me prenant pour modèle, sauf que je n'étais pas moi. Certains événements de ma vie m'avaient rendu froid, professionnel, aiguisé. Elle a été trompée. Ce n'est pas sa faute. J'ai cru les protéger, elle et sa sœur, je me suis fourvoyé. La vérité aurait-elle été une meilleure option ?

Éric, m'a-t-elle dit – elle m'appelle Éric à présent –, j'ai accepté ce déjeuner parce que j'ai voulu faire un effort, essayer au moins, mais je suis désolée, je ne vais pas y arriver. Je t'en veux trop, et je t'en voudrai toujours, tu as gâché ma vie, celle de Lou, et surtout, surtout… celle de maman.

Son doux visage était si dur et si fermé qu'il en devenait grimaçant.

Elle est partie. Je n'avais pas prononcé le premier mot de ce que je voulais lui dire. Surtout je n'avais rien dit de ce qui était important. J'ai mangé seul ce que nous avions commandé tous les deux. Et je suis allé rejoindre mon autre fille à son cabinet.

Je suis arrivé sans prévenir. Une secrétaire que je ne connaissais pas m'a conseillé de revenir un peu plus tard car il y avait beaucoup de monde. J'ai voulu patienter. La salle d'attente était bondée. Il ne restait plus que des chaises d'enfants. J'ai attendu presque une heure debout. J'étais fatigué et déprimé. Je ne me sentais pas à ma place dans cette ruche bourdonnante de mômes malades et pleins de vie, qui avaient besoin de ma fille. Comme j'avais besoin d'elle moi aussi… Comme j'avais besoin d'elles ! Je suis sorti pour ne pas pleurer devant les mères, les nounous, les gamins, les bébés, les peluches. Ces larmes m'ont fait du bien. Je suis retourné à l'hôtel. De ma chambre au trente-quatrième étage, j'ai contemplé Paris et bercé ma douleur. C'était la troisième fois que je me tuais. Mais moi seul le savais. Je me tuais de ne pas mourir.

Je regardais le trottoir, trente-quatre étages plus bas. J'avais bien envie d'aller l'embrasser. Mais je ne pouvais pas. Je ne devais pas. Pour mes filles, je devais tenir encore un peu.

Je levai un instant les yeux de la lettre. H n'avait donc pas pu régler ses affaires personnelles, alors qu'il avait son rendez-vous avec Dignity, son troisième, le lendemain. J'imaginais son désarroi, sa solitude. La suite de la lettre racontait le jour des auditions.

S'il n'était pas arrivé à ses fins avec ses filles, H n'avait pas eu plus de chance la veille, lors de sa comparution au procès. L'occasion ne lui avait pas été donnée de se défendre, il avait été tout de suite accusé. L'avocat de Donnadieu avait déposé une plainte contre lui, le désignant comme ayant été seul aux commandes des fraudes. L'audience avait été ajournée pour permettre l'examen des nouvelles pièces et H était rentré chez lui dans la peau d'un coupable. Son avocat avait tout de même fait valoir ses arguments, le renvoi à une date ultérieure avait été décidé. Personne ne pouvait savoir que selon l'emploi du temps d'Éric Muller, il ne serait plus là pour se défendre.

La trahison de Donnadieu n'avait pas éprouvé H plus que ça. Il l'avait regardée comme à travers une vitrine. Le fait qu'il ait pris sa retraite anticipée avait dû le désigner comme une cible plus facile que les autres. Donnadieu avait pourtant été une sorte d'ami. Une sorte seulement, qu'est-ce qu'une sorte d'ami, rien du tout, Éric Muller venait de s'en rendre compte.

Le lendemain soir, H quittait son hôtel parisien. Il prenait un train mais pas pour la Suisse.

J'avais encore posé un lapin à la Mort. Me le pardonnerait-elle ? Lorsque je rentrai à Bourg-en-Bresse, je la sentais qui jouait dans mon âme. Une partition étonnamment enjouée. Peut-être était-elle ravie de cet humain qui lui renvoyait les balles.

Je trouvai dans mon fichier « *Les cinq premières morts d'Éric Muller* » de quoi raconter ici ce qui s'était passé ensuite.

Barbara Bricott, jointe par téléphone, fut extrêmement embarrassée par ce nouveau revirement. Monsieur Muller avait-il conscience qu'annuler trois rendez-vous n'était pas anodin ? Dans n'importe quel autre contexte, une telle circonstance aurait renvoyé immédiatement à l'idée qu'on ne désirait pas ce rendez-vous et qu'il était inutile d'en programmer un quatrième. Mais H s'en expliqua depuis sa maison de Bourg-en-Bresse.

– Je veux mourir, madame, lui avait-il dit au téléphone, mais je ne veux pas mourir coupable. Si je meurs demain, quelle que soit la façon, on dira que c'est à cause des accusations. On dira que j'ai eu peur du procès. Je serai le seul responsable.

– …

– J'ai bien réfléchi, vous pourriez témoigner et dire que le rendez-vous était pris depuis longtemps. J'aurais, de mon côté, laissé des documents détaillant ce dont je me suis réellement rendu coupable… Et ce dont je suis innocent. Mais le mal serait fait, madame… Les gens penseraient que je me suis suicidé par crainte du procès. Même si tout prouve le contraire. Cela pourrait même se retourner contre vous…

Allons bon, le cas Muller devenait dérangeant pour Barbara Bricott. Éric Muller était en train de lui démontrer que ce à quoi il était confronté pouvait atteindre Dignity dans ce qui était le plus sensible : sa réputation. À mon avis, le Dr Bricott se serait bien passée d'un dossier pareil. Éric Muller lui promit qu'il allait redresser la situation d'abord et revenir vers elle ensuite. La médecin acquiesça à contrecœur. Elle devait être prise en étau entre son devoir qui était d'aider Éric Muller et la conscience du risque qu'il lui faisait prendre.

H savait qu'il l'avait échappé belle. Imaginons qu'il n'ait pas été au tribunal, qu'à la place de s'y rendre il ait pris le train pour Genève. Imaginons qu'il ait mis par écrit ce qu'il voulait dire à ses filles et ait été satisfait de la tournure des lettres, imaginons que ses jambes ne se soient pas bloquées, que ses pieds n'aient pas tourné sur eux-mêmes, qu'il se soit allongé, qu'une aiguille ait été plantée dans sa veine, qu'il ait appuyé sur la pompe distillant le poison dans son corps, que son cœur se soit arrêté de battre. Imaginons que le lendemain, dans les journaux, on ait annoncé l'accusation dont il était l'objet, l'abjecte accusation, la trahison de Donnadieu. Cela aurait été un entrefilet dans un journal économique au départ, quelques lignes dans le quotidien local. Et puis, on aurait appris son décès. Et la façon dont il était mort. Et ce que cette sortie avait d'opportun. Donnadieu s'en serait donné à cœur joie pour l'enfoncer tout en le plaignant, bordel de merde. Ses filles auraient eu honte de leur père. Un grief de plus.

Il fallait se sortir de ce bourbier avant de songer à partir. *Mes erreurs m'empêchent de mourir*, avait-il répondu à Barbara Bricott, sur le ton d'un bon mot. Il ne croyait pas si bien dire.

Deux mois ont passé. On était début mars.

Le procès a repris. Les audiences se sont enchaînées. Quand tout a été exposé, la cour s'est retirée et a annoncé que le résultat serait connu courant juillet. Le soir même, je redemandai un rendez-vous à Barbara Bricott. Je serai prêt, lui assurai-je. Mes affaires étaient en ordre.

J'étais serein. J'avais dit ce que j'avais à dire. Je n'avais pas cherché à être exonéré de mes fautes. Et les autres responsables étaient tous mis en examen, Donnadieu en tête. Je pouvais partir tranquille.

Restait que je n'avais pu parler à mes filles. À part leur écrire ma confession, que pouvais-je faire d'autre ?

Chère Blanche, je n'ai jamais réussi à écrire cette confession. Et vous le savez, vous en avez été témoin. Et pour cause, comment écrire une vie entière en quelques lignes ? Il faut des pages et des pages. Celles que vous écrivez en ce moment même. Surtout lorsque les personnes à qui ces pages s'adressent, à qui cette vie s'adresse, croient savoir… Ce qu'elles ont pris pour la réalité n'en était qu'un travestissement visant à les épargner.

Je suis fatigué, Blanche. Je me demande si, finalement, elle est possible. La réparation.

subit. Des explosions successives. Il la prend si fort qu'elle en perd la vue. Ses yeux ne devinent plus rien de la pièce exiguë où ils se trouvent, de la moquette fleurie sur les murs, du sol stratifié imitation bois. Tout est blanc, le regard tourné vers l'intérieur de soi. Chaque secousse dérange le blanc, y crée des ombres, bientôt le crève. Une saillie plus forte que les autres et c'est l'arc-en-ciel qui jaillit. Un feu d'artifice sous son crâne, des fumées rouges, d'immenses soleils verts, bleus, dorés, brûlant tout sur leur passage. La tête lui tourne, elle perd l'équilibre. Il cogne, il cogne. Elle va tomber. Elle cherche de la main quelque chose à quoi se raccrocher. Les muscles de ses jambes sont tendus à se déchirer, ses poils hérissés, ses ongles griffent le tissu sur le mur. C'est lui qui lui vient en aide, il la penche un peu plus en avant, il pousse du talon de sa chaussure un tabouret devant elle. Elle y pose le bout des doigts, monte sur la pointe des pieds. Elle est pliée en deux. Quasiment cassée. La peau rougie, le sang qui s'affole en elle, elle se sent en danger. Vivante donc.

42 JOURS

Je m'étais attendue à une maison bourgeoise et je me retrouvais devant une solide bâtisse, rectangle, de plain-pied, flanquée d'une rangée de fenêtres sans rideaux comme une dizaine d'yeux écarquillés. H m'expliqua plus tard qu'il s'agissait d'une ancienne écurie que Christine et lui avaient rénovée.

Une dame m'avait ouvert et demandé de patienter dans l'entrée, le temps de m'annoncer. Elle ne tarda pas à revenir.

Sa maison, pour le peu que j'en aperçus car H ne me fit pas visiter, était à la fois vaste et d'une grande simplicité. Les murs, presque nus. Un tapis de la dimension de mon appartement réchauffait de tons grège et ocre le sol en béton de l'immense pièce principale. Une longue console en bois rouge séparait deux salons. Elle supportait des photos de famille en noir et blanc, des bougies de toutes tailles et de toutes teintes présentant différents niveaux de combustion, une pile de beaux livres et de romans. Je penchai la tête pour lire les titres, *Septentrion*, *Madame Bovary*, *Des gens comme les autres*, *L'Insoutenable Légèreté de l'être*, *Inceste*.

Le salon de droite comportait une cheminée et faisait visiblement office de bibliothèque. J'y reconnus l'endroit dont H m'avait parlé comme étant le lieu où se tenaient les conversations importantes. Il m'y attendait en fumant une cigarette. Il était assis dans le canapé et ne se donna pas la peine de se lever pour me tendre la main. Me désignant un fauteuil, il prit la parole avant moi, de sorte que je n'eus pas le loisir de lui demander des nouvelles de sa santé. Sa mine n'était guère rassurante.

– Je m'étais toujours dit que je reprendrais le tabac quand je n'en serais plus à ça près. Quand fumer ou ne pas fumer n'aurait plus aucune incidence sur ma longévité. Mais l'illusion nicotinique est sans fin. Maintenant que je peux fumer sans culpabiliser, je ne trouve même pas ça bon.

J'eus envie de lui répondre, oui, bien sûr, et il en va de même de chacun de nos désirs, de nos fantasmes, toutes nos vies sont tissées d'illusions qui nous font avancer. Illusion déçue est un pléonasme. Un moteur aussi.

Il écrasa sa cigarette pour me raconter ce qui s'était passé après la tenue du procès.

J'étais las. Le procès avait absorbé mes dernières forces. Las et d'une tristesse infinie. Durant le trajet vers Genève, je me suis persuadé que la situation était acceptable et que j'avais agi au mieux de mes possibilités. Il me restait une nuit à passer en ville avant le rendez-vous fatidique. Je prévoyais de me faire monter un repas léger en room service, et de rédiger une bonne fois pour toutes ces fichues lettres que je ne parvenais pas à écrire à mes filles.

La valise à mes pieds, à la veille de ma quatrième mort, j'hésitai. Par où commencer ? Devais-je écrire une lettre à chacune, ou une lettre pour toutes les deux ? Fallait-il être concis et aller droit au but ? Présenter les faits de manière brutale ? Ou leur en donner mon interprétation ?

Je me perdais en conjectures quand je l'aperçus.

Elle était posée sur le lit, je n'y avais pas fait attention. Je l'ai d'abord prise sans l'ouvrir. L'enveloppe portait mon nom, tracé d'une belle écriture manuscrite. Je me suis assis sur le bord du lit. Je l'ai déchirée.

Elle contenait un carton d'invitation pour un vernissage au musée Patek Philippe.

Me dissoudre dans le temple du temps m'aiderait-il ? Qui pouvait savoir…

Au lieu de me préparer à aller mourir, j'ai répondu à l'invitation. Bien que mort, j'aimais toujours les montres.

(Au moment où H m'a précisé ce point, j'ai failli le couper pour lui dire que c'était une chose que j'avais remarquée tout de suite chez lui, sa montre. Mon père en est fou aussi et il m'a expliqué le principe des complications. Dès que l'on ajoute des fonctions à la montre autres que la simple lecture de l'heure, on entre dans les complications ou dans les grandes complications. J'avais remarqué que la montre d'Éric Muller était très compliquée. Ce qui m'avait fait supposer qu'elle valait une petite fortune. Mais j'avais remarqué autre chose aussi…)

Dans ce temple du temps, j'en ai perdu la notion. Et en ressortant, je me suis rendu à la boutique. Ma montre avait besoin d'un réglage. Elle s'était arrêtée.

(C'était cela que j'avais remarqué, en effet. Sa montre si sophistiquée était arrêtée.)

Aller faire réparer sa montre la veille de sa mort… c'était complètement idiot, maintenant que j'y pense…

(Il dit cela sur un tel ton que je ne pus m'empêcher de sourire. Je crois que c'était la première fois qu'il me faisait sourire. Il me jeta un regard si étonné que je vis qu'il n'en revenait pas lui-même… Depuis plus de quinze jours que je le fréquentais, je peux dire que c'est là que j'ai vraiment fait sa connaissance. Ce regard s'est un peu prolongé et il a commencé à rire, je l'ai suivi et ce rire s'est transformé en fou rire. Nous ne pouvions plus nous arrêter. J'en pleurais. À un moment, la dame qui m'avait accueillie est venue voir ce qui se passait et sa figure stoïque a redoublé notre hilarité. Quand elle est repartie, nous nous sommes un peu calmés. Je nous ai servi un verre d'eau. Nous étions épuisés par ce déchaînement de rire. Mais cela nous avait fait du bien. Ce n'est pas que cela nous a rapprochés, c'est plutôt que ce moment partagé nous a révélé que nous étions proches, ce que probablement ni l'un ni l'autre ne savait encore.)

Ils ont examiné ma montre sans rien noter de particulier. On m'a proposé de l'envoyer en atelier mais j'ai décliné. On me l'aurait gardée plusieurs semaines.

L'horlogère m'a alors conseillé de l'enlever toute une journée et de la remettre. Il arrive qu'un changement d'humeur ou d'activité puisse perturber le fonctionnement d'une montre ; causer, me précisa-t-elle, de légères irrégularités. Peut-être le simple fait de l'ôter vingt-quatre heures permettrait-il à la montre de retrouver son rythme lorsque je la remettrais à mon poignet. Avez-vous eu récemment un changement important dans votre planning ? me questionna-t-elle pudiquement. Je souris pour toute réponse. J'aurais pu rétorquer que j'étais récemment décédé.

Elle m'a demandé aussi si ma montre était arrêtée depuis longtemps. J'avais remarqué qu'elle l'était dans le train qui me ramenait à la maison après ma première visite à Dignity. Depuis plus de deux mois, ai-je répondu sobrement. Elle s'est enquise : vous la gardez toujours, alors qu'elle ne marche plus ?

Pour tout dire, je trouvais sa curiosité curieuse. C'est le genre d'endroit où l'on ne vous pose pas de questions. J'ai regardé la jeune femme, son doux sourire, son chignon, le grain de sa peau presque surnaturel et j'ai cru qu'elle savait. Je lui ai donc fait une vraie réponse. Je la garde au poignet car elle m'est très chère, lui ai-je confié, non pas à cause de sa valeur commerciale, juste parce que c'est un cadeau. Un cadeau que je me suis fait. Un jour où je me suis avoué que je n'étais pas heureux et que je ne le serais jamais, mais qu'à défaut de l'être je pouvais bien m'acheter la montre de mes rêves.

Elle n'a pas fait de commentaires et je me suis demandé un instant si ce dialogue avait eu lieu.

En tout cas, la diversion des garde-temps avait été efficace. J'avais retrouvé de l'énergie. Revenu d'un pas sinon rapide, du moins déterminé, à l'hôtel, pris d'une sorte de foi, je me suis mis au travail. Oui, il ne restait plus que cela à faire, coucher quelques mots sur le papier et tout serait parfait… dans le sens de parfaire.

Quelques mots et ce serait fini.

J'ai commencé par écrire une lettre qui était destinée à mes deux filles. Mais je l'ai jetée. Ce n'était pas possible. Il fallait s'adresser à chacune. Alors j'ai écrit à Lou. Avec elle, il y avait encore du contact, je savais lui parler. Pourtant, même pour elle, j'avais le plus grand mal à trouver les mots. Je repensais aux dernières fois que je l'avais vue, avec son mari dans la lune et ses enfants si petits encore. Je n'arrivais pas à lui infliger ce qu'elle ignorait. Était-il si nécessaire de troubler cette stabilité ou ce semblant de stabilité qu'elle avait réussi à établir ?

Alors j'ai écrit à Jeanne. Car Jeanne, elle, était malheureuse. Cela, j'en étais persuadé. Je connaissais sa solitude. Elle était immense. Oui, il serait plus facile d'écrire à Jeanne. Elle était la plus sévère mais aussi celle qui avait le plus besoin d'aide. Ces mots, je les écrivis pendant cinq heures. À n'en pas dormir, à en avoir mal partout. À m'effondrer de fatigue, perclus de douleurs au petit matin. À en perdre le souffle. Je crus mourir, ce soir-là, dans cette chambre d'hôtel. Mourir de papiers froissés, de poubelles pleines, de tentatives ratées, d'élans contrariés, de ratures, mourir d'indécence, dans une overdose de mots inappropriés.

Quand je me suis éveillé à l'heure de me préparer à aller mourir pour de vrai, mourir physiquement, je n'ai pas eu besoin de relire la lettre. Deux phrases suffirent. Je les pris en pleine figure. Je ne pus imaginer en être l'auteur. C'était effroyable.

Savoir le mal était une chose. Mais le voir écrit, défini, affiché, presque brandi dans des phrases en était une autre. Je n'étais toujours pas prêt.

Sans compter que j'avais bien conscience que mon écriture devenait difficile d'accès. On aurait dit un fou qui écrivait n'importe quoi. Je brûlai tout. Je n'avais pas réussi.

Rendez-vous annulé. Le quatrième.

Je n'y suis pas plus parvenu dans le train qui me ramenait à la maison. J'ai pourtant passé le voyage à essayer. Et c'est là que le hasard vous a assise à côté de moi. Est-ce le hasard, d'ailleurs ?

Le lendemain, Barbara Bricott, jointe au téléphone, m'a écouté parler sans piper mot. Le poids de la perplexité pesait dans le petit *oui* qu'elle a prononcé du bout des lèvres lorsque je lui demandai si elle voudrait bien m'accorder un nouveau rendez-vous. Je compris que mon désir de mourir ne pourrait bientôt plus être pris au sérieux.

Cette cinquième fois, il faudrait vraiment que, me rendant à Genève, je sois bien certain de n'en pas repartir. Je n'avais pas de doute, c'était ce que je désirais le plus au monde, après le bonheur de mes filles, c'est juste que, jusqu'à présent, les conditions n'étaient pas réunies. Ni pour les unes, ni pour l'autre.

C'est dans le train qui m'a emmené vers mon cinquième rendez-vous que vous êtes venue vous asseoir à côté de moi, et à l'issue de ce voyage que vous m'avez abordé et que j'ai pensé que vous m'étiez envoyée par un dieu qui aurait eu un peu pitié de moi, ou par quelqu'un d'autre…

La suite, nous la connaissons, je vous l'ai déjà racontée. Quand je me suis rendu à la clinique après notre entrevue au Warwick, Barbara a tout de suite vu que je ne venais pas pour honorer mon rendez-vous.

Elle a accepté de me recevoir et d'écouter ce que j'avais à dire. En l'occurrence, que je venais juste de rencontrer la personne qui allait peut-être m'aider dans ma quête et faire en sorte que je puisse partir en paix. C'était vous, Blanche. La réponse du Dr Bricott ne s'est pas fait attendre : elle allait corriger la profession de foi de Dignity. Désormais, tout rendez-vous reporté plus de cinq fois entraînerait l'annulation de la convention entre Dignity et le client. Le cas Éric Muller ferait jurisprudence.

J'avais fini par me taire, la suppliant du regard. Elle a fini par accepter un sixième rendez-vous, non sans éprouver la désagréable impression de ne pas totalement maîtriser le déroulement des opérations. Elle n'aimait pas ça du tout.

Cette dernière phrase avait fait sourire H. Visiblement il n'avait pas détesté ébranler cette femme qui donnait une telle image de confiance en elle-même.

***

En repartant de chez H, j'avais l'impression d'avoir bouclé une boucle. Je comprenais mieux à présent ce que mon irruption dans sa vie avait eu d'opportun. La cinquième fois qu'il était mort, ce qui lui était arrivé : moi. C'était déroutant de me dire que je venais d'entrer dans le livre. Non en tant que narratrice mais en tant que personnage. Je ne sais même pas s'il y a un nom pour ce phénomène littéraire.

J'avais très envie de me mettre à ma table de travail pour coucher tout cela sur le papier. Mais il y avait quelqu'un que je devais voir avant de reprendre mon train.

Sabine Abkharian était l'infirmière qui avait soigné Christine à domicile. Je l'avais appelée de la part d'Éric Muller, sous le prétexte d'écrire un article sur l'accompagnement des personnes en fin de vie.

PENSÉE

«

La vie est une tragédie. Avec des passages plutôt drôles, dans le meilleur des cas.

»

SABINE

EXTRAITS

Monsieur Muller est un homme distant mais il était entièrement dévoué à sa femme. Le patient idéal pour une infirmière. Il faisait sa part. Et mettait tout en œuvre pour que vous fassiez bien la vôtre. Dès que je suis arrivée, il m'a demandé ce dont j'aurais besoin. Nous avons convenu d'une organisation et nous l'avons suivie sans jamais déroger aux règles fixées ce jour-là.

Si monsieur Muller était présent à la maison lorsque j'arrivais le matin, je devais aller le voir en premier pour qu'il me donne les informations concernant madame Muller, comment elle avait passé la nuit et s'il y avait des instructions particulières pour la journée. De même, je devais lui faire un compte rendu à la fin de mon service. Au début, je lui envoyais de simples SMS mais quand la maladie s'est aggravée, il m'a demandé de l'appeler à la moindre alerte. Il voulait surtout savoir si elle ne souffrait pas.

Les quatre premiers mois, il travaillait encore. Et puis quand l'état de madame Muller s'est dégradé, il a arrêté. Il ne supportait pas l'idée que sa femme puisse souffrir loin de lui. Il passait beaucoup de temps auprès d'elle. Il lui apportait des choses qu'elle devait, je suppose, bien aimer même si elle ne mangeait rien. Il lui allumait des bougies. Le ballet des ombres que les flammes exécutaient chaque soir l'apaisait.

D'après mon expérience, les gens proches qui entourent un malade en fin de vie gardent toujours le déraisonnable espoir d'un miracle. Monsieur Muller n'a pas dérogé à la règle.

Cet optimisme est essentiel pour le malade. C'est ce qui le fait tenir dans les derniers moments. Garder espoir jusqu'à la dernière seconde, c'est insensé, mais c'est ce qui fait que la mort est douce.

Je vois tant de malades qui souffrent. Sûr que dans certains cas, on aimerait les voir partir plus tôt. Mais, c'est cette histoire d'espoir qui m'embête. Grâce à lui, l'ultime seconde est gorgée de vie. Convoquer la fin, n'est-ce pas assassiner l'espoir ? Si la mort est commandée, est-ce qu'on se sentira vivant jusqu'à la dernière seconde ?

On dit *rendre l'âme*, n'est-ce pas ? Nous savons tous que nous la rendrons un jour. On en aura fait ce qu'on a pu. Mais si on décide de se supprimer, est-ce qu'on ne supprime pas l'âme du même coup ? Qu'est-ce qui adviendra de nous si l'on ne peut rendre ce qui ne nous appartient peut-être pas ? Ce qui est le plus précieux ?

6

UNE FLEUR

J'ai la tête qui tourne de la vie de H. Comme un disque microsillon rayé qui nous ressert sans fin les mêmes mesures, je ressasse les mêmes idées. Il est temps de m'accorder une pause. Prendre le RER.

J'arrive tôt chez mes parents. Onze heures sont à peine sonnées lorsque je pousse le portillon. Ma mère paraît dans le jardin, je frôle le coup de soleil.

– Tu n'aimes pas ? me dit-elle en agitant sous mon nez sa nouvelle chevelure rousse. Ton père adore, lui !

Si, cette rousseur inédite lui va plutôt bien ! Voilà que ma mère, à soixante ans, se met à ressembler à une actrice américaine des années 1950.

Je saute au cou de mon père lorsque je le vois, pareil à lui-même, calé dans son fauteuil, lisant *L'Équipe*, avec sa chemise à carreaux – pour mon père, une chemise est à carreaux. Lui, au moins, on peut compter sur lui pour se ressembler.

Je l'embrasse alors qu'il va se lever. Ne bouge pas, papa. Et me vautre dans le canapé en face de lui. Du fond de ce refuge, je soupire comme si je venais de rentrer d'un long voyage.

Un rayon de soleil entre dans la maison, rien de plus joyeux. Pour la première fois depuis des semaines, je me sens en paix.

Tout à l'heure, si tout va comme d'habitude, nous déjeunerons dehors, sous la tonnelle. Maman aura fait un agneau de huit heures. Il y aura un peu de vent pour tempérer la chaleur. Mais pour l'instant, je me glisse sous le rayon de soleil comme sous une couette. Je ferme les yeux et ne tarde pas à m'endormir. Quelqu'un dénoue les lacets de mes baskets, je m'étale alors de tout mon long dans le canapé, et sombre avec délices.

Le pop d'une bouteille me réveille.

– Champagne ! C'est obligé aujourd'hui, nous avons quelque chose à fêter ! Viens, Blanche !

Maman, de plus en plus rousse et souriante, m'entraîne à l'extérieur. Elle se place derrière moi et me couvre les yeux avec ses mains.

– Avance, ma chérie.

Ma mère est folle, il faut le savoir. Je peux m'attendre à tout. J'avance à petits pas en protestant mollement.

– Maman, tu es sûre de toi ? Dis-moi ce qu'il se passe, ce sera plus simple.

– On y est presque. Voilà. Tu stoppes. Tu es prête ?

Elle ôte ses mains de mes yeux. Je dois cligner pour les habituer à la lumière. Devant moi, il y a un arbre. C'est le magnolia que mes parents ont planté à ma naissance. Tout d'abord je ne comprends pas. Et puis je la vois.

– N'est-ce pas extraordinaire ? dit Maman, la voix pleine d'émotion.

– Maman…

– Chut ! Ne dis rien ! Regarde comme elle est belle… Il n'a jamais fleuri ! Tu te rends compte ! Jamais. Et là tu vois ce qu'il fait, ma chérie ?

– Une fleur.

Ça va, on ne va pas non plus décréter l'état d'urgence pour une fleur ! Eh bien, si. Ma mère pousse un cri de joie. Presque un rugissement. J'en sursaute.

– C'était ça que tu voulais me montrer, maman ? C'était ça, ton invité « surprise » ?

– Tu ne peux pas savoir l'émotion que j'ai eue le matin où je l'ai découverte, ma chérie. Il fallait que tu voies ça ! Je t'ai écrit tout de suite !

– Et il y en a d'autres ? dis-je, pour plaisanter.

– N'en demande pas trop, ma chérie, me répond-elle gravement. C'est déjà beau.

Ma mère attend de moi que je me réjouisse d'avoir fait une fleur quand les trois quarts des magnolias de ma connaissance croulent sous le poids de leur floraison.

– Tu sais, hein, ma chérie, ce que cette fleur signifie ?

– Oui, maman, ça m'a fait plaisir vraiment… merci de me l'avoir montrée.

– Mais tu es bien sûre d'avoir compris le présage ?

– Oui, maman.

Elle me fixe avec deux yeux gris qui me disent qu'ils ne me lâcheront pas tant qu'ils ne seront pas certains que j'ai capté ce qu'il faut. Je précise donc pour en finir :

– Je ne sais pas, maman, je suis en train de m'épanouir ?

Voilà une phrase très étrange à prononcer quand on est une fille dans mon cas. Seule et engouffrée dans un projet qui aurait semblé foireux à n'importe qui. Mais enfin je la dis.

– Et… ? insiste ma mère.
– Et mon projet va aboutir.
– Un projet ? Quel projet ?
– Un projet de boulot sur lequel je suis…
– Du boulot, qui te parle de boulot ?

Ma mère est… comment dire… intense. Je la regarde sans comprendre.

– Ma fille ! Tu n'as donc pas saisi ?

Je me retiens de lui dire vas-y, maman, accouche ! Je fais bien de me retenir puisqu'elle me dit avec deux bougies allumées dans les yeux :

– Tu vas avoir un enfant.

Ma mère est folle.

PENSÉE

«

Depuis que je suis mort, je perçois des choses. Même petites, même négligeables, même infinitésimales, elles sont un événement. La douceur de ma peau. Je la remarque quand je croise les doigts sous mon menton.

»

CLÉMENCE

Plus j'avance, plus je me dis qu'il n'y a pas d'un côté les morts et de l'autre les vivants. Nous faisons partie du même cosmos. Les morts sont passés dans l'équipe d'en face, c'est tout. Notre monde, celui dans lequel nous évoluons en tant qu'êtres vivants, est tout petit. Vous rendez-vous compte ? On peut en faire le tour en quelques jours. Il est plus vraisemblable que nous, les vivants, appartenions au grand royaume des morts. Nous sommes la pièce dans laquelle il y a de la lumière. Nous avons besoin de cette lumière. Dans les ténèbres nous devenons aveugles. Nous sommes comme ces petits enfants à qui il faut laisser une veilleuse pour qu'ils dorment en paix. Notre veilleuse, c'est le soleil. Comme pour celle des enfants, elle bouge, faisant danser les ombres au cours de notre journée, au cours de notre vie.

Ce fut la sonnette de la porte d'entrée qui interrompit les pensées dans lesquelles je me promenais depuis quelques minutes. L'employé de La Poste me fit signer un recommandé. C'était une enveloppe épaisse de photos envoyées par Clémence Doucet. Il y en avait une vingtaine, sur lesquelles se déployaient de classiques images de bonheur familial des années 1970 et 1980, de jeunes gens riant à gorge déployée, de trentenaires souriants, de bambins en maillot, cheveux emmêlés... Je les étudiai une à une, devinai qui était Clémence Doucet et fus une nouvelle fois frappée par la photogénie de Christine. Sur l'un des clichés, elle apparaissait dans une robe nouée derrière la nuque qui dégageait des épaules fines et nerveuses. Elle portait les cheveux mi-longs, et ses yeux fixaient l'objectif. Sa peau irradiait. Elle dégageait une sensualité folle. Une jeune fille blonde avait passé un bras autour d'elle. Leurs larges sourires illuminaient la photo.

Je laissai un message à Clémence, afin de la remercier. Je lui demandai de me rappeler aussi. J'avais à lui parler.

Les jours passant, mon livre grandissait en moi. Il prenait de plus en plus de place. J'y travaillais le jour, je l'écrivais la nuit.

J'observais par la fenêtre le temps maussade habiller de gris les toits de Paris. J'étais bien, à ma table de travail, mobilisée.

Clémence Doucet me rappela l'après-midi même.

– C'est un bon ami, me dit-elle alors que je la questionnais sur sa relation à H. On ne se voit plus depuis longtemps mais au fond ça ne change rien. Ce que nous avons vécu nous a liés pour la vie.

– Quelque chose en particulier ?

Elle eut un rire bref comme un hoquet. Le genre de rire qu'on a pour signifier que quelque chose nous dépasse.

– Oh, Éric nous a juste sauvé la vie !

– Ah bon ?

– C'est une vieille histoire...

– Elle m'intéresse.

Clémence ne m'en donna pas la raison, mais en 1974, Jean-Pierre et elle eurent une terrible dispute. C'était la période durant laquelle Jean-Pierre montait sa société avec Éric. Des mots ont été prononcés qui ont ouvert des portes. Par l'une d'elles, Clémence s'est enfuie. Il a tout fait pour qu'elle revienne. En vain. Elle avait claqué la porte, définitivement pensait-elle. À travers la cloison, il a fini par crier qu'il ne voulait plus jamais la revoir. C'est pour cela qu'elle ne s'est pas inquiétée lorsqu'un jour Éric l'a appelée en lui disant que Jean-Pierre était introuvable. Elle a pensé à un stratagème de sa part pour la faire revenir. Ce n'était pas le cas, Éric était inquiet à juste titre. Il est allé chez Jean-Pierre, a défoncé la porte, l'a trouvé inconscient. Jean-Pierre avait fait un accident cardiovasculaire. Il ne pouvait ni bouger ni parler. Il a eu beaucoup de chance… Sans Éric, il serait mort. Clémence a réalisé qu'elle avait failli le perdre. Elle a compris qu'elle l'aimait et que lutter contre cet amour n'amènerait que du malheur.

Clémence n'avait pas beaucoup revu Éric ces dernières années. Elle l'avait trouvé très amaigri à l'enterrement de Christine. Il paraissait effondré mais réussissait à contenir son chagrin.

– Justement, parlez-moi de leur couple… Quel genre d'homme était-il dans sa vie privée ? Vous dites « sa femme adorée », Christine était-elle le pilier de sa vie ? Vous pouvez tout me raconter. Monsieur Muller m'a donné carte blanche. Votre mari a dû vous le dire.

Clémence Doucet a soupesé ces arguments.

– Je ne peux vous parler que d'un passé lointain… Éric et Christine étaient très amoureux et très heureux quand ils étaient à Nice. Lui avait tout du mari idéal. Très beau, très gentil, il prenait la vie avec légèreté et insouciance… Christine, elle, avait un côté sombre. Elle était plus fragile.

– Il était la légèreté, elle était la densité ?

C'était étonnant pour moi d'envisager cette répartition des rôles. Le Éric Muller que je connaissais n'avait rien de léger.

– C'est un peu plus compliqué que cela… Christine avait des accès de dépression. Mais Éric n'en parlait pas. Cela restait à l'intérieur de leur maison. Disons que lorsqu'on le voyait venir seul à des déjeuners avec ses enfants, on savait que Christine ne devait pas aller bien. Mais lui, résistait avec toute sa fantaisie.

La fantaisie de H ? Je ne l'avais pas vue… Où était-elle passée ?

– De toute façon, il était fou d'elle.

– Et elle ? Elle était folle de lui aussi ?

– Il était son ancre et elle le savait. Sans lui, Dieu seul sait où elle se serait échouée.

– Et avec ses enfants ? Quel père était-il ?

– Oh, formidable ! Il adorait ses filles et s'en occupait admirablement. Trop, même, peut-être… Puis pas assez… Je ne sais pas.

– Pourquoi cela ?

– Une impression… quelque chose qui m'a semblé abîmé dans leur circuit lorsque nous les avons revus. Les filles avaient grandi… Il a fait cette… carrière, qui l'a peut-être éloigné de sa famille…

– Christine et vous étiez de très bonnes amies ?

– J'aimais beaucoup Christine. Elle n'était pas qu'une femme fragile. C'était aussi une personnalité brillante, imprévisible, intéressante, extrêmement drôle.

D'ailleurs, on ne la voyait jamais fragile... Si elle était là, c'est qu'elle était très en forme. Sinon, elle restait chez elle. Ce n'était pas quelqu'un qui vous racontait sa vie. Nous étions amies, oui, mais il y avait une telle part de mystère en elle... Personne ne pouvait dire qu'il la connaissait véritablement.

– Je comprends. Et les petites filles ? Comment étaient-elles ?

– Oh, très mignonnes ! Jeanne est ma filleule, le savez-vous ?

– Non, je l'ignorais.

– Je ne la vois plus beaucoup mais nous nous écrivons un mail de temps en temps. C'est une chouette fille. Enfin une femme, bien sûr, mais pour moi, c'est toujours ma Jeannette...

Je ne savais pas du tout que ce lien existait. Éric ne m'en avait pas parlé. Clémence poursuivit :

– Elle est devenue une femme d'affaires à présent... Je n'aurais jamais cru...

– Ah, pourquoi ça ?

Elle soupira.

– Jeanne était une enfant... toujours sérieuse. Elle avait une présence magnétique. Elle tenait cela de sa mère, c'était vraiment une gosse originale... Je l'aurais plutôt vue s'engager pour une cause, un idéal, peut-être même entrer en politique... Elle a tant de qualités ! Mais monter une entreprise commerciale sans autre ambition que de faire du profit, je ne dis pas que ce n'est pas bien, il faut créer des emplois, mais je ne la voyais pas là-dedans... Ce n'était pas sa trajectoire... Je peux me tromper.

– Savez-vous que Jeanne ne parle plus à son père depuis cinq ans ?

Au silence qui suivit, je devinai que non, pas du tout, elle ne savait pas.

– Jeanne n'est pas du genre à se confier, quant à Éric, n'en parlons pas…

– Maintenant que vous connaissez l'existence de cette brouille, comprenez-vous que leur relation puisse être distendue à ce point ?

– Non.

– Non, vous ne comprenez pas ?

– Je veux dire que non, je suis sûre que leur relation n'est pas distendue. Elle doit être tendue au maximum, au contraire. Jeanne et son père ont toujours été très proches. Jeanne était comme un double de sa mère, les mêmes yeux, la même vivacité, le même côté insaisissable mais sans la part d'ombre. Éric l'a toujours adorée. Non, s'ils ne se parlent plus, c'est qu'il a dû se passer quelque chose de grave… Je vais demander à Jean-Pierre mais je ne crois pas qu'il soit au courant, il m'en aurait parlé.

– Dernière question Clémence et je ne vous embête plus. Avez-vous une idée de ce qui pourrait expliquer la fragilité de Christine ? Avait-elle des raisons de faire une dépression ?

– Je ne dirais pas qu'elle faisait une dépression, plutôt qu'elle avait des épisodes dépressifs. Et, non, je n'ai aucune idée de la raison pour laquelle ils avaient lieu. Au final, nous ne savions pas grand-chose d'elle hormis ce que nous vivions avec elle. Elle ne parlait jamais de son passé, ni de sa famille. Je sais juste qu'elle avait perdu son père dans sa jeunesse… J'attribuais sa vulnérabilité à ce deuil précoce… C'était sûrement un raccourci…

Je n'insistai pas. D'autant que j'étais bien placée pour savoir que l'on peut être sujet à la dépression sans raison évidente. Je remerciai Clémence de m'avoir donné ces précieux renseignements. C'était étonnant de voir à quel point le portrait d'Éric Muller qui se dessinait lorsqu'on se penchait sur son passé différait de l'image de H…

– Si vous apprenez quelque chose de nouveau, voulez-vous me rappeler, s'il vous plaît ?

– Oui, d'accord… Et, à propos…

– Oui ?

– Je ne crois pas du tout à votre histoire d'article.

Je restai interdite.

– Mais je vous réponds quand même puisque c'est la volonté d'Éric. À bientôt.

– À bientôt… répondis-je, désarçonnée, et… heureuse de l'être.

Être percée à jour revient souvent à se sentir moins seule.

Parler avec Clémence Doucet avait donné une dynamique à l'idée que je me faisais du couple Muller. Les êtres humains commençaient à se faire voir derrière les patronymes. Mon entrevue avec Jean-Pierre Doucet et les photographies que j'avais reçues m'avaient aidée à me faire une image de la famille de H, à l'époque où elle vivait à Nice. Le coup de fil à Clémence donnait vie à cette image. Moteur ? Action ! Je voyais le film : les journées de travail avec Jean-Pierre à chercher, à inventer.

Les matinées de cours au campus, les soirées en famille, les dimanches à la mer, les tablées de copains… Je ne trouvais pourtant rien qui mène à la tragédie finale. Ma seule piste était cette tendance à la dépression qui minait Christine et peut-être son couple.

PENSÉE

«

Depuis que je suis mort, j'aime prendre de la hauteur. Je monte le plus haut possible partout. C'est comme ça. Je prends des ascenseurs. Je me hisse au sommet des gratte-ciel. Je veux tout voir d'en haut. Paris, la mer.

»

JEANNE

Au 138 boulevard Haussmann, se dressait un immeuble typique de ce quartier d'affaires. Plusieurs plaques professionnelles y annonçaient une dizaine d'entreprises dont un office notarial, deux sociétés de production audiovisuelle, un cabinet d'expert-comptable, une agence artistique, quatre entreprises d'import-export et SO.

Je levai les yeux vers les fenêtres de l'immeuble. Est-ce qu'elle était là ? Au sixième, où logeait SO ? Il me sembla voir une silhouette féminine à la fenêtre, et j'eus même le sentiment qu'elle me regardait, mais personne n'est plus parano qu'une journaliste en train de suivre une piste, j'imagine.

L'activité de SO était le développement de programmes informatiques. Cette entreprise créée en 2011 avait reçu début 2020 le Prix international de la créativité. Elle avait été rentable au bout d'un an et employait désormais quatre-vingts personnes, ce qui était peu mais signe de performance puisque chaque personne générait plus d'un million de chiffre d'affaires annuel. J'avais fait ma petite enquête : SO avait pour mission de mettre en relation les entreprises entre elles via le net ou une application mobile. Exemple : vous êtes une entreprise à Marseille, vous avez besoin de trente containers à livrer dans les quatre jours. Votre fournisseur habituel ne peut pas vous dépanner. Vous faites appel à SO à qui vous êtes abonné et qui vous promet trois devis de trois fournisseurs différents prêts à travailler pour vous dans vos délais, dans les vingt-quatre heures. Il ne vous reste plus qu'à choisir.

Si j'en croyais les chiffres que j'avais réussi à glaner au greffe du tribunal du commerce, Jeanne Muller avait réussi son pari haut la main lorsqu'elle avait eu l'idée de créer SO.

J'étais indécise, venue ici pour apercevoir Jeanne, sans idée précise derrière la tête. Je ne voulais pas d'une vraie rencontre, juste me faire une idée de qui elle était dans son travail. Il ne fallait pas éveiller de soupçons à mon égard. Je devais me préserver. J'en étais venue à penser que, lorsque Jeanne et Lou liraient le livre, leur lecture ne devait pas être biaisée par le fait d'avoir rencontré son auteur.

Comment approcher Jeanne au plus près sans me dévoiler ?

Je pénétrai dans l'immeuble, demandai SO à l'accueil, on m'invita à me rendre au sixième étage. Au moment où l'ascenseur arrivait, je sentis une présence derrière moi. Et quand, dans la cabine, je me retournai pour appuyer sur le bouton, une main gantée pressait déjà le chiffre 6. Une femme, plus grande que moi de dix bons centimètres, les cheveux bruns et courts, élégant manteau, port altier, maquillage léger, bouche rouge, air sévère : Jeanne Muller. Sans hésiter, j'appuyai après elle sur le huitième étage.

Elle était chaussée de talons hauts qui la grandissaient encore.

Je carburai à toute vitesse pour trouver le meilleur moyen de me sortir de cette situation. Me tenir si près d'elle dont je savais tant de choses et pour qui j'étais une parfaite inconnue était étrange comme sensation. Celle qu'on doit avoir si on prend place dans un ascenseur étroit avec des personnages imposants et charismatiques, Teddy Rinner par exemple, ou Catherine Deneuve, ou les deux, sauf si la présence de l'un annule celle de l'autre, comment savoir. Imaginer la grande Catherine coincée entre Jeanne Muller et moi me fit sourire. Un sourire sonore probablement car elle se retourna vers moi.

– Quelque chose vous amuse ? me demanda-t-elle.

– Oh oui, je m'aperçois que j'ai oublié le nom de la personne avec qui j'ai rendez-vous… C'est idiot…

– Ça part mal, en effet…

– Et mon portable est déchargé… Vous travaillez ici ?

– Oui, suivez-moi, si vous voulez, vous pourrez recharger votre téléphone à l'accueil.

– Merci, c'est vraiment gentil.

Elle haussa les épaules pour toute réponse. Je sortis de l'ascenseur à sa suite.

– Wendy, dit-elle à la jeune femme qui accueillait les visiteurs, aidez mademoiselle à recharger son téléphone.

Un homme qui devait la guetter lui fit signe du bout du couloir. Elle partit sans me jeter un regard.

– Merci beaucoup, lui dis-je.

Mais elle ne se retourna pas.

Elle me faisait penser à son père. Elle était sympa mais se débrouillait pour paraître désagréable.

Je me tournai vers ladite Wendy, attendis que les appels téléphoniques entrants la laissent tranquille pour lui demander si elle avait un chargeur d'iPhone 4. Elle me regarda avec un peu de commisération. Non, ici tout était dernier cri.

– C'est une société de quoi ?

– Je viens d'arriver, je ne sais pas trop précisément, mais ça a l'air sérieux et compliqué, informatique…

– Ah ok, et l'ambiance, ça va ?

Elle rit.

– Oui ! Ça peut aller ! Pourquoi ? C'est de la drague ?

– Non ! Pardon ! Je suis journaliste, déformation professionnelle, il faut toujours que je pose des questions. Je vous prie de m'excuser…

Elle me fit un sourire craquant. Elle était… Je ne sais pas comment dire… adorable, cette fille.

– Et ça, lui répondis-je en désignant son sourire, c'est de la drague ?

– Évidemment !

Je soupirai, si tout pouvait être aussi simple !

38 JOURS

– *Chut ! Ne dis rien ! Regarde comme elle est belle... Il n'a jamais fleuri ! Tu te rends compte ! Jamais. Et là tu vois ce qu'il fait, ma chérie ?*

Après un peu d'hésitation, j'avais décidé de raconter cette journée insolite passée chez mes parents. Cette fleur inespérée. Elle ne concernait pas H et pourtant j'avais la sensation qu'elle était indissociable de ce qui m'arrivait en ce moment. Car, oui, il m'apparaissait que je n'étais pas seulement en train d'écrire cette histoire : elle était en train de m'arriver.

J'étais, ce jour-là, en avance à mon rendez-vous avec Éric Muller et travaillais à la terrasse d'un café situé en bas de la Petite Ceinture. L'heure du rendez-vous approchant, je fermai mon ordinateur et mis mes écouteurs. Alors que la voix chaude de Leonard Cohen, cette voix qui pouvait suffire à vous faire aimer la vie à la folie l'espace d'un instant, faisait résonner « Everybody Knows », je vis arriver la Lexus de H. Je payai mon café, remballai mes affaires et rejoignis la voiture. Le chauffeur en sortit. Mais au lieu d'aller ouvrir la portière arrière comme à son habitude, il se dirigea vers moi. Il avait une enveloppe kraft à la main.

– Bonjour, me dit-il.

– Bonjour, répondis-je en essayant de voir à travers la vitre, monsieur Muller n'est pas là ?

Non, monsieur Muller n'était pas là. Il avait un empêchement mais il y avait quelque chose pour moi dans l'enveloppe. J'étais très étonnée et ne sus que dire. Le chauffeur repartit. Je n'avais pas remarqué qu'il était brun, je n'avais pas remarqué qu'il était grand, je n'avais pas remarqué sa belle main, ni l'élégance de sa gestuelle, je n'avais rien remarqué du tout.

J'ouvris l'enveloppe. Il y avait une lettre accompagnée d'une somme d'argent en liquide, pas mal d'argent. Je ne comptai pas mais lus la lettre. Elle n'était pas écrite par lui.

Chère Blanche,

Je suis encore un peu faible, aussi je préfère dicter cette lettre, vous la lirez plus facilement… Ne vous inquiétez pas, j'irai mieux bientôt. J'ai eu une sorte de pneumo-quelquechose et avec ma maladie, cela traîne plus que ça ne devrait, les forces m'ont quitté depuis plusieurs jours. J'ai préféré vous envoyer Aurèle. Vous allez avoir des frais. Voici de quoi les engager. Je n'ai pas encore lu vos feuillets, j'étais trop fatigué. Je les lirai demain. Si je ne vous fais pas signe, c'est que tout va bien. J'ai confiance en vous, si étrange que cela puisse paraître. Quelle drôle d'équipe nous faisons ! Bien à vous, chère Blanche. Éric.

H avait confiance… Il tenait le rôle du personnage qui m'avait tant manqué, celui du soldat qui fait la guerre au doute, monte la garde contre lui, déjoue ses plans foireux, veille de jour comme de nuit. C'était une bonne nouvelle.

H avait confiance. Alors il fallait que j'aie confiance, moi aussi.

Déçue de ne pas le voir, je décidai de faire la promenade sans lui. J'étais sur le banc, face à l'immeuble où vivait Jeanne, lorsque la lumière s'est allumée dans son appartement. J'avais remis les écouteurs dans mes oreilles. Et cette fois, c'est sur une autre voix mythique, celle de Johnny Cash, reprenant U2, « One », que je l'ai regardée fumer sa cigarette, seule, silhouette mince se découpant dans la brume poétique et polluée, un peu grise, un peu jaune, du soir tombant sur Paris.

Je ne pris pas garde au fait que la lumière s'éteignait dans l'appartement de Jeanne au moment où je me remis en marche.

***

– C'est lui qui vous envoie m'espionner ? Qu'est-ce qu'il veut ? Il ne peut pas nous laisser tranquilles ? Il ne peut plus se passer de nous maintenant ? Vous croyez que je ne vous ai pas reconnue ?

Coupante, elle enchaînait les phrases en hachant les mots.

Elle m'avait prise par surprise, s'était glissée dans mon dos lorsque j'avais fait le code de mon immeuble et m'avait plaquée contre le mur. Elle était beaucoup plus grande que moi. Je ne faisais pas le poids. Alors je gardais le silence. C'était ma façon de lutter. De toute façon, pour l'instant, elle ne me laissait pas en placer une. Elle hurlait à quelques centimètres de mon visage. J'étais pétrifiée.

– Je vous ai vue avec lui sur la voie de chemin de fer en face de chez moi. Vous êtes venue jusque dans mes bureaux ! Votre immonde imperméable me disait quelque chose. Ça m'est revenu quand je vous ai reconnue tout à l'heure en bas de chez moi… C'est quoi, votre problème ? Vous êtes qui ?

– Je vous le dirai si vous me laissez parler.

– Vous êtes encore une de ses maîtresses ? C'est ça ? De plus en plus jeune, hein ? Et il vous a dit quoi ? Il prend son pied en vous emmenant devant chez moi ? C'est quoi, le plan ? C'est quoi, ce putain de plan de tordus ?

J'attendais que Jeanne se calme, me contentant de secouer la tête. C'était une femme intelligente, elle allait à coup sûr s'apercevoir qu'elle se fourvoyait dans une voie qu'elle était seule à emprunter. Mais quand ?

Jeanne me dépassait d'une tête, elle avait passé le bras devant l'escalier et me barrait le passage.

Soudain, un bruit de clefs. Un voisin descendait. C'était peut-être mon salut. Je ne fis pas un geste. Elle-même fut troublée un instant, se demandant ce qu'elle allait faire. Le voisin arrivait vite, dévalant les marches, probablement depuis le deuxième étage. Je ne bougeai toujours pas, ne profitai pas de son passage pour m'enfuir ou faire évoluer la situation. Je restai droite, saluai le voisin. Elle avait dû enlever son bras, j'aurais pu passer, emboîter le pas au voisin et partir. Le fait que je reste la surprit. La porte d'entrée avait claqué et nous étions encore figées l'une devant l'autre.

Ma marge de manœuvre était étroite. Je ne voulais pas parler du projet d'Éric Muller à sa fille. C'était prématuré. Je devais tout de même faire quelque chose. La rassurer.

Elle fit deux pas en arrière. Je crus qu'elle allait partir comme ça et cherchai vite une phrase, la phrase, celle qui convenait dans cette circonstance… Mais elle revint sur ses pas et ce que je n'avais pas prévu, c'est que ce fut pour me cracher dessus.

– Voilà un message pour monsieur Muller, vous pourrez le lui communiquer, me dit-elle.

Le crachat m'atteignit sous l'oreille. Je le sentais couler dans mon cou et restai digne même si ça ne changeait pas grand-chose, personne n'était là pour le voir.

Elle avait aussitôt tourné les talons. Je ne bougeai pas de ma place. Et alors qu'elle venait d'appuyer sur le bouton d'ouverture de la porte, je lançai d'une voix forte :

– Je ne suis pas la maîtresse de votre père. Rien à voir. Ne soyez pas si sûre de vous.

Et j'ajoutai, alors qu'elle était déjà à moitié sortie :

– Il est très malade.

Je crois, je ne suis pas sûre, qu'elle a marqué un temps d'hésitation. Et puis elle a disparu.

Le crachat et moi, on est montés à la maison. L'un voulait faire disparaître l'autre et, au moins, cette bataille-là, je la remportai.

Je pris une longue douche chaude pour me laver de tout. Le crachat, la fatigue, la journée, les pensées noires… Étrangement, cela fonctionna. Je m'étais attendue à sombrer dans une de mes phases dépressives avec ce qui venait de se passer. Déjà je sentais depuis plusieurs jours qu'une certaine force avait envie de me tirer vers le bas. Mais pas cette fois. L'intervention de Jeanne avait finalement eu du bon. Je réalisai que j'avais obtenu exactement ce que j'étais venue chercher sans le savoir en allant fureter du côté de chez SO. Une réaction. J'avais soulevé la poussière. Elle n'était pas retombée au même endroit. L'épisode avait permis de donner chair au personnage de Jeanne. Elle n'était plus seulement la fille d'Éric Muller, elle existait de l'autre côté du miroir, comme H, comme moi. Elle venait de faire une entrée remarquée dans le livre.

Il ne devenait plus nécessaire de rencontrer Lou, l'affrontement avec Jeanne avait introduit la fratrie dans mon imaginaire. Et c'est tout ce dont j'avais besoin. Non pas que je n'avais pas confiance dans les mots d'Éric Muller, mais l'irruption de Jeanne à ce moment-ci de l'histoire venait comme une confirmation de la réalité de son récit.

Pour ne pas devenir complètement folle, je m'accordai le soir même un dîner avec quelques amis qui s'étonnaient de ne plus me voir. Ils avaient raison, changer d'air le temps d'une soirée me ferait du bien. Je n'ouvris donc pas mon ordinateur après ma douche, comme je l'avais prévu, et me promis de me rattraper en rentrant.

Mais à minuit passé, je n'en avais plus la force. Une fatigue m'accabla. Je me jetai dans le canapé et, comme souvent, quand je n'ai pas envie de me faire prendre par le sommeil tout en étant au bord de l'évanouissement, je zappai, non pas comme lorsque j'étais plus jeune sur l'écran de la télé, mais sur celui de mon smartphone. Je passai en revue les différentes informations des différents réseaux sociaux. Je le fis jusqu'à en avoir marre, jusqu'à la nausée. Mais je n'avais toujours pas sommeil. Et mon téléphone était toujours dans ma main. Je fis alors défiler mes dernières photos. Elles me remirent dans mon sujet.

Je les avais prises chez Éric Muller. Des photos du jardin, du portail, du salon bibliothèque. Des photos de photos de famille.

***

Une ruelle encadrée de hauts murs ocre, du linge étendu entre les maisons, des chemises, des draps, bleus, jaunes, verts, Christine en jean et chemisier crème, quarante ans environ, souriante, avec quelque chose de mélancolique dans le regard, des gens à pied, à vélo, en scooter, on est sans doute dans une ville italienne.

***

Jeanne, en blanc, assise sur une chaise de jardin en bois, des rhododendrons aux énormes fleurs rouges plein l'arrière-plan, Lou debout à côté d'elle. Elles posent pour la photo. Lou paraît excessivement maigre. Elle a les mains dans les poches de sa salopette rose. Deux bras comme des fils de fer. Ils accrochent la rétine.

***

Une autre photo, en noir et blanc cette fois : Christine, peut-être soixante ans, dans un cadre de bois clair. Elle sourit à l'objectif. Elle est allongée dans le canapé près de la cheminée et dans ce grand sofa, elle paraît menue et fragile. Mais ses yeux… Ses yeux brillants et vifs dégagent une force si considérable qu'ils font oublier que nous sommes devant une photographie. On dirait qu'elle va battre des cils, rejeter son châle et se lever pour venir nous dire quelque chose d'important.

***

La photo qui suit doit avoir été prise le même jour. Christine y porte le même pull, le même jean. Éric l'a rejointe sur le canapé. Ses mains disparaissent sous le plaid, à hauteur des pieds de Christine. Elle est frileuse au coin du feu. Il lui caresse les pieds ou les frictionne. Elle le remercie de son beau regard. Ce regard fiévreux que n'a changé ni la maladie, ni le nombre des années, ni rien. Devant l'âtre, j'imagine qu'ils devisent, comme si rien de grave n'avait lieu, comme si elle n'était pas si malade. On dirait un couple pour qui la vie a été un long fleuve tranquille, on dirait qu'elle n'a qu'une fièvre banale, on dirait un dimanche après-midi.

TROISIÈME PARTIE

LE RENONCEMENT

30 JOURS

H m'a recontactée il y a trois jours. Il m'a proposé de nous retrouver à notre point de rencontre habituel. Je n'ai pas eu d'autre choix que de lui raconter le moment où Jeanne m'avait coincée dans l'escalier de mon immeuble. Je l'ai fait avec beaucoup de légèreté, presque de l'humour car je redoutais sa réaction. J'avais suivi mon instinct en voulant pénétrer dans le périmètre de sa fille, malgré ses doutes. Il pouvait m'en vouloir. Mais Éric Muller n'est jamais là où on l'attend. Il a gardé le silence un long moment. Un moment trop long d'ailleurs. Sa spécialité. Se taire. Vous laisser en plan. Prendre le temps dont il a besoin pour analyser les choses avant de vous répondre. Au bout de ce silence, il est revenu vers moi et au lieu d'exprimer des reproches, il s'est excusé. Je l'ai regardé sans comprendre : il n'y était pour rien !

Était-il particulièrement sombre ? Avait-il d'autres soucis ? Toujours est-il qu'il a fait grand cas de ce qui m'était arrivé quand bien même je l'assurais de ce que cela avait été inoffensif pour moi.

– Malheureusement, rien n'est inoffensif, Blanche, rien du tout… Je m'en veux de vous avoir placée dans cette situation.

– Vous n’y êtes pour rien. Vous ne m’avez pas demandé d’aller voir Jeanne. Au contraire.

– Peu importe. C’est moi qui ai mis en place les conditions qui ont fait que vous y êtes allée. Le temps passe tellement vite désormais. Ces dernières semaines ne sont plus que des broutilles temporelles… Je crois bien qu’il est trop tard.

Dans la soirée, il m’a envoyé un mail, me demandant de tout arrêter. Il ne voulait pas créer plus de problèmes qu’il n’en avait déjà causé. Il avait été choqué par la violence de la réaction de sa fille. Ce qui s’était passé était une véritable agression et j’aurais pu tout à fait porter plainte. J’avais omis de lui rapporter ce que m’avait dit Jeanne juste après m’avoir craché dessus, mais il n’avait pas eu besoin de cela pour comprendre que ce crachat lui était destiné.

Il me précisait qu’il allait me mettre un chèque à la poste pour me dédommager.

J’ai besoin de cet argent. Vraiment besoin. Pourtant, il est hors de question de m’en tenir là. J’ai répondu tout de suite. Je lui ai soutenu que je voulais continuer. Que c’était important pour lui et même pour moi. J’en aurais pleuré, il ne pouvait pas y avoir de fin plus pathétique.

Alors quoi ? On arrêterait là ? Éric Muller mourrait dans un mois, sans espoir d’être compris par ses filles ? Et moi, je n’aurais plus de nouvelles de lui ? Je ne saurais même pas ce qui va lui arriver ? Ni s’il existe un espoir que sa vie se termine paisiblement ? Que sa mort puisse commencer dans la sérénité ? Je devrais accepter cela ? Qu’on me prive de mon personnage principal ?

Mettre dans un tiroir les feuillets déjà écrits et désormais inutiles ? Je devrais accepter cela contre une somme d'argent ?

No way.

La profondeur de mon désespoir m'a surprise. Je n'avais pas eu le temps de me rendre compte que je m'étais attachée à H.

***

Je savais bien qu'écrire ce mail à H était inutile. Ce matin, pour toute réponse, j'ai reçu le chèque.

J'ai alors fait une sortie papier de mes quelque cent quatre-vingt-dix premières pages rédigées et je les ai mises dans une grande enveloppe à l'attention d'Éric Muller. J'y ai joint le chèque. J'espère le faire réagir. J'espère qu'il se rendra compte que lui et moi sommes sur la bonne voie et que nous ne devons pas abandonner.

J'ai mis le pli à la poste dans la foulée.

PENSÉE

«

Je n'ai jamais dormi allongé. Toujours un peu assis, le dos surélevé par deux oreillers. Les gens avaient coutume de dormir ainsi au Moyen Âge. Ils croyaient que dormir allongé, c'était provoquer la mort. J'ai glissé mes oreillers sous le dos de Christine quand elle était malade. Et je les ai disposés dans son cercueil pour qu'elle soit confortablement installée. Désormais, je m'affale, de tout mon long, chaque nuit. Je me rends chaque soir.

»

7

FANTÔMES

Une semaine que je suis sans nouvelles.

J'écris pourtant. Je prends des notes. Je passe des heures à la bibliothèque. Être entourée de livres, baigner dans le silence et les murmures me procure un bien-être physique. Les bibliothèques sont des spas pour le cerveau. Je lis des tas de livres sur la mort, sur la fin de vie… Tout ce que je peux trouver. J'apprends des choses. « Dans la mythologie aztèque, tous les morts ne vont pas au même endroit après leur trépas. Ainsi il y a le Mictlan, la zone des disparus de mort naturelle ; l'Ilhuicatl-Tonatiuh, réservé aux guerriers défunts et aux femmes mortes en couches ; le Tlalocan, qui accueille les noyés, les foudroyés et les individus sacrifiés au dieu de la Pluie ; ou encore le Chichihuacuauhco, où reposent les enfants morts en bas âge… Au Mexique, actuellement, le jour des morts, *El día de los muertos*, se déroule dans les faits sur trois jours. Les vivants célèbrent les morts. » Les enfants morts, pour commencer. Le jour suivant, ce sont les adultes, et le troisième jour, c'est le tour des accidentés et des assassinés. « Ce sont des croyances locales héritées des mythes aztèques selon lesquelles les âmes ne reposent pas au même endroit selon les conditions du décès… » Je suis fascinée par cette cabine téléphonique blanche qui se dresse depuis 2010 au milieu d'un jardin qui surplombe la mer, au Japon, à Otsuchi. « Le vieil homme qui l'a construite a pris l'habitude de venir y parler à son cousin décédé. *Kaze no denwa* signifie “le téléphone du vent”. Après le tsunami de 2011, il a offert aux gens de venir parler à leurs morts. Ça ne désemplit pas[1]. »

Je lis, compulse, note tout ce qui fait écho. Mais ne sais quoi faire de mes notes. Je n'ai plus de projet.

J'ai d'abord été en colère. Contre lui, qui abandonnait. Contre moi, qui n'avais pas réussi à le convaincre de tenir bon. Contre la vie, qui ne faisait pas d'efforts. Maintenant, je baisse les bras.

H et moi œuvrions pour le meilleur, ne faisions de mal à personne, et voilà que les embûches sont plus fortes que nous.

Je me tiens loin de mon ordi. Je suis sonnée. K.-O. debout. Je reprends mon souffle, après ce qui a été une course ininterrompue depuis que j'ai rencontré H à Genève.

Je le savais. Je me trouve tellement idiote de m'être laissé avoir. Cette décision que j'avais prise de ne plus noircir de pages, ou alors seulement à mon usage personnel, était la bonne.

---

1. Juliette Cazes, *Funèbre !*, Éditions du Trésor, 2020.

Je me fais l'effet de la cruche qui est retombée dans le panneau. La fille qui sait très bien que son ex est un grand malade mais qui ne peut s'empêcher de courir dans ses bras dès qu'elle a un instant de fragilité. Pas une fois. Vingt fois. L'écriture n'est pas pour moi. Vingt fois j'ai essayé. Vingt fois je suis repartie à l'assaut, le cœur en bandoulière. Vingt fois j'ai dévissé. J'y ai cru avec H, parce que la mission est venue de lui. J'ai pensé que la situation particulière, ce besoin qu'il avait de moi, était peut-être ce qui m'avait manqué jusqu'à présent. La preuve que non.

La sonnerie de mon portable met fin à mon monologue intérieur. Le numéro est masqué.

À l'autre bout du fil, la voix sèche, irritée, appelle dans le but de me passer un savon. Je l'écoute jusqu'au bout, je crois que j'ai besoin de ça. Être secouée. Je laisse cette rage téléphonique et suisse se déverser dans l'écouteur. Au bout d'un moment, le flux diminue en vigueur et en quantité. Quand le moment approche où il va être tari, son auteur s'en émeut :

– Tu vas me laisser crier toute seule comme ça longtemps, Blanche ?

Cette bourrasque me fait du bien. Elle me sort de l'état de sidération dans lequel je me trouvais. Elle me permet, mes esprits retrouvés, de lui répondre sur un ton calme et de chercher l'apaisement.

– Je t'écoutais, Alicia. Je te comprends, lui dis-je tout de suite. Et je vais venir. Donne-moi tes disponibilités.

Deux jours et un train plus tard, je me retrouve devant elle, chez elle, dans cette maison qu'on lui loue.

Je suis lasse mais je lui pose à nouveau toutes ces questions auxquelles elle n'a jamais voulu vraiment répondre. Elle s'ouvre cette fois-ci. Et dans un entretien de deux heures, j'obtiens bien plus que lors des deux rendez-vous précédents.

Je m'en étonne, elle m'explique qu'elle n'est pas dupe. Elle sait que ce livre est une idiotie. Mais elle s'est rendu compte que l'idiotie plus grande encore serait de se mettre à dos sa maison de disques. Elle a très envie d'écrire elle-même son prochain album mais n'est pas sans savoir que cette idée n'enthousiasmera personne. Son premier opus a cartonné avec des chansons faites par d'autres, ils ne voudront jamais changer la recette du succès. Elle a réfléchi et s'est dit qu'il fallait choisir ses combats. Elle préfère se battre pour ses chansons que contre ce bouquin que, de toute façon, quelqu'un écrira, sans même lui en parler, juste pour créer une petite économie dans la grande.

Elle n'a cessé de retourner le problème, quand on lui a annoncé que je ne reviendrais pas avant le quatorze juin. Elle en a déduit que son manque de coopération était cause de ce délai.

Je saisis son cheminement. Et je la détrompe. Elle n'en est en rien responsable. Elle est très surprise.

– Quelqu'un près de moi va mourir et j'ai dû m'occuper de lui en priorité, lui promets-je.

Alicia s'est ouverte à moi et, sans lui donner trop de détails, je fais de même avec elle. C'est la première fois que je parle de mon travail pour H. Je lui raconte presque tout sous le couvert anonyme de cette majuscule.

– Est-ce qu'il est mort ? me demande-t-elle.

Je lui réponds par la négative. Elle me regarde sans comprendre. Pourquoi suis-je venue tout de même ?

Je lui explique. L'agression par Jeanne, le chèque, le renoncement… Et ce faisant, je pioche dans ses grands yeux vierges de tous ces tourments, ses yeux à la flamme intacte, de quoi rallumer mon feu. Elle n'a rien à me dire. Tout est dans son regard. Tout ce que j'ai perdu quand H a pris la décision d'arrêter. Je comprends que l'abandon de H est venu se mêler à mes doutes personnels.

Les tourments passés ne doivent pas faire partie de l'histoire présente. J'ai voulu convaincre H. Je n'ai pas réussi. Et alors ? C'est mon livre après tout, il me l'a suffisamment dit. Je fais ce que je veux. J'ai déjà bien avancé. H a enclenché un mouvement. Il m'a confié une mission. Peut-être même qu'il compte sur moi pour continuer, malgré lui.

Cela me saute aux yeux. J'ai un projet à terminer. Au fond de moi, je sais depuis longtemps que je ne me résignerai pas, peut-être même le savais-je depuis le début. Mais je viens seulement d'en prendre conscience. Ma déprime m'a aveuglée. Ma décision est prise. Avec ou sans Éric, je continuerai à remonter la vie de H.

Je regarde Alicia. Je peux peut-être la remercier, et je sais peut-être comment.

Je le lui dis. Son regard s'allume. En partant, nous nous serrons dans les bras. Et nous donnons rendez-vous à la fin du mois de juin. D'ici là, elle aura bien avancé sur son livre me promet-elle, car c'est ce que je lui ai proposé, qu'elle soit le fantôme littéraire de son fantôme littéraire. Je serai là pour l'aider et la guider mais elle écrira seule. Elle est tout excitée. Moi aussi. Je passe la main.

La personne qui vient de me sortir d'affaire est peut-être la dernière à laquelle j'aurais pensé.

Il est assez incroyable de constater que je suis arrivée à Genève avec l'intention de reprendre le travail d'un livre et d'en arrêter un autre, et que j'en repars avec le sentiment d'agir au mieux en faisant l'exact contraire.

Je reviens à H.

ELLE

regarde ce petit monde autour d'elle qui s'agite et dont elle ne fait soudain plus partie. C'est sa faute, pense-t-elle, c'est elle qui s'en est exilée, même si Dieu sait qu'elle ne l'a pas voulu. Si seulement elle pouvait repasser de l'autre côté… L'alcool fait ça aussi. Toute personne qui s'est soûlée au dernier degré sait qu'elle ne peut communiquer avec l'autre, sobre et sérieux, qui la regarde avec commisération en essayant de la relever. Un mur de vodka les sépare. L'un doit boire ou l'autre cuver, sous peine de ne jamais se rejoindre. La sobriété et l'ivresse sont des états qui s'excluent. La cime de la montagne ne saura jamais ce qui se passe au fond de la mer.

Elle est presque au fond. Elle le touchera bientôt.

Elle regarde sa montre. Elle ne doit pas traîner.

Elle sait depuis le matin qu'elle va y avoir droit. Tous les signes avant-coureurs se sont manifestés. Depuis la veille, son humeur a changé. Elle a essayé, a repris ses gouttes, ses ampoules, son lithium, respecté son planning à la minute, s'y est accrochée de toutes ses forces.

Elle n'a rien mangé depuis trois jours. Cette perte d'appétit constitue l'un des premiers symptômes.

Elle sait ce qui va se passer. Elle a la science de son mal.

Mes chéries, maman va faire une course. Au grand magasin.

Les filles savent qu'il est inutile de demander. Quand c'est au grand magasin, maman ne les emmène jamais.

Elle regarde l'heure. Elle sera de retour pour le dîner. Et tout ira bien. Elle leur fera leur plat préféré, un filet de sole, du riz au lait de coco.

Arrivée au centre commercial, elle s'engage dans le parking. Elle descend jusqu'à se garer devant l'entrée Vivaldi du troisième sous-sol du parking Indigo.

23 JOURS

Je n'ai plus de commanditaire.

Dorénavant, je dois faire attention à tout. Je suis seule à la barre. Faire attention aux journées qui passent surtout, le temps est mon plus grand ennemi. J'ai imprimé un calendrier dont j'ai punaisé mai et juin au mur du salon. J'ai entouré d'un trait fluorescent jaune le jour d'aujourd'hui, le vingt-neuf mai. La date de la mort prévue de H, le vingt et un juin, je l'ai encadrée au marqueur noir. Sur celle du dix-huit juin, j'ai tracé une grande croix rouge. Je me suis promis de remettre ce jour-là le manuscrit à Éric. Il me reste vingt jours.

J'ai repris la liste des contacts de H. Sur les quatorze noms, je n'en ai joint que quatre, ayant surtout consacré mon temps à écouter H. Je n'ai désormais plus une seconde à perdre. Je les appelle tous. Je leur laisse des messages. Toujours à peu près les mêmes.

Bonjour, je m'appelle Blanche Seurat. C'est Éric Muller qui m'a donné vos coordonnées. Pourriez-vous me rappeler, s'il vous plaît ? C'est urgent. Je vous remercie.

J'ai réussi à parler aux assistants de messieurs Hans et Jörg Jager, en Allemagne. Je leur ai transmis un message pour leurs patrons.

J'enrage de constater que bien qu'étant pratiquement tous dotés de téléphones portables, nous sommes, la plupart du temps, injoignables.

Je n'en peux plus d'attendre. J'écris, bien sûr, je continue à écrire, mais cela je peux le faire la nuit. Le jour, je dois agir.

Il se trouve que je possède une voiture.

La vieille GTI n'a plus d'âge. Elle a appartenu à ma mère, à mon frère, puis à moi. Elle dort dans un box et je m'en sers si peu que je dois chaque fois la démarrer avec un booster.

***

Direction Rambouillet. Je vais remonter le temps comme on remonte une ligne en espérant que la pêche soit bonne.

Le collège qui a accueilli les filles Muller est situé à Sarray, à une dizaine de kilomètres de ce qui était leur domicile. C'est une construction du XIXe, haute de trois étages et de proportions modestes. Les extérieurs, en revanche, sont immenses. Ce doit être un luxe de pouvoir s'ébattre dans des cours pareilles.

Je sonne. Une dame d'une cinquantaine d'années, mine et gilet roses, vient à ma rencontre. Je me présente, inventant un papier à écrire sur les collèges et les lycées de la région. J'explique que je travaille pour le journal *Le Parisien*, ce qui n'est que la vérité, sans préciser que la raison de ma venue n'a rien à voir avec le journal. Demi-mensonge, donc. Je suis la spécialiste des demi-mensonges, si on s'amusait à les additionner, je me demande si le résultat donnerait un chiffre rond.

Je raconte à la dame de l'accueil que le journal m'a communiqué les noms d'une vingtaine d'établissements mais que le leur ne figure pas dans le listing. Je m'en suis étonnée et viens directement corriger cette erreur. Ce serait dommage de publier une enquête sans eux, conclus-je, le sourire plein de miel. Je vais voir, me dit la dame en rose, pas plus émue que cela, diabétique peut-être.

Aline Alvaro me reçoit dans son bureau au premier étage. C'est la directrice, une jolie femme, brune et dynamique, jean, tee-shirt et espadrilles compensées, sourire avenant. Elle me demande ce qui m'amène, a trente minutes à me consacrer, je joue franc-jeu.

– Je travaille bien au *Parisien*. Mais ce n'est pas pour mon journal que je viens vous voir. Je suis en quête d'informations sur une famille qui a habité dans le coin.

– On m'a parlé d'un article. Alors ce n'est pas le cas ?

Je m'excuse, précise que je n'ai pas eu la possibilité d'expliquer les véritables raisons de ma venue à la personne qui m'a ouvert. J'ai essayé d'être efficace pour arriver de la manière la plus rapide possible dans son bureau. La directrice me toise avec un sourire :

– On dirait que vous avez réussi.

J'adore ce genre de personnes. Elle ne s'offusque pas mais sourit de ma manœuvre. Je lui raconte la vérité, du moins ce que je me sens autorisée à en dire. À savoir que je suis ici à la demande d'un homme, Éric Muller, fâché avec ses filles et qui perd la mémoire. Il m'a missionnée pour retrouver des souvenirs. Sachant que ses enfants ont fait toute leur scolarité dans cette école, je viens voir s'il reste des traces.

– Quel nom avez-vous dit ?

– Muller. Éric Muller. Ses filles se prénomment Jeanne et Lou. Elles étaient à l'école ici.

– Jeanne Muller… Incroyable…

– Vous la connaissez ?

– Jeanne Muller, je n'avais pas entendu prononcer ce nom depuis vingt ans…

– Depuis vingt ans ? C'est-à-dire ?

– Elle était dans ma classe. Au collège. Nous étions même très amies. Jeanne montait très bien, nous fréquentions les mêmes chevaux.

– Vous étiez élève dans cette école vous-même ?

– Oui. Puis j'y ai été enseignante. Je suis ensuite allée voir ailleurs. Et depuis deux ans, je suis revenue, pour la diriger.

Depuis le début, je n'ai jamais eu autant de chance. Personne ne sera mieux placé pour me parler de Jeanne enfant et m'aider à retracer des éléments de vie sur la période assez longue où la famille a vécu près de Rambouillet.

Je m'enquiers alors de l'identité de la directrice de l'époque mais Aline Alvaro m'informe qu'elle n'est plus de ce monde. Et que j'aurai du mal à retrouver leurs professeurs, tous disséminés. Seule leur prof d'arts plastiques – on disait prof de dessin à l'époque –, Violaine, vit toujours dans le coin. Elle n'habite pas très loin et devrait être ravie de parler des jours anciens. Elle me propose de l'appeler pour la prévenir de ma venue. Je l'en remercie. Et puis :

– Pouvez-vous me parler de Jeanne et de Lou ?

Si Jeanne a été sa grande amie, elle a moins connu Lou. Deux ans d'écart, à cet âge-là, c'est beaucoup. Jeanne et elle faisaient donc du cheval ensemble. Comme la plupart des filles de l'école d'ailleurs. Jeanne n'était pourtant pas comme la plupart des filles de l'école. Elle était une ado renfermée. Mais elle adorait les chevaux et quand on les aimait aussi, on avait tout de suite son estime. Il y avait et il y a toujours un haras sur la route qui va de Condé à Gambaiseuil. Les jeunes filles s'y retrouvaient presque tous les jours après les cours jusqu'à ce que Jeanne fréquente un autre centre équestre, plus proche de Rambouillet, son père lui ayant acheté un cheval qui était soigné là-bas. Et puis, à partir de la troisième, leur amitié a pris fin. Pour quelle raison ? demandé-je à Aline Alvaro.

– Jeanne a changé d'école. Mais, avant ça déjà, elle n'était plus la même. Elle était devenue fuyante. Je l'ai invitée plusieurs fois à la maison mais elle n'a plus voulu venir, ou on ne l'y a plus autorisée, je ne sais pas. J'ai essayé d'aller la voir au haras de Rambouillet, mais j'ai appris qu'elle n'y allait plus et que le cheval avait été vendu.

Aline interrompt son récit. Elle doit se rendre dans la cour afin de surveiller la récréation des maternelles. Je lui propose de l'accompagner. Je voudrais en profiter pour humer l'air qu'ont respiré Jeanne et Lou, petites filles.

En pénétrant dans la cour, je suis aussitôt happée par la vision de ces tout-petits courant en tous sens. Tous ces enfants ensemble me terrifient. Je ne vois qu'une meute de petits animaux, nerveux et intranquilles, énervés, bruyants et tellement mal coiffés ! Oh non, je ne suis vraiment pas prête. La cloche retentit, tandis que je sens une pression sur ma cuisse. Je baisse les yeux.

– Je peux te poser une question ?

Une petite fille à la tignasse bouclée me fixe du haut de ses six ans.

– Oui, tu peux, lui dis-je en essayant de ne pas paraître surprise.

– Qu'est-ce que tu fais ici ?

Elle a de grands yeux bruns et profonds, ourlés de cils anormalement longs. Les autres enfants sont regroupés et commencent à regagner leurs classes, mais celle-ci ne bouge pas. Elle attend sa réponse.

– Je suis venue voir ton école.

– Pourquoi ?

– Parce que je connais quelqu'un qui était dans cette école quand elle était une petite fille.

– Ah… fait-elle. Et tu crois qu'elle est encore là ?

– Peut-être… un peu encore… d'une certaine façon…

– Ça ne m'étonne pas.

– Ah bon ?

– Non, je peux te dire qu'il y a plein de fantômes ici.

Je souris devant son air sérieux.

Une maîtresse la hèle.

– Jeanne, dépêche-toi ! Tu es toujours la dernière !

Elle s'appelle Jeanne ! Dans quelle case ranger cette coïncidence ?

Dans le bureau d'Aline Alvaro, l'entretien reprend. Les Muller ne fréquentaient pas les autres parents de l'école.

Aline avait été quelquefois chez Jeanne au début de leur scolarité. Elle en gardait le souvenir d'une grande maison contemporaine, claire, chic, très bien rangée, de nombreuses baies vitrées donnant sur un vaste jardin boisé, cela l'avait impressionnée.

– C'était un très bel endroit et j'étais intimidée en me rendant chez eux, pas comme chez mes autres amies. Peut-être que c'était Jeanne elle-même qui m'impressionnait... Elle était si grave... Sa mère ne l'était pas du tout, en revanche, une très jolie femme, gentille et gaie, lumineuse et comme une pile électrique, à bouger tout le temps, je l'avais trouvée merveilleuse... En fait, aujourd'hui, je dirais qu'elle était... exaltée, plus que gaie... Je ne me souviens pas de son prénom...

– Christine. Elle est décédée l'année dernière. Monsieur Muller a été durement éprouvé par le décès de son épouse, c'est pour cela qu'il a la volonté de reconstruire sa famille.

– Je comprends. Mais je ne sais pas s'il va aimer retrouver certains souvenirs...

Elle semblait partie dans ses pensées, à remuer d'anciennes images.

– Les gens parlent beaucoup à la campagne. Mais c'est souvent à tort et à travers. Les petits villages sont des caisses de résonance formidables pour les racontars...

– Vous pensez à quelque chose...

– Peut-être mais je ne suis pas certaine que la vérité se trouve dans ces sornettes de village. Ni que ce soit ce genre de réminiscence que monsieur Muller cherche à faire resurgir...

– Justement, je dois essayer de faire le tri.

Elle hausse les épaules.

– Comme vous voulez. Nous avions entre douze et quinze ans à l'époque, pour nous, c'était pain bénit toutes ces histoires, ça alimentait les discussions de cour de récré et d'après-école.

– Mais quelles histoires ?

– On disait que le père de Jeanne trompait sa femme, qu'il avait une double vie, qu'il lui arrivait d'être brutal. C'était le grand méchant de l'histoire. Qu'elle restait souvent seule dans sa maison isolée avec ses deux filles. Elle ne travaillait pas, elle s'ennuyait et s'étiolait. Elle voulait le quitter, mais lui ne voulait pas. Elle aurait fait une tentative de suicide. J'avais essayé d'en parler à Jeanne mais elle était plus fermée qu'une huître à ce sujet.

– C'est un portrait peu flatteur…

– C'était l'image que nous avions de cette famille. On plaignait Jeanne. On attribuait à ces rumeurs sordides le fait qu'elle n'avait plus d'amies et ne cherchait la compagnie de personne. Ce n'était pas le cas des miens, mais la plupart des parents n'auraient pas vu d'un bon œil que leurs enfants fréquentent Jeanne. Et je suis sûre que la situation n'était pas meilleure pour sa petite sœur.

– Y a-t-il jamais eu d'événement particulier ?

– Non… Enfin, si, peut-être… Cela fait si longtemps, j'avais oublié toute cette époque… Mais des choses me reviennent… Je me souviens d'une bagarre…

– Une bagarre ? Entre qui et qui ?

– Entre Jeanne et un jeune du centre équestre. Le nouveau, qu'elle avait rejoint en cours d'année. On me l'a rapporté et je n'ai jamais pu en parler avec Jeanne, elle a déménagé peu de temps après. Vous devriez aller voir du côté du haras de Rambouillet. Vous trouverez peut-être là-bas quelqu'un qui était là à l'époque et qui s'en souvient…

– Et dans celui où vous étiez, avant que son père ne lui achète ce cheval ?

– Oh non, là ce n'est pas la peine de vous déranger, j'en suis certaine. Mes filles et moi y montons toujours. Il a changé deux fois de propriétaire et plus personne de l'époque n'y travaille.

Quelqu'un toque à la porte. Un parent d'élève avec qui Aline a rendez-vous. Je lui laisse mes coordonnées avec pour consigne de me contacter si quelque chose d'intéressant lui revient en mémoire. Elle appelle devant moi Violaine, la professeure de dessin de l'époque et n'a pas de mal à faire accepter l'idée que je vienne lui rendre visite. Aline me décrit la maison, m'explique le chemin, c'est tout près, je peux y aller à pied.

adore ça. La mignonne bouche vient de lui donner un baiser tendre et mouillé. Elle se retourne pour enfouir son visage dans les longs cheveux blonds de sa petite fille. Ils sentent si bon. L'odeur de l'enfance et des champs de fleurs. Le doux parfum la fait chavirer dans un univers de tendresse. Quelle chance elle a ! Ses enfants sont sa richesse, son équilibre, sa joie, son cœur qui bat. Maman, proteste l'enfant, tu sens le cheval ! Aussitôt elle s'écarte de la petite. La culpabilité revient. Comment a-t-elle pu oublier ? Elle n'est pas libre, n'a pas accès à la douceur. Elle ne peut qu'en humer l'effluve, derrière les barreaux de sa prison invisible.

Sa grande fille le lui confirme, entrant dans le Cherokee en faisant déjà la tête, claquant la portière. *Pourquoi tu as été au haras ?*

Elle ne répond pas à Jeanne. Elle démarre, sous les regards des camarades de Jeanne sortis de l'école en même temps qu'elle.

VIOLAINE

Derrière l'école, une piste cyclable descend vers le cœur du village. Le chemin est bordé de petites maisons toutes plus mignonnes les unes que les autres. Il fait beau, l'air est embaumé par les parfums des lilas qui tendent leurs branches au-dessus des murs des maisons. Quelques chats s'intéressent à moi avec souplesse. Je reconnais au premier coup d'œil la maison de Violaine, façade couverte de glycine mauve, volets ardoise, elle correspond à la description que m'en a faite Aline Alvaro.

Violaine m'attend sur le perron, fine cigarette à la main, mitaines et jean gris, pull noir, cheveux gris mi-longs, rides magnifiques. Je m'attendais à tirer une grand-mère de son tricot, me voici devant une punk du troisième âge.

Je lui souris, reconnaissante de la surprise involontaire qu'elle me fait. Elle me fait entrer dans sa maison, qui tient plus à l'intérieur de l'atelier d'artiste que du cottage classique qu'annonçait la façade. Elle me propose un café en marmonnant entre ses dents et je pense tout d'abord que je la dérange peut-être et qu'elle n'est pas heureuse de ma visite, mais je suis détrompée quand je comprends qu'elle me demande si cela ne m'ennuie pas qu'elle poursuive son activité tout en m'écoutant. Je l'en prie.

– J'ai peu de visiteurs… me dit-elle avec une façon de s'exprimer un peu étrange, hachée, comme si elle ne se donnait pas la peine d'aller au bout de ses syllabes, tout le monde a peur de me déranger, j'ai beau dire qu'au contraire cela me fait plaisir de voir du monde, on me fuit comme la peste ! Les gens pensent savoir que j'ai besoin de concentration pour travailler mes petites curiosités… ce n'est pas faux mais ils ne me croient pas quand je dis que je trouve cette concentration dans la conversation, pour peu que ce ne soit pas conflictuel, évidemment… Nous n'allons pas être en conflit, n'est-ce pas ?

Elle a une classe folle.

– Pas question de se disputer, dis-je en souriant.

– Asseyez-vous où vous voulez…

Elle fait un geste vague de la main. Les chaises sont toutes encombrées de livres et de chats. Toutes sortes d'écrivains, toutes sortes de félins.

– Andy, dit Violaine en s'adressant à un chat gris souris occupant avec rondeur un tabouret de bois, laisse ta place à mademoiselle !

Je ne sais pas s'il convient mieux de déranger Balzac sur la chaise d'osier toute proche ou Andy qui n'a pas vraiment l'air partant… J'opte pour le premier, avec lui au moins je ne risque pas de coup de griffe.

Plusieurs briques de terre sont empilées un peu partout dans la pièce. Violaine s'empare de l'une d'entre elles et la place sur une table immense, sans nul doute la pièce maîtresse du salon. Elle choisit un maillet en bois parmi tout un tas d'ustensiles et se met à donner des coups répétés au bloc posé devant elle. Je la regarde attendrir la terre en sirotant mon café. Sa force me frappe. Elle est considérable pour quelqu'un de si menu. Sa cigarette se fume maintenant sans elle dans une soucoupe, déjà pleine de longs cylindres de cendres. Je la regarde travailler en silence, admire son calme, son sang-froid, sa maîtrise.

– Alors ? Aline m'a dit que vous cherchiez à réveiller les morts ?

– Les morts ?

– Oui, les enfants dont vous parlez sont mortes, n'est-ce pas ?

– Non, non, pas du tout !

– Pas biologiquement mortes, me répond-elle toujours en bougonnant, mais mortes tout de même, comme tous les enfants. Ne subsiste que leur souvenir dans l'adulte qu'ils deviennent. Exactement comme les morts vivent à travers nous lorsqu'on se souvient d'eux.

– Ah oui, d'accord, je comprends…

(Je ne comprends rien du tout.)

– Les petites Muller, c'est ça ?

– Oui, Jeanne et Lou.

– Malheureusement, je n'ai rien à vous dire. J'en ai vu tellement passer des gamines, celles-là ne m'ont pas laissé plus de souvenirs que ça.

Je la regarde, déçue.

– De plus, je n'ai pas une très bonne mémoire, poursuit-elle. Je ne devrais même pas me souvenir de leur nom. Si je m'en souviens c'est que j'ai un peu connu leur mère.

– Ah bon ?

J'étais en train de me dire qu'en dehors d'avoir rencontré une personne intéressante je n'allais rien glaner du tout dans cette maison. Voilà qui change la donne.

– Je donnais des cours de dessin pour adultes en dehors de l'école. Le soir, le week-end. Christine Muller a été très assidue pendant quelques années. Deux, trois peut-être, trois… je crois.

Quelle chance, elle va pouvoir me renseigner sur l'un de mes personnages principaux. Violaine me demande si je connais Christine et je lui explique que je n'en ai pas eu la possibilité, qu'elle est décédée l'année dernière. Elle reste silencieuse sans cesser de travailler sa terre. C'est moi qui reprends la parole.

– Elle était comment ? Elle vous a laissé quel type de souvenirs ?

– Quel type de souvenirs… Je ne sais pas trop…

Allons bon, fausse joie, je suis peut-être bien en train de perdre mon temps…

– Enfin… quand même un jour, je l'ai prise dans mes bras.

– Pardon ?

Je la regarde avec curiosité. Elle sourit avec malice, elle a même l'air de goûter le moment… Elle ne quitte pas des yeux sa motte de terre tandis qu'elle joue avec mes nerfs.

– C'était une très jolie femme. Je lui trouvais quelque chose d'émouvant. Elle portait en elle une énigme dont elle-même ne possédait peut-être pas la clef. Il n'y avait pas moyen de savoir si c'était un drame ou un bonheur. Parfois les deux se confondent… L'eau glacée finit par brûler, n'est-ce pas ? Toujours est-il que j'avais envie de faire son portrait. Très envie. Je n'aurais jamais osé le lui demander. J'avais ses filles en classe. Je ne lui ai jamais témoigné que de la politesse. C'était une femme magnétique… Je crois qu'elle le savait, me dit-elle après une pause.

– Qu'elle était magnétique ?

– Que je pouvais la désirer. En tout cas, un soir, et ça je m'en souviendrai toute ma vie, elle avait beaucoup traîné à finir son travail et à ranger ses affaires. Je n'avais pas fait attention mais a posteriori, je me suis dit qu'elle l'avait fait exprès pour que nous nous retrouvions toutes les deux seules à l'atelier. Quand tout le monde a été parti, j'ai rangé mes affaires à mon tour et je l'ai observée. Elle s'est approchée de moi. Ses yeux étincelaient. Je n'ai jamais vu un regard pareil. Elle semblait bouleversée. Elle m'a fixée, les prunelles en feu, pas vraiment un feu de joie, plutôt un incendie de mélancolie, et m'a dit : « Pouvez-vous me prendre dans vos bras ? » Je ne suis pas quelqu'un qu'on surprend facilement, voyez-vous… mais là, elle m'a eue.

Violaine se met à rire. Je crois finalement qu'elle était heureuse de faire remonter ces souvenirs à la surface. Mais son rire s'est perdu dans une brève quinte de toux de fumeuse.

– « Ça ne va pas, a ajouté Christine. Vous voulez bien faire ça ? Me serrer contre vous ? » J'étais assise sur un tabouret haut. Je l'ai attirée vers moi. Je l'ai entourée de mes bras. De mes jambes aussi. Elle s'est blottie au creux de moi. Je lui ai caressé les cheveux. Je sentais son cœur battre à tout rompre. Le mien n'était pas mieux, je dois dire. Elle tremblait, elle était gelée. Je n'ai rien fait de plus. Quelque chose m'a retenue. Je sentais qu'il ne fallait pas que j'essaie de l'embrasser. Je l'ai gardée contre moi jusqu'à ce que son cœur se calme. Et puis, elle est partie. Le lendemain, elle est venue au cours. Le soir, alors qu'elle était sur le point de s'en aller, je lui ai demandé pour son portrait. Elle m'a dit oui.

– Vous l'avez donc fait ?

– J'ai cru que je ne le ferais jamais. Après ce soir où elle a accepté, je ne l'ai plus vue au cours pendant presque trois semaines. Mais elle est revenue et c'est elle qui m'en a reparlé. Nous avons fait une dizaine de séances de pose. Puis ce fut l'été, je suis partie, pensant poursuivre à la rentrée. Mais elle n'a jamais reparu. J'ai appris que toute la famille avait déménagé. Je n'ai jamais terminé le portrait.

– Avez-vous une idée de ce pourquoi Christine Muller n'allait pas bien ?

– Non. Et je ne le lui ai pas demandé.

Il y a un silence. Dans cet intervalle blanc, chacune d'entre nous réfléchit à ce qu'elle vient de livrer.

– Vous voulez le voir ?

– Le portrait ? Oui, bien sûr.

– Attendez-moi là.

Violaine sort de la pièce. J'entends ses pas, devine un escalier. Elle revient quelques instants plus tard avec une grande toile rectangulaire. Christine y est dessinée jusqu'à la taille. Ses yeux vous fixent comme une Joconde. Deux ovales d'un vert sombre et brillant. Le fond est fait de collages de papiers, peints, poncés, brûlés. Des arabesques, des fleurs, peut-être des camélias, dessinent le pourtour. Au centre, le teint ambré de Christine ressort, on la dirait allumée de l'intérieur. Mais une ombre bleue sur sa joue jette un trouble…

– Elle est très belle…

– Oui, répond simplement Violaine, je l'aime beaucoup.

Je parle de la toile, sans doute parle-t-elle de Christine. Il y a un silence un peu gêné entre nous. Nous avons réveillé les morts, en effet. Je veux revenir à mes moutons, ou plutôt à mes chevaux.

– Il y avait eu des problèmes avec sa fille aînée, une bagarre, dans un haras, elle vous en avait parlé ?

– Non. Ça ne me dit rien.

– Et son mari ? Éric ? Vous l'avez rencontré ?

– Non, je ne sais même pas à quoi il ressemble. Je sais juste que sa femme paraissait très malheureuse. Et puis…

– Oui ?

– Le jour où elle est arrivée pour sa première séance de pose, elle portait de grandes lunettes noires… Elle les a enlevées. Elle avait de vilaines marques jaunes, comme des traces d'anciens bleus… J'ai fait comme si je n'avais rien vu. Elle n'a rien dit à ce sujet. J'ai respecté son silence. Je n'aurais peut-être pas dû.

– Et qu'en avez-vous pensé sur le moment ?

– Je ne veux rien ajouter à la cacophonie de ragots de l'époque. Donc si vous me demandez ce qu'il s'est passé et le pourquoi de ces marques sur son visage, je vous dirai que je n'en sais rien. Mais ce n'est pas ce que vous m'avez demandé… Ce que j'en ai pensé sur le moment, c'est qu'elle avait pris un sale coup. Quelqu'un l'avait frappée.

Je me suis dit que c'était même sûrement pour ça qu'elle n'était pas venue au cours pendant un moment…

– Et vous n'en savez pas plus ?

– Non.

– Je vous remercie beaucoup, Violaine. Vous m'avez bien aidée.

– Je vous ai aidée à quoi, au juste ? Vous cherchez quoi ?

– Voulez-vous déjeuner avec moi ? Que je vous en dise plus ?

Violaine accepte et ne dit quasiment pas mot de tout le déjeuner. Je lui raconte un maximum de choses sans trahir Éric. Je lui dis la brouille. Je lui explique comment je l'ai connu, dans le train. Violaine est ce genre de personne qui inspire la confiance. Et moi, j'ai besoin de parler. Je lui dis tout en fait sauf la maladie d'Éric et sa mort prochaine. Elle ne me pose que très peu de questions.

Avant de partir, elle me regarde dans les yeux et me dit :

– J'ai toujours su que Christine était une héroïne.

– Pourquoi une héroïne ?

– Parce qu'il y avait du tragique en elle… Parce que c'en est une maintenant… Celle de votre livre.

Je souris. Oui. Peut-être après tout Christine est-elle en train de devenir l'héroïne de mon livre. Je pensais composer autour de deux personnages principaux, H et la Mort. Et sur la relation entre H et ses filles. Et voici qu'une héroïne imprévue s'invite dans mes lignes.

– C'était ma Dame aux camélias. Quand je dis que je l'aime beaucoup, je l'aime vraiment beaucoup. Pour moi, elle n'est pas morte. Morte n'est qu'un mot. Morte a deux lettres de trop. Un mot n'est ni une personne, ni une croyance, ni un espoir, ni rien. Christine n'est pas morte, Christine est Christine, toujours quelque part alors, moi, je l'aime toujours beaucoup. Ainsi qu'un certain nombre d'individus dont la présence physique me manque mais qui sont toujours de mes amis. Revenez me voir quand vous aurez fini.

Je promets.

Je fais le chemin à l'envers et rejoins ma voiture à l'entrée de l'école. Je vais suivre le conseil de la directrice et faire un tour au haras de Rambouillet, voir si quelqu'un a des souvenirs.

J'aimerais tant que l'histoire qui est en train de se dessiner soit autre. Je n'ai pas envie de mettre ma plume au service d'un type qui dit que sa femme est son grand amour, tout en se réservant le droit de la frapper.

Mais il est trop tôt pour tirer des conclusions.

***

En conduisant, je fais un point rapide. Christine était donc si malheureuse à l'époque où ils vivaient ici ? Si seule qu'elle avait demandé à sa prof de dessin, une quasi-inconnue, de la prendre dans ses bras ? Je réfléchis un peu… leur relation en était-elle restée là ? Comment avait-elle pu évoluer au cours du temps rythmé par les séances de pose ? Avaient-elles été amantes ?

Les ténèbres autour du couple Muller ne se dissipent pas facilement, s'épaississent, même. Christine était-elle une femme dépressive, trompée, qui s'ennuyait ferme dans une région loin de sa Méditerranée d'origine et qui manquait de tendresse ? Voulait-elle quitter H ? Et surtout, l'avait-il frappée ?

Quant à Éric… Que s'était-il passé ? Le jeune garçon, fou de sa femme et de sa famille à Nice, serait devenu un homme froid, cynique, absent et volage huit ans plus tard ? Pire que cela, un homme violent ? Pour ensuite se repentir et veiller sa femme comme un enfant durant sa longue maladie ? Et pourquoi tous ces déménagements ? Nice, Condé, Bourg-en-Bresse ? Ça ne collait pas. Seul l'éloignement de ses filles pouvait s'expliquer, si elles rendaient H responsable de la maladie qui avait emporté sa femme. On pardonne rarement à son père d'avoir tué sa mère.

***

Il y a beaucoup d'activité dans le haras pour un jour de semaine. Tout le monde s'affaire auprès des bêtes ou du matériel, personne ne fait attention à moi. Je m'assois sur une grosse pierre faisant office de banc. De là, j'ai vue sur les box, le manège, les bureaux.

Chacun doit s'imaginer que j'attends quelqu'un et je peux assister au spectacle des retours de balade, des soins des animaux, des harnachements et des départs, sans qu'on vienne me demander ce que je fais là. C'est une question à laquelle j'aurais du mal à répondre. Je suis venue humer l'ambiance. Chaque ballet est parfaitement réglé. Un seul cheval me paraît récalcitrant. Il a l'air très jeune, peut-être n'est-il pas encore totalement dressé ?

Qu'advient-il des chevaux devenus trop âgés pour être montés ? Ont-ils des sortes de maisons de retraite équines ? Une femme, justement, ramène un animal vieux et maigre, qui a du mal à marcher. Elle en prend soin avec beaucoup de douceur. Et le conduit dans un box. Je la vois essuyer des larmes lorsqu'elle réapparaît. C'est une femme d'une soixantaine d'années. Peut-être possède-t-elle ou monte-t-elle ce cheval depuis vingt ou trente ans ? Mais alors, avec un peu de chance, il se peut qu'elle fréquente ce haras depuis longtemps et ait connu les Muller ? Je ne risque rien à le lui demander, en tout cas. Je me lance à sa suite et l'aborde au moment où elle va entrer dans sa voiture.

– Excusez-moi, madame…

Elle se retourne dans ma direction et me fixe sans aménité. Cette femme n'est pas n'importe qui et tient à ce que ça se sache. Je fais comme si cela n'avait aucun effet sur moi.

– C'est idiot, pardon, mais je vous ai vue avec votre cheval et… enfin voilà, je me demandais si vous veniez ici depuis longtemps… Pour tout vous dire, je cherche des informations sur une famille qui a fréquenté cet endroit il y a quinze ans environ… Les Muller… Une jeune fille nommée Jeanne Muller particulièrement…

Elle me jauge. Rien qu'à la façon dont elle me regarde, je perds des centimètres. Je tiens bon quand même et soutiens son regard pour ne pas disparaître mais ça ne va pas tout seul.

– Les Muller… non, ce nom ne m'évoque absolument rien.

Je sais immédiatement, à la façon qu'elle a de prononcer leur nom, qu'elle ment.

Elle monte dans sa voiture, à laquelle je n'avais pas jeté le moindre coup d'œil, mais qui, maintenant que j'y pense, doit valoir son pesant de pur-sang, et elle part sans plus me prêter attention.

Elle a été inélégante avec moi et ne m'a témoigné que dédain et condescendance, mais enfin je n'oublie pas ses larmes à la sortie du box de son vieux cheval.

Un jeune homme me sort de mes réflexions en me décochant un franc sourire.

– Je peux vous aider ? Vous cherchez quelque chose ?

– À me réchauffer, je viens de prendre une douche glacée !

– Ah ! Madame Boursaut ? C'est sa spécialité !

Je lui souris aussi… Il est vraiment beau gosse. Et gentil.

– Merci pour la couverture, apprécié-je.

– Pas de quoi. C'est la mienne, de spécialité, ajoute-t-il avec un autre sourire en cachemire.

– En réalité, je cherche quelqu'un qui aurait pu déjà se trouver dans ce haras il y a vingt ans environ…

– Pourquoi ? Vous avez oublié quelque chose ici il y a vingt ans ?

– Pas moi. Quelqu'un d'autre. Des souvenirs.

– Allez voir James, il est là depuis toujours. C'est le véto. Il habite ici. Je vous accompagne si vous voulez.

Je remercie le jeune homme. Nous partons à la recherche dudit James que nous trouvons en fin de compte dans le box du très vieux cheval. Nous attendons à la porte du box qu'il ait fini de lui prodiguer soins et attentions. Le jeune homme m'introduit alors auprès de James et nous laisse. J'explique au vétérinaire que je connais des personnes ayant fréquenté l'endroit et que je suis à la recherche d'informations. Tout d'abord le nom de Jeanne Muller ne lui dit rien. Mais quand je lui donne des détails, expliquant que la jeune fille n'est pas restée longtemps, qu'on m'a parlé d'une bagarre, qu'elle était auparavant au haras de Gambaiseuil, que cela a fait du bruit dans la région à l'époque, il réagit.

– Une bagarre ? dit-il. Il y en a eu quelques-unes par ici.

– Je crois que cela avait été loin… C'est cette jeune fille, Jeanne Muller, qui avait agressé un jeune.

– Et vous voulez savoir ça pourquoi ?

– C'est un peu compliqué… Ça n'est pas pour moi… Disons que… quelqu'un a perdu la mémoire et je l'aide à retrouver le fil de ses vieux souvenirs… Je peux vous assurer que cela ne fera de mal à personne…

James me regarde dans les yeux comme pour décider s'il peut avoir confiance en moi.

– Une fille qui a battu un garçon… peut-être que ça me dit quelque chose… Est-ce que vous savez si elle l'avait mordu ?

***

Il pleut. Sur le chemin du retour, dans les embouteillages de la banlieue parisienne, le soir n'en finit pas de tomber.

Le solstice d'été approche. Je songe qu'Éric n'en verra pas la fin. La journée la plus longue de l'année, le vingt et un juin, sera la journée la plus courte de sa vie. Je songe aussi qu'il n'en aura cure. Les heures se succèdent sans plus avoir de sens ni d'ordre depuis qu'il est, comme il dit, mort pour la première fois il y a quelques mois.

Je repense à ce que j'ai appris. À ce Cherokee qui a été la voiture de Christine. Une voiture courante dans les villes et les villages forestiers. J'imagine la fureur de Jeanne. La honte. La colère. Le crottin que la mère et la fille ont dû enlever à la main sur les vitres, sur le pare-brise, la carrosserie, partout… Et les lettres sur la carrosserie bleu marine, P U T E, peintes en rouge. Jeanne savait qui avait fait ça, en tout cas elle pensait le savoir. Alors elle s'est jetée sur lui et l'a mordu jusqu'au sang, qu'il soit taché de rouge lui aussi, et l'a envoyé par terre. Le crottin, elle le lui a fait bouffer. Du sang et de la merde.

D'après ce que j'ai compris, le garçon qui s'est pris en pleine face la colère de Jeanne est le fils de cette madame Boursaut qui m'a battu froid. Je comprends mieux. Même après vingt ans, on n'oublie pas le nom de celle qui s'en est pris à son enfant d'une telle manière.

Je reconnais parfaitement Jeanne dans cette colère. J'en ai fait les frais personnellement. Mais ce que je ne comprends pas, c'est cette attaque dont a fait l'objet Christine.

Peu de temps après cet épisode, la famille Muller a quitté la région. Quant à Jeanne, selon les dires de son père, elle n'est plus jamais remontée sur un cheval.

***

Sur la route, j'écoute le seul message vocal reçu. Il émane d'une certaine Nina Pratt, ma numéro six sur la liste. Je m'apprête à la rappeler tout en conduisant quand mon téléphone sonne. Je décroche et c'est la voix de Jean-Pierre Doucet qui se fait entendre dans mes oreillettes.

– Allô, Blanche ?

– Oui, Jean-Pierre, comment allez-vous ?

– Ça va. Je vais aller droit au but. Vous n'êtes pas du tout en train d'écrire un article sur les parcours des enseignants, n'est-ce pas ?

Je ne mets pas longtemps à prendre cette décision. Il reste si peu de temps.

– Pas du tout, en effet.

Je l'entends soupirer.

– D'accord… Mais vous ne me direz pas ?

– Non.

– Même si je vous dis que Clémence et moi nous faisons du souci…

– Éric m'a demandé de ne rien dire. Je ne veux pas trahir sa confiance.

– …

– En revanche, vous pouvez m'aider…

– Vous aider ? Comment ?

– Ce sera à l'aveugle, mais je peux vous assurer que cela rendra vraiment service à votre ami. Et à ses filles.

– En quoi puis-je être utile ?

– Les Allemands qui avaient voulu vous embaucher, je voudrais leur parler… mais ils ne me rappellent pas…

– Je vais voir ce que je peux faire.

– Merci, Jean-Pierre. Et, au fait… ?

– Oui ?

– Si je vous dis « Nina Pratt » ?

– Oui, je connais ce nom, c'est l'amie d'enfance de Christine dont je vous ai parlé. Mais il ne signifie rien pour moi… Clémence devrait en savoir plus, vous voulez que je vous la passe ?

Je veux bien, oui. Je ne suis pas contre quelques informations préalables à mon entrevue avec cette Nina dont je ne connais pas le rôle dans la vie des Muller. Clémence m'apprend qu'elle ne l'a jamais vue, tout juste l'a-t-elle aperçue à l'enterrement de Christine. D'après elle, Nina Pratt était la seule amie de Marseille que Christine ait gardée. Elle avait toujours eu une place à part dans la vie de Christine. Mais Clémence n'en sait pas plus car elles ne se voyaient jamais qu'entre elles.

Après avoir raccroché, je rappelle Nina Pratt et tombe cette fois encore sur son répondeur. Je lui laisse un nouveau message, un peu plus précis cette fois, dans lequel je lui dis que j'écris un roman à partir d'une histoire d'amour, celle du couple Muller, et que je désire m'entretenir avec elle car elle m'a été indiquée comme la personne qui connaissait le mieux Christine. Je l'invite à me rappeler même tard. J'arrive chez moi sans qu'elle m'ait fait signe, et sans avoir de nouvelles non plus des autres contacts.

Ma soirée va se passer comme toutes les autres en ce moment, derrière mon ordinateur. J'écrirai vite, me relirai à peine.

Vingt et une heures, je perds espoir que quiconque me rappelle.

C'est alors que l'on sonne à ma porte. Des amis m'avaient proposé de sortir ce soir, j'avais décliné, voulant rester concentrée sur mon sujet mais je leur ai proposé de passer prendre un verre à la maison. J'avais complètement oublié.

***

– Dites donc, jeune fille, vous avez l'habitude de prendre les gens pour des cons ou c'est juste pour moi ?

Je me redresse tant bien que mal, le téléphone à la main et regarde l'heure indiquée sur mon réveil. Sept heures.

La veille, je suis tombée plus que je ne me suis couchée, vers trois heures du matin. Après deux sonneries, je viens de décrocher dans un réflexe, complètement dans le coaltar.

La voix éraillée m'écorche à nouveau les oreilles.

– Alors ?

– Qui est à l'appareil ?

– Nina Pratt.

Oh putain ! Me mettre en état de marche !

– Nina !! Merci de me rappeler.

– Ne me dites pas merci. Je ne vais rien faire pour vous. Puisque vous avez pris le parti de me prendre pour une conne.

Non, non, je ne la prends certainement pas pour une conne, mais il est vrai que je n'ai pas été totalement transparente, lui dis-je, il faut pour cela que je la voie. Comme elle n'est visiblement pas disposée à me croire, je lui propose de venir à sa rencontre à Marseille. Je vais prendre un billet et me rendre à l'endroit qu'il lui plaira :

– Je peux arriver cet après-midi.

– Non. Je ne suis pas à Marseille, j'y serai jeudi.

– D'accord, moi aussi.

Oh putain, pourquoi faut-il que je sois finalement sortie ! J'ai dormi quatre heures dont je n'ai même pas l'impression d'avoir profité. Je me lève, une douche s'efforce de me réveiller, sans grand succès. Mais ce n'est pas si grave, finalement. Je suis certaine, malgré ses aboiements, que Nina me recevra. Sinon pourquoi aurait-elle pris la peine d'appeler ?

DES BOMBES DE SILENCE

Je trouve l'interphone sur la porte d'une minuscule maison. Je ne sonne pas. Je fais quelques pas sur la droite et repère un autre bouton sur lequel j'appuie cette fois. Si mes calculs sont bons, ce doit être l'atelier du mari de Lou, Yves Marie.

La porte s'ouvre automatiquement. Je pénètre dans un vaste loft, dans son jus, murs de parpaings partiellement recouverts d'enduit, verrières anciennes et jamais rénovées. L'unique œil-de-bœuf qui donne sur la rue ne m'a pas préparée à me retrouver dans un espace si vaste.

Les toiles d'Yves Marie Rohmer, des grands formats, sont exposées aux murs et sur des chevalets. Les verrières aux carreaux opaques de poussière filtrent la lumière de cette belle journée. L'atmosphère est celle d'une église. L'atelier doit être une fournaise en cas de grosses chaleurs et sûrement bien froid l'hiver.

Je suis donc entrée directement dans l'antre du peintre. Il n'y a qu'un seul problème : il est vide de son occupant. On m'a pourtant bien ouvert. Je passe ainsi une dizaine de minutes à faire connaissance avec le travail de l'artiste. Je note aussi la présence dans un coin de radiateurs électriques et dans un autre de climatiseurs et de ventilateurs, preuve que ma théorie est bonne. Une voix retentit enfin dans le lieu.

– Alors, ça te plaît ? Qu'en dis-tu ?

Visiblement, ce n'est pas une question pour moi. Gênée, je me tourne vers la voix et reconnais immédiatement l'homme grâce aux photos que j'ai trouvées sur Internet, prises à l'occasion de publications ou de vernissages.

Yves Marie est âgé d'une quarantaine d'années et ressemble à un oiseau. Seule son épaisse chevelure grise le rattache définitivement à l'espèce des humains. Son regard, son profil, tout évoque l'envol et l'envie d'aller plus haut.

– Je suis désolée, je crois que ce n'est pas moi que vous attendiez !

Yves Marie me considère un moment :

– C'est Masha qui vous envoie.

– Non. C'est votre beau-père.

Il me regarde alors d'un air franchement dubitatif.

– Je suis journaliste, dis-je encore.

Il dévale en une foulée la dizaine de marches qui mènent à l'atelier. Maintenant que je le vois de plus près, je remarque qu'il a l'air dans tous ses états.

– Attendez ! C'est vraiment Éric qui vous envoie ?

– Oui et non. Je vous explique ? Vous avez deux minutes ? Vous attendez quelqu'un…

Il lève les yeux vers une énorme horloge au mur, soupire.

– Oui, enfin pas tout de suite. Quand vous avez sonné, j'ai cru que c'était Masha, ma galeriste, et qu'il était onze heures. Éric vous envoie… Pourquoi ?

Je décide de jouer franc-jeu.

– Je travaille à la rédaction d'un livre et c'est ce qui m'amène.

– Ah, un livre ? Très bien. C'est super gentil de la part d'Éric d'avoir pensé à moi...

Il est vrai que les artistes ont toujours une place dans leur cœur pour les journalistes qui peuvent les aider à promouvoir leur travail. Il peut m'être utile dans un premier temps de laisser planer le doute sur le fait que c'est au peintre que je m'intéresse.

Je me lance dans mon numéro d'équilibriste de la semivérité et du demi-mensonge.

– Vous êtes installé depuis longtemps dans cet atelier ?

– Oui, j'y vivais avant de rencontrer ma femme.

– Et vous l'avez rencontrée... quand ?

– Cela fait une dizaine d'années... Nous avons deux petites filles.

Instinctivement, il se tourne vers une photo qui, j'imagine, doit représenter les enfants. D'après ce que je vois, il s'agit de jumelles. Je note son air hagard, ses cheveux hirsutes...

– Cela ne doit pas être simple, avec les jumelles et l'emploi du temps de votre épouse, de vous rendre libre pour votre art...

– C'est vrai, dit-il – et il a l'air vraiment fatigué –, Eloïse est malade aujourd'hui...

– Mais peut-être pouvez-vous compter sur les grands-parents ?

– Non, mes parents sont en province...

– Et votre beau-père ?

La réponse ne se fait pas attendre :

– Ah non...

– Pourquoi ? Il est trop occupé ?

– C'est compliqué…

Il s'arrête net.

– Mais j'imagine que ce n'est pas pour parler baby-sitting que vous êtes venue me voir… Voulez-vous que je vous montre quelques toiles de ma prochaine exposition ?

– Avec plaisir, monsieur Rohmer.

Je le laisse me présenter son travail, lequel, je dois dire me plaît énormément. Je le lui dis. Il n'a pas l'air de goûter mes commentaires. Il semble vraiment ailleurs. J'en viens à mon sujet.

– Que pensez-vous de votre beau-père ?

– Mon beau-père ? répète-t-il comme s'il ne savait pas de qui je parlais…

– Oui, Éric Muller, c'est lui qui m'envoie…

– Oui, oui, bien sûr… Éric Muller est un homme multiple, mademoiselle. Je ne pourrais pas vous en dire grand-chose en quelques minutes. Mais vous ? Qu'en pensez-vous ? Et comment le connaissez-vous ? Pourquoi vous a-t-il parlé de moi ?

C'est le moment d'abattre mes cartes si je veux avancer dans mon enquête.

– Il m'a donné votre nom mais m'a déconseillé de voir ses filles.

– De voir ses filles ? Je ne comprends pas… De quoi parlez-vous ?

– Pour mon livre…

– Votre livre ? Quel rapport ?

– Pardon si nous nous sommes mal compris, monsieur Rohmer. Ce n'est pas un livre qui a trait à l'art que j'écris.

Si Éric m'a parlé de vous, c'est en tant que beau-fils et non en tant que peintre…

Je sens qu'il prend sur lui pour ne pas exploser.

– Quoi ? C'est une blague ? C'est quoi ? C'est… Un livre sur lui ?

– Pas exactement… En fait…

– Quoi, alors ? Un livre à la gloire de sa trajectoire ? La réussite du cadre dirigeant parti de rien ?

– C'est beaucoup plus subtil que cela, monsieur…

– Écoutez, je suis désolé, vous ne savez pas dans quel merdier vous mettez les pieds.

– Au contraire… S'il vous plaît, laissez-moi vous expliquer… dis-je de ma voix la plus douce.

– J'ai assez perdu de temps, je n'ai rien personnellement contre lui, sachez-le. Il a toujours été charmant avec moi. Mais il y a des problèmes dans la famille… Je veux être solidaire de ma femme. Je vous reconduis.

J'entends « je vous éconduis ».

À l'horloge, il est dix heures vingt. Je dispose d'encore un peu de temps avant son rendez-vous. Comment le faire changer d'avis ?

– Non ! Attendez ! Écoutez-moi, vous pourriez le regretter !

– Ah bon ? Et pourquoi ? Il y aura moins de ventes sans le passage sur sa famille ?

– Vous n'y êtes pas du tout ! Pas du tout, asséné-je avec toute l'autorité dont je suis capable. Il s'agit de votre femme.

– De ma femme ? Comment ça ?

– De votre femme et de Jeanne. Vous m'écoutez une seconde ?

– Non. Partez, s'il vous plaît.

Malgré tous ses efforts pour paraître furieux, il a l'air surtout exténué. Je prends le chemin de la sortie. Il ne bouge pas d'une semelle. Quand j'ai la main sur la porte, je fais volte-face dans une dernière tentative :

– Monsieur Rohmer, vous avez l'air épuisé. Je sais que les choses sont compliquées chez les Muller depuis longtemps et j'imagine que cela n'est pas sans conséquence sur vous et votre travail.

Il ne m'interrompt pas cette fois. Je prends cela comme un encouragement.

– Il se trouve que je peux peut-être vous aider. Votre beau-père a embauché une journaliste, moi, pour écrire un livre *pour* ses filles. Je veux bien vous éclairer un peu plus, mais vous devez me promettre de ne rien dire à Lou tant que je n'aurai pas fini ma mission.

– …

– Je vous jure que les intentions de votre beau-père sont altruistes. Il ne veut que le bonheur de ses enfants. Je suis sûre qu'au fond de vous vous savez qu'il les aime…

Yves Marie hoche la tête comme pour signifier qu'il me faut en dire plus.

– J'ai fait la rencontre d'Éric Muller par hasard. Quand il a su quel était mon métier, il m'a fait une proposition.

J'y vais complètement au feeling. Mais que faire d'autre ? Je n'ai pas le loisir d'aborder tout le monde avec la même jolie histoire. Je dois coudre du sur-mesure en temps réel. Yves Marie, s'il est dans de bonnes dispositions à mon endroit, me sera une source fiable et précieuse d'informations. La seule de ce genre. Il n'y a qu'un beau-fils dans cette histoire. Alors j'insiste.

– Monsieur, ce que à quoi aspire Éric Muller, si ce n'est de retrouver ses filles, si ce n'est de les serrer dans ses bras, c'est de faire en sorte qu'elles soient moins malheureuses.

Je constate qu'il soupèse mes arguments.

– Venez, on va boire un café. Ma fille est malade, au lit, je préfère rester à portée.

Je le suis. L'escalier au fond de l'atelier par lequel il est arrivé mène à leur appartement. Nous franchissons un étroit couloir et je me retrouve ainsi dans la cuisine de Lou. Je me demande depuis combien de temps Éric n'est pas venu ici. Les murs sont tapissés de dessins d'enfants, de photos de famille. J'aperçois Christine mais ne vois H sur aucune d'elles. L'endroit n'est pas grand mais il est gai, lumineux.

Assise à la table de la cuisine, après avoir expliqué à Yves Marie que ma mission était de raconter l'histoire des Muller de mon point de vue, c'est-à-dire un point de vue neutre, afin d'éclaircir les zones d'ombre qui empoisonnent les relations familiales, j'obtiens enfin un blanc-seing.

Je lui pose beaucoup de questions. Je les sélectionne néanmoins car je ne dispose que d'une trentaine de minutes. Il me faudra peut-être le revoir mais je suis décidée à apprendre un maximum de choses aujourd'hui. J'ai mis mon dictaphone en marche, si bien que je n'écoute pas très attentivement et réfléchis en vitesse à la question d'après pour ne pas laisser de temps mort.

– Ma femme va mal. Et cela a un rapport avec son père. Le problème s'est longtemps particulièrement posé entre Jeanne et Éric, m'explique-t-il, il a ensuite atteint Lou et a maintenant envahi notre cellule familiale. Ma femme passe sa vie à son cabinet, nous ne la voyons presque plus, les enfants et moi, conclut-il.

H avait donc bien raison quand il disait que ses filles n'allaient pas bien et avaient besoin de la vérité. Même si, et je commence à le ressentir, elle ne va pas être toute rose.

– Pouvez-vous dire en quoi elle ne va pas bien et quel événement est la cause de cette situation ?

Les questions se bousculent dans ma bouche, j'en ai tant, trop. Je reformule alors une question après l'autre. J'apprends ainsi que Lou a longtemps été la seule à ne pas céder au boycott de la relation avec son père. Jeanne a jeté l'éponge depuis cinq ans. Elle rend son père responsable de la maladie de sa mère. Jeanne est celle qui a les relations les plus difficiles avec H. Celle qui a vu.

– Vu quoi ?

– Les marques sur le visage de sa mère.

– Pardon ?

– Des hématomes… des pansements… des traces de coups… Je ne sais pas trop. Il y avait eu une grosse dispute. Il lui avait défoncé la gueule, en gros. Je crois savoir que Christine voulait le quitter.

Étaient-ce là les marques qu'avait repérées Violaine ?

– Vous êtes en train de me raconter qu'Éric frappait Christine ?

Il me répond par une grimace signifiant qu'il n'en sait pas tellement plus.

– A priori, oui. Au moins une fois. Je ne l'ai jamais vu violent, mais connaît-on jamais vraiment les gens ? Comment savoir ce qu'il se passe dans les maisons, une fois la porte refermée ?

C'est la deuxième fois que l'on me parle de coups subis par Christine Muller. Deux sources différentes. La prof de dessin des enfants et le beau-fils, maintenant. Si les faits sont avérés, cela explique parfaitement pourquoi les relations avec ses filles sont exécrables.

Quant à moi, puis-je travailler avec un homme qui a frappé une femme ? Mais l'a-t-il vraiment frappée ? Y a-t-il eu un témoin direct ?

– Jeanne a vu. Elle n'a parlé que d'une fois, mais on n'est pas brutal par inadvertance, je n'y crois pas. On est violent ou on ne l'est pas. Quoi qu'il en soit, vous savez, qu'un père lève la main sur une mère une fois, une seule fois et c'en est fait, la relation bascule à jamais. Une seule fois suffit pour gangréner l'existence de l'enfant qui a vu. Après, rien n'est plus jamais pareil. C'est avec Jeanne que vous devriez parler de ça. Ma femme n'a été témoin de rien. Les filles avaient été confiées à des amis. Jeanne est revenue à la maison chercher quelque chose, le doudou de Lou je crois. Elle a cru que la maison était vide. Et puis elle a trouvé sa mère couchée, le visage en compote. Son père se tordait les mains dans la cuisine. Elle est repartie sans se manifester. Longtemps ni Christine, ni Éric n'ont su qu'elle savait. Elle n'en avait rien dit à sa sœur non plus.

– Et puis ? Il s'est passé quelque chose ?

– Il y a cinq ans environ, Éric et Jeanne se sont violemment affrontés. Et Jeanne a tout déballé. J'étais là, Lou aussi. C'était pas beau à voir.

– À quel sujet se sont-ils opposés ?

– Nous avions déjeuné tous en famille, un déjeuner du dimanche, nos filles étaient bébés encore. Christine était partie se reposer au moment où on avait couché les petites pour la sieste. On prenait un café dans le jardin, chez eux à Bourg-en-Bresse. L'ambiance était chaleureuse. Jeanne s'était même montrée moins dure que d'habitude.

– Comment ça ?

– Jeanne est une femme compliquée. Très vive, trop… trop tout. Elle est difficile à suivre, à part pour son père, et toujours sur la brèche, ultrasensible. Il y a souvent des tensions en sa présence. Cependant, c'est comme si elle était l'accélérateur du pouls de la famille. Quand elle n'est pas là, il manque des pulsations. J'ai longtemps cru que c'était dû à sa personnalité puissante, singulière. Ce jour-là, j'ai compris que c'était aussi parce qu'elle savait des choses que nous ne savions pas. Elle n'était pas que le cœur du cercle familial, elle en était aussi la mémoire… Nous prenions le café au soleil. Et puis le soleil nous a explosé à la figure. Jeanne parlait avec enthousiasme de son entreprise et de ce qui faisait son succès. Elle était brillante, rapide. Nous lui posions des questions et nous réjouissions avec elle de ce qu'elle nous racontait. Éric se taisait. Il écoutait avec attention mais ne participait pas à l'éloge collectif. Jeanne était fière d'elle et avait toutes les raisons de l'être. Le silence de son père lui était incompréhensible. Elle s'est mise à en rajouter. Alors Éric l'a interrompue. Il lui a dit d'arrêter ce cirque. Que tout cela ne lui ressemblait pas. Que pensant se grandir, elle se rapetissait, bref qu'elle se fourvoyait. C'était assez raide mais, à vrai dire, je comprenais ce qu'il voulait faire et même je trouvais cela courageux et plein d'amour. Pour lui, Jeanne n'avait pas besoin de ces succès professionnels pour exister pleinement à ses yeux de père. Mais la fureur de Jeanne a été démentielle. Voyez-vous, Éric était un modèle pour Jeanne. Elle a toujours tout fait pour lui ressembler. Jusqu'à mettre sous le tapis les choses qui ne rentraient pas dans le cadre de son adoration paternelle. Aussi quand Éric a osé la critiquer devant le reste de la famille, c'était comme s'il venait de l'autoriser à ouvrir la boîte de Pandore. Jeanne l'a crucifié. Elle lui a expliqué qu'elle n'avait fait que suivre son exemple. Lui a répliqué d'une voix douce que c'était une erreur, qu'il n'était pas un modèle à suivre. Et moins il se défendait, plus il se dénigrait, plus son attitude déchaînait la colère de Jeanne. Elle a fini par le traiter d'hypocrite, de menteur et même d'homme violent. « Je sais que tu as trompé maman ! Je sais que tu l'as frappée ! J'ai vu son visage déformé par tes coups ! J'ai lu sur son visage qui tu étais vraiment ! Alors ne viens pas me faire la morale ! » Jeanne est partie sur ces mots. À ma connaissance, elle n'a plus jamais reparlé à son père.

– Que s'est-il passé ensuite ? Éric s'est-il expliqué ?

– Non. Il a attendu un moment. Tout le monde retenait son souffle. Puis il s'est levé, d'une pâleur de cierge, et sans un mot il est rentré dans la maison. On ne l'a pas revu de l'après-midi. Lou m'a dit qu'elle était la première surprise de cette sortie de sa sœur. Jeanne lui a raconté toute l'histoire par la suite. Lou s'est souvenue de cet épisode lorsqu'elles habitaient à Condé. Elle et sa sœur, envoyées précipitamment vivre quelques jours chez des amis parce que maman avait eu un accident de la route, un accident pas grave mais il fallait qu'elle se repose, et puis leur retour à la maison, Christine avec encore des bleus virant au vert sur le visage et les rumeurs à l'école, Christine serait une femme battue, alors la petite Lou répétait à qui voulait l'entendre, n'importe quoi, c'était un accident de la route. Quelques mois plus tard, la famille déménageait à Bourg-en-Bresse. Après cet épisode, les réunions de famille n'ont plus jamais été les mêmes. Déjà, Jeanne n'est plus venue, quant à Lou et moi, nous n'avons jamais abordé le sujet. Lou s'est abritée derrière le fait que si ses parents n'en parlaient pas, c'est que cela ne regardait qu'eux. Et puis, elle savait que les choses n'avaient pas été simples entre eux mais elle avait toujours vu beaucoup d'amour. La mort de sa mère il y a huit mois a changé la donne. Lou s'est repliée sur elle-même. De moins en moins de gens ont accès à elle. Même à sa sœur elle ne parle plus. Et à moi, elle ne se confie plus…

Je sens que c'est dur. Il y a une véritable impuissance dans sa voix.

– Qu'en pensez-vous, vous ?

– Je crois que c'est comme si Lou, pendant des années, avait essayé de ne pas juger son père. Et comme si, pour finir, elle avait rendu les armes. Et qu'elle en voulait à la terre entière de les avoir rendues.

– En quoi le décès de sa mère a pu changer le comportement de Lou ? J'ai cru comprendre que monsieur Muller s'était occupé de sa femme avec dévouement durant sa maladie.

Yves Marie me regarde droit dans les yeux :

– Il y a autre chose.

– Oui ?

– Une femme.

– Je ne suis pas au courant.

– Il y a eu, d'après Jeanne, d'autres femmes par le passé. Mais c'était « d'après Jeanne », et celle-ci était si en colère… Ce qui a changé la donne, c'est que, cette fois, Lou a surpris son père. Elle les a aperçus, dînant dans un restaurant. Leur attitude n'avait rien d'équivoque, m'a-t-elle dit. Ils se touchaient les mains. Ils avaient l'air seuls au monde. D'ailleurs Lou est passée tout à côté d'eux sans que son père la remarque. Cela l'a beaucoup affectée.

– Je comprends.

– Lou avait toujours défendu son père. Et, soudain, elle avait la preuve que cela avait été une erreur. Ce qu'il faut que je précise… c'est que ce dîner a eu lieu le lendemain de l'enterrement de Christine. Ma femme était furieuse contre son père et furieuse contre elle-même aussi. De n'avoir pas été lucide.

– Elle en a parlé à son père ?

– Non, non, elle en a parlé à sa sœur. Qui lui a ri au nez. Toutes ces années à savoir pertinemment que son père avait une double vie et Lou qui s'émouvait d'en avoir la preuve…

– Elle sait qui était cette femme ? Elle la connaît ?

– Non… Une femme plus jeune que mon beau-père, bien sûr. Tellement cliché…

– Est-ce qu'elle a cherché à savoir qui elle était ? Est-ce qu'elle en a parlé à son père ?

– Oui. Il n'a pas nié.

– Je vois. Merci de m'avoir raconté tout cela.

On sonne. Yves Marie se lève et appuie sur le bouton d'un interphone. Je comprends comment il m'a ouvert plus tôt sans me voir. Le temps est donc écoulé. Tandis que je range mon dictaphone et mon carnet dans mon sac, je me demande comment ordonner toutes ces informations. Même si j'ai beaucoup appris aujourd'hui, le puzzle est loin d'être complet. Et comment intégrer la pièce qui semble ne s'insérer nulle part, celle où l'on voit la voiture de Christine souillée. Qui s'en est pris à elle et pourquoi ?

C'est alors qu'Yves Marie me cueille avec une dernière phrase :

– Il y aurait un enfant aussi…

Je reste interloquée.

– Un enfant ?

– Je n'en sais pas plus. C'est une vieille rumeur. Elle existait déjà lorsque je suis arrivé dans la famille. Il y aurait un enfant caché. Vous pouvez vous renseigner là-dessus…

Je hoche la tête, ne sachant pas du tout qui va pouvoir m'aider à ce sujet.

Yves Marie me raccompagne.

– C'est terrrrrible, Yves, ce que tu as fait là…, dit sa galeriste en roulant des *r*, on dirrrait que tu as peint la morrrt…

Elle se tient devant une toile où les blancs explosent, comme des bombes de silence.

PENSÉE

«

Je n'éprouve aucune commisération envers moi-même. Je vais mourir, ce n'est rien. Je ne crains pas la mort. Je ne la désire pas non plus. Je veux la programmer comme on programme un rendez-vous chez le dentiste. On n'en a aucune envie mais on sait bien qu'il faut en passer par là.

»

15 JOURS

SECOUER LE PASSÉ

Je venais à peine de m'installer au Perroquet pour écrire et déjeuner quand Jean-Pierre Doucet m'a appelée. Il a pu parler à Jörg Jager qui se souvient parfaitement de lui. Il m'a obtenu un rendez-vous téléphonique pour aujourd'hui, à dix-sept heures.

Déjeuné en quatre minutes, écrit quatre heures.

Je suis un peu inquiète car je n'ai plus de recul. Faut-il raconter aussi cela ? Les difficultés que je traverse, moi, pour écrire, H n'étant plus là ? Et les questions que je me pose à son sujet ? Je ne serais pas contre quelques paroles bienveillantes sur sa personne lors des prochains entretiens... Suis-je en train de rédiger un livre dont le but est de légitimer des actes de violence ? J'espère que non, de tout mon cœur.

Je l'espère d'autant plus qu'il me manque. Je suis liée à lui non seulement comme à un personnage de roman qui vit avec moi jour et nuit, comble de sa présence je ne sais quelle faille, mais aussi comme à un homme. Un homme qui m'émeut et m'inquiète. Avec sa propre tragédie. Le temps file. Et on sait vers quelle extrémité. J'ai envie de pleurer. C'est étrange à dire, plus encore à écrire, j'ai parfois l'impression que je vais mourir aussi. Ou que quelque chose en moi va mourir avec lui. Reste à savoir quoi. Je suis au milieu de quelque chose qui me dépasse. C'est une position inconfortable.

Je repense à ce qui s'est passé dans le train, plus d'un mois auparavant, cinquante-deux jours précisément. J'ai voyagé deux heures à côté d'un parfait inconnu et voilà que je me retrouve à pleurer sur mon ordi en essayant de doubler le temps, à m'émouvoir d'avoir peut-être déjà perdu cet homme qui aurait dû ne rester qu'un voisin de voyage, un inconnu en costume trois pièces, à n'être pas loin de connaître toute sa vie… à essayer, à moi toute seule maintenant, de résoudre son grand problème.

***

Dans l'après-midi, j'ai plusieurs appels qui répondent pour moi à cette question qui me taraude : ai-je raison de continuer à écrire ce livre sans H ?

Me Ollivier est le premier. Il n'est pas loin de chez moi. Nous nous retrouvons sur les bords de Seine. Prendre l'air ne me fera pas de mal. Une péniche, tout près, nous offre sa terrasse vieillotte et réconfortante.

C'est une bouffée d'oxygène pour moi de rencontrer quelqu'un à qui je peux tout dire puisqu'il est au courant de la mort programmée de son client.

Il me confirme ce que je sais déjà. Il connaît H depuis vingt ans. Il l'a défendu à titre professionnel et récemment à titre personnel. Dans un premier temps, il me fait le portrait d'un homme droit, intègre, bien sous tous rapports. À tel point que je m'en agace.

– Maître, lui dis-je, vous savez comme moi que monsieur Muller ne sera bientôt plus de ce monde. Vous connaissez la situation et ce pour quoi il m'a missionnée. Et vous savez aussi que la dernière chose dont j'ai besoin est d'un portrait compassé.

– Mademoiselle, m'arrête-t-il, je ne fais que répondre à vos questions en tant qu'avocat ! Si vous voulez que je vous donne mon avis personnel sur mon client, demandez-le-moi.

– Mais je vous le demande, maître ! C'est exactement ce que je veux. Par exemple, diriez-vous que monsieur Muller est un homme violent ?

– Je pense que monsieur Muller est un homme tourmenté, mademoiselle. Un homme sombre et tourmenté, et ce depuis longtemps. Mais violent, certainement pas.

– Tourmenté par quoi ?

– Je ne connais pas toute sa vie. Je n'en connais que la partie professionnelle. Et je n'ai jamais eu face à moi qu'un grand pro. Ce n'est pas un enfant de chœur, loin de là, mais ce n'est pas non plus un cynique. En revanche, il a souvent été froid et distant, parfois glacial.

– D'accord… Un iceberg ?

– Un iceberg, dont la plus grande partie est insoupçonnable…

– Et ?

– Et c'est aussi quelqu'un qui me touche.

– D'accord.

– C'est tout, mademoiselle, je vous ai tout dit.

– Concernant sa vie privée…

– Je ne connais rien de sa vie privée, mademoiselle.

J'en viens à me dire que ce rendez-vous ne m'aura pas servi à grand-chose. Mais j'ai soudain une fulgurance et pose enfin la bonne question.

– Maître, savez-vous si monsieur Muller a fait un testament ?

***

À dix-sept heures tapantes, je compose le numéro de la société des frères Jager.

Herr Jager parle un peu le français, mais pas assez toutefois pour que notre conversation soit fluide. Il me propose de poursuivre en anglais.

La conversation est brève mais très intéressante en ce sens qu'elle démonte radicalement la théorie selon laquelle il se serait passé quelque chose lors du rendez-vous parisien d'avril 1983, à la suite de quoi H a changé d'avis et accepté de travailler pour les Allemands.

Jörg Jager m'explique qu'Éric Muller, à leur grand regret, n'avait pas donné suite à leur proposition. Il était venu pour signer les contrats prévus et n'avait rien fait d'autre à Paris ce jour-là, malgré tous leurs efforts pour le séduire et l'embaucher. C'était même le contraire puisque H était censé rester une nuit sur place, qu'ils avaient concocté un programme pour fêter leur accord mais qu'Éric avait tenu à repartir dans l'autre sens aussi vite que possible. Retrouver sa famille, avait-il dit. Il n'aimait pas Paris.

Ce dernier détail m'interpelle. Je m'attendais à l'exact contraire, comme m'avait dit Jean-Pierre Doucet : à ce que lui ait été faite sur place une proposition qu'il ne pouvait pas refuser. Mais Jörg Jager assure qu'ils ont fait la fête sans Éric Muller ce soir-là. Il s'en souvient parfaitement : ils avaient fait profiter un ami à eux de la chambre d'hôtel laissée vacante par H.

Ainsi, il ne s'était rien passé du fait des Allemands qui avait pu faire changer H d'avis et le pousser à accepter leur proposition.

C'est le lendemain, m'apprend-il, qu'Éric Muller est revenu sur sa décision, par téléphone.

– *He said he did it for personal reasons.*

– *That's all?*

– *That's all.*[1]

C'est donc entre la sortie du rendez-vous avec les frères Jager et le lendemain matin que H a changé d'avis. Il faut absolument que je trouve ce qui s'est passé ce jour ou cette nuit-là, le 23 avril 1983. La date du premier dérapage de trajectoire.

***

Je ressens de plus en plus le temps qui passe. Il laisse au passage son empreinte sur mon âme. Les jours, les heures, les minutes, les secondes ont une masse.

---

1. « Il a dit qu'il avait des raisons personnelles de changer d'avis.
– C'est tout ?
– C'est tout. »

Dans le train pour Marseille, j'envoie un texto à Nina Pratt pour la prévenir de mon arrivée, gare Saint-Charles, à treize heures. Elle me répond dans la foulée en me proposant un rendez-vous pour le lendemain, le vendredi. Dix heures, à la brasserie de l'OM. La brasserie de l'OM ? Ça sonne comme une blague ! Il est vrai que pendant que je me débats avec mes idées sur la mort, il y a toujours des gens qui s'agitent dans des maillots de foot.

Nina ne pouvant me voir que vendredi, il me faudra trouver un hôtel. Je vais piocher dans le pécule que m'a donné H.

Nina va, du moins je l'espère, m'ouvrir la porte de l'enfance de Christine. Je sais déjà, grâce aux échanges avec Jean-Pierre Doucet, que Christine a perdu son père très jeune. Et que sa mère, Betty, ne s'est jamais remariée. Jamais remise de la mort de son mari non plus. Elle a continué à vivre comme s'il était toujours là, allant chercher dans l'alcool le brouillard nécessaire à l'entretien de cette confusion. Elle buvait beaucoup, m'a dit Éric. Ce n'était pas spectaculaire, elle n'était jamais ivre, a-t-il précisé, mais c'était tout le temps, du matin au soir. Pauvre femme, il faut dire qu'elle avait aussi perdu un enfant dans la bataille. Elle était enceinte quand elle a appris le décès de son mari. Le choc de l'annonce a été fatal au petit cœur qui s'est arrêté de battre. Celui de Betty n'a, dès lors, plus battu qu'un coup sur deux. Il s'est arrêté définitivement après que Christine a rencontré Éric. Peut-être après qu'elle a été rassurée sur l'avenir de sa fille. Peut-être fait-elle partie des gens qui s'arrangent pour mourir quand ils ont fait ce qu'ils estimaient devoir faire.

Je me pose dans un hôtel modeste du Vieux Port. L'endroit est simple, mais la vue de ma chambre, magique. Je dispose d'une petite terrasse d'où l'on peut admirer le soir peindre à grands traits de rose et d'orange la rive gauche du Vieux Port, l'abbaye Saint-Victor en face de moi, les collines et les bateaux.

Je relis ma transcription de l'entretien avec Yves Marie. Qu'est-ce qui aurait pu pousser Éric Muller à être violent avec sa femme ? Est-ce qu'il aurait perdu les pédales, par exemple parce qu'elle aurait découvert qu'il avait une double vie ? Je repense à cet enfant caché dont le beau-fils m'a parlé. Et à ce que m'a confié Me Ollivier, l'avocat de H. Le testament de son client comporte trois bénéficiaires. Si deux d'entre eux sont très certainement Jeanne et Lou, qui est la troisième personne ? Me Ollivier ne connaît pas son nom. Il est simplement au courant car il a travaillé avec H pour répartir l'héritage entre les trois. Trois parts égales. Est-ce que ce troisième héritier et l'enfant caché ne font qu'un ?

Le soir, je me force à descendre de mon perchoir pour rejoindre les gens en bas et faire partie de ce monde.

NINA

Vendredi matin. Je suis en avance de dix minutes à mon rendez-vous. Le Vieux Port est encore calme à cette heure, mais tout autour, la matinée vibre d'une entêtante rumeur automobile.

Voici Nina. Je l'identifie tout de suite. Comment dire ? J'ai l'impression de la connaître. Elle correspond exactement à l'image que je me suis faite de sa personne. Cheveux mi-longs et bouclés, foulard noué dans les cheveux, maquillage soigné, contour du visage un peu trop botoxé, bouche un peu trop injectée. Le tout n'étant pas dénué de charme. La soixantaine nerveuse. Je l'ai attendue à l'intérieur mais elle me propose de nous installer en terrasse. Après avoir commandé nos cafés, après m'avoir disséquée de la tête aux pieds (déformation professionnelle de la part d'une directrice de casting ?), Nina entre dans le vif du sujet.

– Alors, me dit-elle dans un étrange écho de la professeure de dessin, ça y est ? C'est le moment de ressusciter les morts ?

– Pardon ?

– Si vous venez remuer la terre, ce n'est pas pour y planter quoi que ce soit, n'est-ce pas ? Mais bien pour en faire sortir quelque chose ?

– Oui, c'est vrai.

– Dites-moi.

Je lui explique ce qui m'amène et quelle est la démarche d'Éric, toujours en éludant la fatalité de sa maladie. Il y a des gens à qui il vaut mieux servir la vérité toute crue plutôt que de leur mitonner un joli plat avec ses ingrédients. Émincé de vérité sur son lit de mensonges, sauce grand n'importe quoi, méli-mélo de salades variées.

Cela ne suffit pas à Nina Pratt de connaître les faits. Elle veut savoir « ce que je fous dans cette histoire », pour reprendre ses mots. Qui je suis, d'où je viens, quel est mon parcours professionnel. Je dois me soumettre à toute une série de questions personnelles. Nina me fait passer un test de confiance afin de décider si elle peut ou non me parler librement. Je l'accepte. Je lui brosse de moi le portrait le plus juste possible, ne cherche nullement à me flatter. Je suis un peu journaliste, beaucoup correctrice, curieuse et *ghostwriter*, ce qui a donné l'idée à Éric de m'embaucher. Je suis aussi une autrice frustrée, ce qui m'a poussée à accepter cet étrange marché, alors que je m'étais promis au cours d'une soirée de cuite mémorable de me cantonner aux métiers qui délivrent une fiche de salaire.

Mon histoire convient à Nina. Elle prend alors la parole et ne la lâche pas. J'ai passé le test. Elle a décidé qu'elle pouvait parler. Peut-être qu'on inspire plus confiance en ne se montrant pas sous son meilleur jour ? En se montrant telle que l'on est ?

J'apprends beaucoup de choses sur Christine. Nina éclaire le personnage d'une tout autre lumière. Elle revient sur leur enfance. Celle de deux gamines délurées, grandissant sans père, en faisant voir de toutes les couleurs à leurs mères totalement dépassées par leur fureur de vivre. Chris, comme elle l'appelait, et Nina ont été les meilleures amies du monde et fait ensemble tous leurs coups en douce. Personne ne pouvait se douter de ce dont ces gamines, si mignonnes et qui avaient l'air si bien élevées, étaient capables.

Si j'ai jugé au premier abord que Nina Pratt était une femme voyante et un peu vulgaire, à mesure qu'elle me raconte sa « Chris », je vois de mieux en mieux l'amie précieuse qu'elle devait être. Fantasque et libre, vibrante et humaine. Je n'ai aucun mal à l'imaginer jeune faisant les quatre cents coups avec sa copine Christine.

Nina m'explique que, très tôt, elles fumaient en cachette et pas seulement du tabac. Nina avait monté une combine pour dealer de l'herbe aux gamins des beaux quartiers et cela leur payait des virées terribles sur la Côte d'Azur. Elles allaient passer le week-end à Saint-Tropez, danser en boîte toute la nuit sans savoir trop où elles dormiraient ni même si elles dormiraient ou rentreraient en stop sur Marseille. Chris ne dealait pas, elle, elle fumait un peu mais ce n'était pas son truc.

– C'était quoi, son truc ?

– Allons, mon chou, tu n'en as aucune idée ?

– Je sais que Christine était d'une nature dépressive… Mais je ne sais pas si déjà, quand elle était jeune…

– Oh non, ma Chris n'était pas dépressive pour un sou à l'époque ! dit Nina en allumant une cigarette.

– Alors quoi ?

Nina ne me répond pas précisément. Pas encore. Je bous de savoir, parce que je sens qu'une partie de l'histoire se trouve là, tout près, cachée sous des pierres que seule Nina a le pouvoir de soulever. Mais je ne veux pas la brusquer.

– Chris n'était pas une fille comme les autres. Elle a été obligée de partir de Marseille à cause de…

– Oui ?

– Hé, à cause des autres, en fait !

– Des autres ?

– Oui, ils n'ont jamais compris. Les gens ne comprennent jamais rien à la différence. Ils la rejettent, c'est plus facile.

J'étais bien d'accord avec ça. Pas tous les gens, mais les plus bruyants.

– En quoi Christine était différente ?

– Que sais-tu de ce qui s'est passé à Marseille ?

– Rien ! Justement !

J'ai presque crié.

– Calme-toi, mon chou. Tu vas nous faire remarquer, enfin !

C'est elle qui dit ça, avec son foulard violet dans les cheveux, son chemisier léopard, sa veste orange et son œil railleur.

– Pourquoi est-elle partie de Marseille ? Je croyais qu'elle avait simplement suivi sa mère dans son changement de travail…

– C'est exact. Mais si Betty a changé de travail, c'est pour sortir Chris de Marseille. C'est dans ce sens-là que ça s'est fait.

– Pourquoi ? Pourquoi fallait-il sortir Christine de Marseille ?

Nina me regarde comme si j'étais stupide, ou du moins, c'est le sentiment que j'ai. Et me répond :

– Mais, Poupée, parce que ici elle était foutue. Elle s'était fait virer de tous les lycées. Plus personne n'en voulait. Sa vie avait tourné au cauchemar.

– Mais…

– Laisse-moi le raconter à ma manière. Chris avait une drogue, c'étaient les gens. Il fallait qu'on l'aime. Et souvent, qu'on l'aime un peu plus que ça, si tu veux. Alors, elle s'est retrouvée dans les bras de beaucoup de garçons à l'âge où normalement on joue encore à la poupée. Au bout d'un moment, ça s'est su. Parce que ma Chris, c'était une sacrée jolie fille et les garçons, de sacrés fanfarons. Sauf qu'avec Chris ils n'avaient pas besoin d'en rajouter. Tout était vrai. Et en quelques années, la réputation de Chris était faite. Se retrouver dans ses bras était à la portée du premier venu. La vérité, ajoute Nina avec sa jolie pointe d'accent, c'est que tout le monde la prenait pour une salope, une fille qui couchait avec le premier venu.

– Et c'était vrai ?

– Bien sûr que non ce n'était pas vrai ! Ma Chris, ce n'était ni une pute, ni une salope, ni une marie-couche-toi-là. C'était une princesse. C'était ma princesse. Mais elle avait cette faille… C'est quelque chose que je connais aussi… je comblais autrement… De temps en temps, c'était trop dur pour elle, sa détresse atteignait des sommets, alors il lui fallait des bras autour d'elle, des bras qui étreignent, des mains qui la tiennent. Sinon, je ne crois pas qu'elle aurait résisté. Ça a commencé à la mort de son père. On était en colo quand il a eu son accident. Et personne n'a songé à prevenir Chris. Ce n'est qu'en rentrant qu'elle a su. Ça a été mal géré tout ça. C'était une autre époque…

Interloquée, je regarde Nina. Je me demande si je comprends bien…

– Tout ce qu'elle demandait, c'était de l'amour. Elle en avait besoin. Et elle n'en avait pas assez. Alors elle allait en chercher. Auprès des garçons… de tous ceux qui voulaient. Je lui ai dit cent fois de se méfier, mais elle s'en fichait… Elle souriait toujours. Elle me disait qu'elle ne se sentait jamais aussi bien qu'après l'amour.

– Pardon d'être brutale, Nina. Est-ce que vous êtes en train de me dire que Christine était nymphomane ?

– Je ne suis pas psychiatre, mon chou. Si la nymphomanie, c'est vouloir être aimée, alors oui elle l'était.

– Je comprends.

– C'est ce qui vous différencie des gens de l'époque.

Nina m'apprend alors ce qu'il s'est passé. Après avoir été renvoyée de deux lycées, après que, dans un troisième, Christine avait échappé de peu à une agression de lycéens et lycéennes, sa mère avait décidé d'arrêter les frais et de la déscolariser. C'était par ailleurs une élève brillante, elle pourrait suivre des cours par correspondance. La vie étant devenue difficile pour elles deux à Marseille, Betty avait trouvé une place à Nice.

– Elle était obligée de partir si loin ? Elle ne pouvait pas aller s'installer plus près si elle quittait le système scolaire ?

Nina reste silencieuse.

– Il y a autre chose, n'est-ce pas ? Que vous ne me dites pas ?

– Elle a eu un enfant, une petite fille, qu'elle a confiée à la DDASS, l'aide sociale à l'enfance de l'époque.

Nina ne sait pas ce que la petite est devenue. Après l'accouchement, Christine n'a plus jamais voulu en parler. Nina ne sait même pas si H est au courant pour cette enfant. Elle n'en a jamais discuté avec lui.

Nina a un rendez-vous, doit partir, se lève, veut payer, je l'en dissuade. Je la remercie avec chaleur. La regardant s'éloigner – je me fais peut-être des films –, je ressens toute une tristesse dans le pas pourtant léger qui la fait avancer. Je me dis qu'elle n'a fait que me sourire. La plupart du temps, les gens qui sourient sont bien plus émouvants que ceux qui pleurent.

CHRIS

est vêtue d'une petite robe noir et blanc qui lui donne l'air d'une écolière. À travers la vitrine du café, lui les observe. Ils sont quatre, debout. Il la voit s'approcher des hommes, sourire, s'offrir. Elle va coller son corps frêle contre celui d'un type qui doit peser mon Dieu trois fois son poids… Christine a jeté son dévolu sur le plus costaud de la bande. Un grand chauve, aux mains énormes. Un déménageur sans doute – il porte une ceinture rigide pour soutenir son dos. Elle est pâle. Sa bouche rit, sourit, dévoilant ses petites dents blanches parfaitement alignées. Éric voit les gros doigts du déménageur lâcher sa pinte de bière pour se poser sur la taille de sa femme. De pareilles scènes l'ont rendu fou, par le passé. De douleur, de jalousie. Une étrange fatigue s'empare de lui. Écrasé de lassitude, il hésite. Sa propre distance l'étonne, l'inquiète. Finalement, il se dirige vers l'entrée. Il perd un instant les hommes de vue. Quand il pousse la porte, la bagarre est sur le point d'éclater. Un des quatre hommes a peut-être voulu s'interposer entre le grand costaud et Christine ou réclame sa part de cette proie facile. Christine aperçoit son mari dès qu'il est dans l'embrasure de la porte. Elle lui sourit. Son regard reconnaissant a sur Éric l'effet d'un électrochoc. Il a tant vécu de ces moments glauques. Il n'est plus jaloux, juste malheureux et plein de compassion. Elle s'avance vers lui. Il la prend par la main pour la ramener à la maison. Il laisse un billet sur le bar au moment où le gros déménageur donne le premier coup. Ils partent juste avant la bagarre.

Il a décidé de la quitter. Il est arrivé au bout de ses forces.

PENSÉE

«

J'ai tenu tant que j'ai pu… J'ai convaincu Christine de tout cacher aux filles. Cela n'aurait pas été Christine, je serais parti très vite. Mais parce que c'était elle… Je n'ai jamais pensé à elle comme à une femme infidèle… C'était autre chose… Qui aurait pu comprendre ? Moi-même, je n'ai jamais vraiment compris, j'ai fait avec. Et maintenant, quels mots trouver ? C'est ce déclic que j'ai eu en rencontrant Blanche. En la voyant, gauche et allumée… J'ai compris que des phrases ne suffiraient jamais. C'est une démarche qui était nécessaire… Qui donc l'a mise sur mon chemin ? Est-ce toi, mon amour ?

»

MAUD

Maud monte dans sa Fiat 500 rouge et file sur la route qui serpente à travers la pinède. Je la suis du regard jusqu'à ce qu'elle disparaisse.

Il fait désormais presque nuit. Il est tard.

La mer tangue autour de moi. J'y plonge mes pensées, les déverse en chaîne. Dans le tambour des vagues, elles retrouvent leur élan. Ma fatigue me soûle, et de cette ivresse naît un sentiment de bien-être. Je me dédouble. Il y a une Blanche angoissée, épuisée de sa longue journée, effrayée du temps qui passe trop vite pour avoir le temps de tout bien faire et la Blanche de ce soir, tout juste sortie de son corps, qui vaque, oisive, se tanque au carrefour de toutes les décisions et reste ainsi, ballottée par des torrents d'idées, arrimée au quai de son intranquillité.

Autour de la plage, les couleurs des arbres, pins et pins parasols, évoluent du vert tendre au presque noir. Les troncs penchent, se tordent, semblent ne suivre aucune règle, évoquent des corps tourmentés et vigoureux, riches de leurs défauts.

Je pense à mon enfance. J'adorais alors me promener parmi les pins, les respirer, faire comme eux : jouer avec la lumière.

L'enfance, ce moment où on remplit le grenier pour la vie. Où l'on récolte ce qui a été semé avant nous. On emmagasine émotions, doutes, peurs… Les nôtres, celles de nos parents, celles de personnes qui sont inconnues de nous mais qui sont de notre sang ou de notre clan, et qui vivent à travers nous. Un vrai bouillon de culture.

Je commence à entrevoir la réalité. Les choses se précisent. Et elles se précisent bien différemment de ce que je pensais.

Cet enfant secret n'est pas l'enfant de H, mais celui de Christine.

Violaine a raison. C'est bien Christine l'héroïne de cette histoire. Chris, comme j'ai envie de l'appeler désormais, comme si elle était en train de devenir une amie. Elle est celle autour de qui tout tourne. L'étoile la plus brillante de la constellation Muller.

Quant à savoir si H est au courant… Bien sûr qu'il l'est. Je peux comprendre que si, toute sa vie, Christine a tenu à ce que ce secret le reste, si H lui a fait cette promesse de n'en jamais parler à personne, pas même à ses enfants, surtout pas à ses enfants, il ne soit pas en mesure de le leur dire tout naturellement à l'heure de mourir. *Mes chéries, avant de mourir, laissez-moi vous apprendre que vous avez une sœur.*

Et comment révéler à ses filles que leur mère a passé ses épisodes dépressifs à chercher le réconfort auprès de corps d'hommes ou de femmes ? Auprès de corps inconnus, ou pire peut-être, de gens qu'elles fréquentaient.

Je soupçonne que les déménagements successifs ont eu pour but de protéger Christine et les enfants. Des rumeurs, des langues de vipère, des autres.

Et cette jeune fille, jeune femme maintenant sûrement, comment la retrouver ? Il me faudrait parler à H. Lui dire ce que j'ai appris… Comment va-t-il réagir en découvrant que je lui ai désobéi ?

Cependant des zones d'ombre persistent. Cette fois où Jeanne a vu sa mère démolie… Ce que vient de m'apprendre Maud montre qu'il est possible qu'Éric ait pu être violent. Qui sait ce dont une personne est capable lorsqu'elle est à bout ?

Je dois creuser encore.

Je dois savoir aussi qui est cette femme que Lou a repérée dans le restaurant au lendemain de l'enterrement de Christine. Celle dont Jeanne connaissait l'existence.

Il faut tout examiner. Il en va de la crédibilité du portrait que j'esquisse peu à peu de H. Si je laisse des angles morts, Jeanne et Lou ne pourront croire en rien.

Maud. Je l'ai contactée juste après mon rendez-vous avec Nina. Elle avait son bras autour des épaules de Christine sur une des photos de l'époque de Nice.

Elle ne pouvait pas me parler au téléphone car elle travaillait. Je l'ai suppliée de m'accorder un moment. Je voulais l'entendre. J'ai proposé de prendre une chambre dans l'hôtel où elle bosse pour que ce soit plus facile pour elle de me consacrer un peu de temps, elle a capté ma détermination. Nous avons convenu de prendre un verre sur la terrasse de ce restaurant qui surplombe la plage, à

Saint-Cyr. C'est à une demi-heure en voiture de Marseille, un peu plus en train.

J'ai vu arriver la Fiat 500. Je ne l'aurais jamais reconnue. Il faut dire que trente ans au bas mot la séparent des photos que j'avais. Maud est petite, menue, et ses cheveux blonds sont gris et courts à présent. Nous commandons un apéritif, un verre de cassis blanc pour elle comme pour moi.

– Maud, ça va vous paraître étrange… Si je vais vous poser beaucoup de questions sur les Muller, je ne pourrai pas répondre aux vôtres, en revanche.

– Je sais, j'ai appelé Jean-Pierre. Il m'a expliqué…

Je lui fais un grand sourire. Les choses s'engagent bien.

– Comment avez-vous connu Éric Muller ?

Elle l'avait bien connu dans sa jeunesse. Ils faisaient la fête ensemble, ils étaient toute une bande… Elle-même avait un petit ami à l'époque qui s'appelait André et qu'elle n'a jamais perdu de vue jusqu'à sa mort. Il s'est noyé, il y a dix ans. En revanche, cela fait plus de trente ans qu'elle n'a pas vu Éric et Christine. Ils se sont séparés fâchés. Éric Muller a même cassé la figure à André. Je la regarde d'un air interrogatif, elle prend son temps avant de poursuivre :

– Je suppose que ça n'a plus d'importance aujourd'hui…

– Au contraire, Maud, c'est extrêmement important !

– Non, je veux dire, comme André est mort, je peux vous le dire… Il avait couché avec Christine. Éric est devenu fou. Il nous a surpris…

– Comment ça nous ?

– Éric était absent. Je crois qu'il était en voyage. À Paris, si mes souvenirs sont bons. Nous étions passés chercher Christine pour aller à une fête. C'était prévu, elle avait fait garder ses filles. Mais elle ne voulait plus sortir, je ne sais plus pourquoi. Elle ne se sentait pas bien. André a proposé de rester avec elle. Je suis allée à la fête toute seule. Mais ce n'était pas drôle alors je suis retournée chercher André. Je les ai trouvés ensemble dans son lit. Christine était réveillée. Elle m'a vue entrer, m'a tendu les bras… Je me suis allongée contre elle.

– Vous aviez l'habitude de dormir avec elle ?

– Non, vraiment pas, ça a été la seule fois…

– Que s'est-il passé ensuite ?

– On a entendu un bruit dans la cuisine… Des pas… Christine était profondément endormie, dans les bras d'André qui dormait aussi entre Christine et moi. J'ai essayé de les réveiller… Quand Christine a ouvert les yeux, Éric était dans la chambre. Il nous a regardés… Ses yeux exprimaient la colère et une tristesse infinie… Il n'a rien dit, ce qui était presque pire…

– Et alors ?

– Alors on s'est rhabillés en vitesse et on a filé mais Éric nous attendait sur le parking. Il a attrapé André au col, je ne veux plus jamais voir ta gueule, lui a-t-il dit d'une voix sourde que je n'oublierai jamais et il lui a donné un coup de poing, un seul, très fort, André était sonné. Il a quand même voulu répliquer, je ne sais pas trop pourquoi, peut-être juste pour donner l'occasion à Éric de le frapper encore, ce qu'il a fait. C'est moi qui ai conduit au retour. Pas un mot dans la voiture, silence de mort. On n'en menait pas large, ni l'un ni l'autre. Mais lui avec en plus un peu de couture à faire sur le visage.

– Vous vous souvenez de quand ça s'est passé ?

– Oui… c'était durant ma dernière année d'étude. Donc c'était en 1983, avant l'été… Après ça, on ne s'est presque pas revus tous. Moi, j'aimais beaucoup Christine, ça m'a fait de la peine…

– Vous n'avez pas essayé de la contacter ?

– Si, mais c'était trop tard. Ils avaient déjà déménagé à Paris. On n'avait pas de portables à l'époque. Quand une chose était dite, elle était dite.

La suite du rendez-vous ne m'a pas appris grand-chose de plus. Elle m'a raconté sa vie. Elle s'est mariée, a eu trois enfants, qui sont grands maintenant et vivent leur propre vie. Son mari a foutu le camp parce que au bout de vingt ans de vie commune, il s'est rendu compte qu'il n'avait pas envie de vieillir à côté d'elle. Elle a trouvé ce boulot qui lui a permis de quitter Nice et la proximité immédiate du père de ses enfants. Elle lui a pardonné beaucoup de choses, mais pas cette figure fatiguée qu'il lui a sculptée au couteau rouillé du désintérêt. Le voir était au-dessus de ses forces. Elle a à peu près fait le tour dans cet hôtel de Bandol et attend une réponse pour un poste dans un bel établissement à Barcelone.

Maud partie, j'appelle Nina.

Violaine, Maud… Chris était-elle homosexuelle ?

– Chris avait besoin d'amour, ma chérie. Un grand besoin. Et c'était quelqu'un à qui il était difficile de résister… Qu'on soit une fille ou un garçon… L'amour, c'est l'amour… Il n'a pas de sexe.

Bonne réponse. Qui me permet de ne pas enfermer mon héroïne dans une case.

On dit un amour mais on pouvait dire aussi une amour. Surtout lorsque les amours étaient plurielles, n'est-ce pas ? Un amour étrange, des amours troublantes.

***

Je lève les yeux de mon carnet de notes. Tout à coup, je prends conscience du lieu où je me trouve.

Si, de jour, l'endroit était joli, de nuit, il est merveilleux. La lune vient de se lever sur la crique, elle est encore basse, pleine et rousse. Elle se reflète sur la Méditerranée, et la terrasse devient l'endroit parfait pour se tenir en amoureux dans une félicité à peine sonorisée par le clapotis des vagues et le murmure des conversations.

C'est d'ailleurs exactement ce que font toutes les personnes qui ont pris peu à peu place autour de moi sans que je m'en aperçoive, occupée que j'étais d'abord par ma conversation avec Maud, puis celle avec Nina. Il n'y a presque que des tables de deux, parfois, ils sont quatre. Des couples de toutes sortes sont là pour donner ce cadre magnifique à leur soirée, à leur amour. Et moi, je suis là, comme en mission, comme une intruse, comme une idiote.

Je sors mon ordinateur pour écrire et transcrire mes entrevues avec Nina et Maud.

Que donnerais-je pour être l'une de ces femmes ? Pour lever ma coupe de champagne à cette soirée, à cette lune, à un amour ?

Je fais face à un écran d'ordinateur, quand tout le monde est devant un visage aimé. Pourquoi ?

CHRIS

A prévenu.

Mes chéries, maman va faire une course.

Cela fait trois jours qu'Éric est parti. Elle a promis que cela irait. Tous deux connaissent très exactement la valeur de cette promesse. Depuis hier, elle sait que ce serait en vain qu'elle lutterait. Elle a pourtant respecté son agenda à la lettre, elle a résisté. Elle s'est appliquée à aller à son cours de dessin malgré l'envie de sexe. À la fin du cours, elle a même demandé à sa prof de l'enlacer. Espérant calmer un temps le feu qui lui ronge le ventre depuis un moment. En vain.

Elle se gare, place 323. Elle grimpe les trois étages par l'escalier en faisant claquer ses talons sur les marches comme pour se prouver qu'elle existe, qu'elle est réelle, qu'elle pourrait aussi bien faire demi-tour, rentrer chez elle, retrouver les filles. Mais ce n'est plus possible, pas quand elle est dans cet état, elle ne les supporte plus. Le moindre cri l'agace, leurs chamailleries l'exaspèrent. Elle n'a rien mangé depuis deux jours, ne peut rien avaler. Elle se sent si seule. Une solitude douloureuse. Elle se trouve nulle. Bonne à rien. Un morceau de personne.

Elle a hésité à appeler son mari. Elle a pris son téléphone. Mais cette chose en elle lui a collé les clefs de la voiture dans la main. Elle a reposé le combiné. La grande était grande maintenant, elle pouvait garder sa petite sœur. Le temps d'un DVD. Elle a mis *Peter Pan*. Elle s'est enfuie.

Les trois étages l'essoufflent à peine. Là-haut, la porte donne directement dans le rayon Homme du Printemps.

Le premier qu'elle aperçoit est le bon. Elle ne l'a jamais vu mais lui la reconnaît avec cette béance dans le regard, cet iris à l'eau trouble. Il choisit une chemise, se dirige vers une cabine, lui coule un regard salace.

Pas de vendeuse à l'horizon. Presque personne.

Elle le rejoint.

Il n'y a aucun préliminaire.

Il lui enlève son chemisier, elle se tortille un peu pour l'aider, fait sauter son soutien-gorge.

Il n'y a aucune tendresse. Il n'y a que des gestes. Des seins que l'on presse, de la chair que l'on empoigne, des brèches dans lesquelles on s'engouffre, des eaux qui jaillissent.

Elle se colle à lui, il la retourne, prend ses fesses à pleines mains. Sans un bruit, sans un soupir, il la pénètre, elle griffe les grandes fleurs sur la moquette du mur de la cabine. Dès qu'il sort d'elle, elle est en manque. Elle se cabre pour réclamer plus et plus fort. Message reçu. C'est brutal, c'est ce qu'elle veut. Elle perd l'équilibre, manque de tomber, il avance un tabouret devant elle. Petit à petit la sensation de manque diminue, le sentiment de complétude arrive, enfin. À chaque coup de rein, c'est comme s'il la réanimait. C'est ce qu'elle est, une pauvre poupée de chair et d'os qui manque d'air et aspire à ce qu'on la manipule, qu'on la remplisse pour qu'elle puisse revivre, remonter à la surface, redevenir légère. L'inconnu pousse un cri sourd, tandis qu'elle regrette déjà. Il goûte un court moment sa jouissance, yeux fermés, jambes flageolantes. La prise était puissante. L'énergie a changé de côté. Adossé au mur de la cabine, il lui passe la main dans le dos, en un geste doux. Elle le reçoit comme une connivence. Il vient sceller leur acte.

Elle a remis son chemisier, sa culotte, baissé sa jupe. Elle fourre son soutien-gorge dans son sac. Elle sort sans se retourner. Pas certain que ces deux-là se reconnaissent s'ils devaient se recroiser un jour.

4 JOURS

Il pleut à Paris. Une pluie battante, une pluie de novembre en plein mois de juin. Les gouttes glissent sur la fenêtre. De ma table de travail, un thé fumant posé devant moi, j'ai l'impression que le monde pleure à ma place.

Pleurer. Je n'en ai pas le temps. Demain je vais me rendre à Bourg-en-Bresse. J'ai réussi à organiser cela avec Dana, la gouvernante d'Éric. Elle ne travaille pas depuis longtemps avec M. Muller, comme elle le nomme, mais elle fait partie de ces personnes loyales et sensibles à qui il n'est pas besoin de tout expliquer pour qu'elles comprennent beaucoup. H n'est pas au courant de ma venue. D'après les informations qu'elle m'a données, il ne bouge plus de là-bas. Cela fait dix jours qu'il n'a pas eu de visite. Il se lève, se tient en silence à l'intérieur du temps qui le sépare du vingt et un juin.

Nous sommes le dix-sept.

Depuis mon retour de Marseille, j'ai bien avancé. J'ai même compris ce que j'écrivais. Depuis que je connais le secret d'Éric, je sais que j'écris un livre impudique. Oui, il est impudique de parler de mort. Et voilà que le sexe s'invite dans ces lignes. Tout aussi impudique. Il vient gonfler l'histoire de pulsions de vie. J'écris, sous l'égide de H, un livre de vie et de mort. D'Alpha et d'Oméga. D'Éros et de Thanatos. Éric, comme Christine, des corps à prendre.

Le portrait de famille s'est dessiné un peu plus. J'ai fait une rencontre importante.

NORA

Elle a poussé la porte du Perroquet et j'ai su que c'était elle. Je n'avais pourtant réussi à mettre la main sur aucune photo qui puisse me dire à quoi elle ressemblait. Elle a secoué son parapluie à l'extérieur, l'a déposé à l'entrée, a parcouru la pièce du regard. Elle a quarante ans, si mes informations sont bonnes car elle en fait dix de moins. Elle paraissait nerveuse. Je lui ai fait un geste et un sourire d'encouragement. La première chose qu'elle m'a dite est de lui faire penser à ne pas oublier son parapluie en repartant. J'ai promis.

Je suis intimidée. Elle est le secret. Dans la vie des Muller, elle est là, depuis le début sans que personne le sache. Pas même Christine. Au fond, n'ayant jamais investi cette enfant, elle pouvait croire qu'elle n'existait pas.

Elle existe pourtant. Et beaucoup, d'ailleurs. Nora Demoutiers est belle, et bien vivante, attirante et intrigante, comme le sont souvent les secrets. Mais je ne suis peut-être pas objective, étant amoureuse de tous les personnages de mon histoire. Elle a commandé un café.

C'est par la notaire de H, Me Gellan-Vartier, que j'ai eu ses coordonnées. H avait anticipé que je trouverais intéressant d'aller interroger sa notaire. Je ne fus pas confrontée au secret professionnel.

FRANCINE

EXTRAITS

– Depuis combien de temps connaissez-vous monsieur Muller ?

– Cela fait vingt-quatre ans. Je me suis occupée de l'achat de sa maison de Bourg-en-Bresse. Depuis, j'ai changé de région, je travaille maintenant ici, à Champigny. Monsieur Muller m'est resté fidèle malgré mon éloignement.

– Que pensez-vous de lui ?

– Un homme charmant, toujours courtois même lorsqu'il y a des problèmes, ce qui est loin d'être le cas de tous nos clients… et jamais il ne dit mot quand il s'agit de sortir son carnet de chèques. Ce qui est rare, je vous assure…

– Est-ce que vous connaissez sa vie ?

– J'en ai une connaissance factuelle. Monsieur Muller ne se confie pas. Je n'ai jamais rencontré son épouse ni ses enfants. Mais un notaire sait beaucoup de choses. Les secrets de famille, les états civils, le patrimoine… Nous appréhendons les vies de nos clients par les dates, les faits. Parfois, nous les connaissons mieux que ceux qui ont accès à leur intimité.

Ce que voulait dire la notaire, c'est qu'on peut dire tout ce que l'on veut, à la fin, ce sont les actes qui parlent. Et quand ils sont notariés, ils sont incontestables. On devrait faire appel plus souvent aux notaires. Ils sont les instruments de mesure de nos intentions. Le notaire est ce qui distingue la soumission de la décision ; la passivité de l'action. Le mariage, le testament, la donation… dis-moi qui hérite de toi, je te dirai qui tu aimes. Et, bien sûr, il n'est pas question de montants. C'est la même chose pour les petits héritages et pour les grands.

Rien, dans un premier temps, de ce que me livra Me Gellan-Vartier ne m'intéressa. Il s'agissait de mouvements d'argent, de fiscalité, de différents prêts bancaires. Bien plus éclairante était ensuite la partie qui concernait son patrimoine immobilier. H s'était rendu propriétaire successivement de trois maisons, une première à Nice revendue presque aussitôt, une seconde à Condé et une troisième à Bourg-en-Bresse. Mais il avait acheté aussi deux studios à Paris. Je supposais que c'était de l'investissement locatif ou peut-être des studios pour Jeanne et pour Lou au moment de leurs études. Je me trompais.

Par ailleurs, je ne m'attendais pas à ce que me révéla la notaire. À savoir que H était parti dans la vie les mains vides bien qu'il fût issu d'une famille plutôt aisée.

J'appris que ses parents s'étaient exilés à l'étranger, en Asie. Que cet événement avait eu lieu juste après son mariage avec Christine, auquel ils n'avaient pas voulu assister. Il n'était pas difficile d'imaginer que les parents de H ne voulaient pas de ce mariage.

Ainsi H avait fait passer l'amour avant tout, malgré ce que cela pouvait engendrer de brouilles avec sa famille.

Quant à l'autre héritage, celui que lui allait laisser, il avait trois bénéficiaires. Je demandai à voir l'état civil de ces trois personnes. Il y avait ses deux filles, bien sûr et une troisième personne, Nora Demoutiers.

Nora Demoutiers, née le dix-sept mai mil neuf cent soixante-dix-sept à Marseille. Fille de Jean Demoutiers et de Sophia Nans – Demoutiers.

Nora Demoutiers était-elle cette enfant cachée dont m'avaient parlé Yves Marie tout d'abord, sous-entendant que ce serait l'enfant de H, fruit d'une relation extra-conjugale de sa part, Nina ensuite, en m'apprenant que Christine avait eu une petite fille alors qu'elle n'avait que seize ans ?

Me Gellan-Vartier accepta d'organiser un rendez-vous.

NORA

Elle boit son café sans me quitter des yeux. Elle doit se demander qui je suis exactement. Je lui explique ma mission. À elle non plus, je ne dis pas la maladie d'Éric, je ne dis pas la mort prochaine. Elle m'écoute sans jamais m'interrompre. Le temps est suspendu. Elle a cette concentration des personnes à qui il manque quelque chose, un bout de passé et qui ne veulent rien manquer du présent.

Il y a un long silence lorsque je me tais. Et puis les rôles s'inversent, et je l'écoute choisir ses mots.

H a débarqué dans sa vie deux ans auparavant. Il avait mis des années à la trouver. Il s'est présenté avec d'infinies précautions, les bras chargés de cadeaux. Elle l'a reçu en compagnie de ses parents. Elle a accepté de l'écouter.

Nora a toujours su qu'elle avait été adoptée. Ses parents lui ont toujours dit qu'ils étaient ses parents, pas ses géniteurs.

Éric est arrivé, et avec lui, une partie de son histoire, notamment des informations sur qui était sa mère biologique.

Cependant, Nora n'en voulait pas. Elle avait été absente pour Christine, Christine serait absente pour elle. Nora s'était construite ainsi. Du vide laissé par ses parents biologiques, elle avait fait un appui. Elle ne pouvait pas se permettre de risquer la solidité de cet appui aujourd'hui. Éric avait insisté mais Nora s'était emportée. En quoi cela le concernait-il ? Qu'est-ce qu'il voulait, après tout ? Réparer quoi ?

Mais Éric ne venait rien tenter de réparer du tout. Non, Éric venait aimer Nora.

Il avait bien fait de ne pas venir plus tôt. Plus tôt, il aurait rencontré la colère, l'incompréhension, les luttes.

Mais Nora avait désormais trente-huit ans, un métier – elle était costumière de théâtre –, un compagnon et si elle n'avait pas encore d'enfants, elle avait envie d'en avoir.

Si Éric avait eu dans l'idée d'intercéder auprès de Nora pour qu'elle accepte de rencontrer Christine, elle l'aurait envoyé balader copieusement. Mais il n'a jamais entrepris quoi que ce soit de ce genre.

Nora a senti que c'était elle qui l'intéressait, la personne qu'elle était.

Elle a accepté de le revoir et petit à petit, leurs rendez-vous sont devenus réguliers. Lorsque Éric venait à Paris, ils déjeunaient ensemble. Se retrouvaient dans un bistrot de la rue Étienne-Marcel, à une station de métro de l'endroit où elle travaillait. Toujours le même.

Au bout d'un moment, H a demandé à Nora d'accepter ses cadeaux. Il avait ouvert un compte en banque pour cette petite fille dès qu'il avait appris son existence, comme il l'avait fait pour ses filles. À l'époque, il ne savait pas où elle était. Il ne voyait qu'une chose, elle était la fille de la femme qu'il aimait. Une petite partie d'elle. Il ne pouvait rien faire d'autre que ça : ne pas l'oublier, la traiter, même à distance, même en silence, même sans la connaître, comme l'une de ses propres enfants. C'est ce qu'il aurait fait si Christine était arrivée avec cette enfant sous le bras. Il aurait aimé la mère et la fille. Alors il a décidé de tenir son rôle dans l'ombre. Et quand il a acheté un studio à Paris pour ses filles, il en a acheté un autre pour Nora.

Trente-huit ans après l'ouverture du compte en banque, Nora a accepté les sous, a accepté le studio, a accepté l'amour d'Éric.

Il ne lui a jamais parlé de Christine. Elle le lui avait demandé instamment. Il a tenu parole, à une exception près. Une seconde, elle lui en a voulu.

Mais elle sait aujourd'hui qu'elle lui en aurait encore plus voulu s'il ne lui avait rien dit.

***

C'est par téléphone que cela s'est passé. Il l'a appelée très tôt le matin. Il savait qu'elle était toujours debout aux aurores. Dès sept heures, parfois avant, elle dessine, coupe, manie l'aiguille. Il faisait un peu froid dans cette chambre de bonne dont elle avait fait son atelier. À cette époque, elle n'avait pas encore investi le studio qu'il lui avait donné. Son portable a sonné, elle a vu son numéro s'afficher. Éric l'appelait pour lui annoncer la fin prochaine de Christine.

Au téléphone, elle est restée de glace. Merci de m'avoir prévenue, courage à toi, ce genre de phrases… Elle s'inquiétait pour Éric mais c'était comme s'il venait lui annoncer l'imminent décès d'une personne qu'elle ne connaissait pas. Elle n'était pas touchée. Enfin, c'est ce qu'elle a cru.

En raccrochant, elle a repris sa couture. Et puis, tout à coup, peut-être un quart d'heure plus tard, il y a eu cette crise. Elle a commencé par s'étouffer. Elle s'est précipitée à la salle de bains, elle a cru qu'elle allait vomir mais ce sont des cris qui sont sortis, des cris étranglés, d'autres sonores, des cris courts, des cris longs, des cris rauques qui venaient de loin, de profond. C'est là qu'elle s'est rendu compte qu'ils étaient là, ces cris, depuis longtemps. Il a fallu un long moment pour qu'ils sortent. C'était douloureux, désagréable, suffocant. Quand ça a été fini, elle est restée sur le carreau, épuisée, à reprendre son souffle et ses esprits, tremblant sous le choc de cette expérience. Vomir des cris, ah non, elle ne savait pas qu'on pouvait faire ça. Elle s'est sentie libérée.

Quand elle est revenue à sa pièce de travail, elle a appelé Éric.

Il lui a dit qu'il lui enverrait son chauffeur pour venir la chercher. Elle a accepté. De toute façon, elle ne se sentait plus aucune force.

***

Nora est entrée dans la chambre de Christine. La pauvre était dans un état de maigreur très avancé, mais Nora ne l'avait jamais vue de sa vie, pas même en photographie, c'était peut-être une vision moins difficile à supporter que pour ceux qui la connaissaient. Elle s'est approchée du lit où Christine était étendue, silhouette à peine perceptible sous le drap blanc, et s'est assise sur une chaise à ses côtés.

Elle avait été dans le ventre de cette femme. Elle ne pouvait s'empêcher d'y penser tandis qu'elle lui prenait la main. C'était inconcevable, vertigineux, évident ou insignifiant selon les secondes qui s'écoulaient.

Il y avait eu cette journée, où elle était apparue entre ses cuisses. Elle lui devait la vie. Elle ne lui devait que cela, mais cela, elle le lui devait. Sans cette femme qui l'avait conçue, portée, mise au monde, elle n'existerait pas.

Nora savait depuis toujours que Christine n'avait que seize ans au moment où elle avait été enceinte. Elle se rendit compte à cet instant qu'elle ne devait pas la juger.

Elle ne s'en était pourtant pas privée, attribuant à cette séparation brutale la plupart des difficultés qu'elle avait traversées dans sa vie, mais aujourd'hui, dans ce moment de vérité, elle sut qu'au fond elle ne lui en voulait pas. Tout à coup, c'était comme si, en fin de compte, avoir grandi avec une mère biologique ou avec des parents adoptifs était une chose de peu d'importance... Elle avait été chérie, élevée par des parents aimants, bienveillants qui avaient à cœur qu'elle s'épanouisse... Qui peut dire que sa vie aurait été meilleure si elle avait grandi avec sa mère biologique ? Différente oui, mais meilleure ? La route pour devenir elle-même aurait certes été autre, mais elle serait devenue elle-même d'une façon ou d'une autre.

Nora vécut cette pensée comme une révélation. Peut-être que cette femme, sur son lit de mort devant elle, était la plus à plaindre...

Se trouver à ces deux moments extrêmes si proche d'elle. Venir au monde par elle quarante années auparavant et, à présent, lui tenir la main, alors qu'elle était en train de partir. Ces deux journées de création et d'extinction, elles les partageaient dans l'intimité. Nora était la seule à être présente à l'occasion de ces deux moments *extraordinaires*, où les portes sont ouvertes entre la vie et la mort. Elle s'était juré de retenir ses larmes, s'il en venait. Elle ne retint rien.

Christine sentit-elle cette eau qui inondait leurs deux mains jointes ? Savait-elle qui lui pressait la main ?

H, qui lui tenait l'autre main, dit que oui, il est sûr, il a lu dans ses yeux quelque chose, comme une approbation, et tous deux disent avoir ressenti une petite impulsion au creux de leur paume, alors qu'elle ne communiquait plus du tout.

Christine est partie ainsi, sa vie réconciliée autour d'elle.

Nora n'a pas voulu aller à l'enterrement pour ne pas avoir à croiser Jeanne et Lou dans cette circonstance. Mais le lendemain de la cérémonie, elle a vu Éric, ils ont déjeuné ensemble toujours dans ce bistrot de la rue Étienne-Marcel, où ils avaient l'habitude de se retrouver et où Lou les a surpris, main dans la main.

***

Je me mets à la place de Jeanne et de Lou qui vont lire ces lignes. Ce doit être difficile. Il va falloir du temps.

Nora, la première fille, a eu droit à cet instant, auprès de leur mère au moment du grand départ. Pas elles.

La vie en a décidé ainsi.

Christine voulait épargner le plus dur de sa déchéance à ses deux enfants, par amour et aussi parce qu'elle ne voulait pas que ses filles gardent en mémoire une image d'elle trop abîmée. Elle ne pouvait pas savoir que Nora ne se tenait pas loin.

Nora a pu venir. Nora, qui n'a rien eu d'autre de la part de Christine que sa mort et sa propre naissance.

Et Christine a eu ce soulagement : ce qu'elle n'avait pas réussi à faire de son vivant, la mort le lui a apporté.

« Jeanne, Lou, sachez que ce livre est pour vous. Je suis une passeuse. J'essaie de me faire le plus transparente possible, aussi fine qu'une feuille de papier à cigarette entre les pensées de votre père et vous qui les lisez. Je ne suis que le geste. Votre père est l'encre. Et ce livre est une lettre d'amour qui vous est adressée, à vous, et à travers vous, à tous ceux qui souffrent ou ont souffert du secret, de la différence, des lois incompréhensibles qui régissent les liens familiaux. »

4 JOURS

Je repars du Perroquet en même temps que Nora. Nous nous disons au revoir sans savoir si nous nous reverrons un jour. Bien sûr, elle oublie son parapluie.

Je rumine cette pensée à présent : la réunion, même tardive, de Christine et de Nora n'aurait pu avoir lieu si Christine était allée mourir en Suisse, comme elle en avait eu l'intention.

Que dois-je faire ?

Moi seule détiens le pouvoir de réunir H et ses filles, avant qu'il ne parte. Vais-je respecter mon engagement ? Lui remettre le manuscrit et rentrer chez moi ? Puis chercher un éditeur comme il me l'a demandé ? Et donner le livre à ses filles lorsqu'il sera trop tard ? Lorsqu'il sera mort ?

Ou, au contraire, vais-je écrire la fin à ma façon ?

Je n'oublie pas que j'ai un rôle de correcteur de trajectoire.

3 JOURS

Le soir, à l'hôtel

La logique aurait voulu que je fasse l'aller-retour dans la journée, mais j'avais peur de finir tard. J'ai donc réservé une chambre dans un hôtel proche de la gare, Le Terminus. On pouvait difficilement faire plus à-propos.

La pièce, à la décoration désuète, disposait d'un coin bureau. J'y ai déballé mes quelques affaires, installé mon ordinateur, ainsi que la sortie papier de mon manuscrit – il fait presque trois cent quarante pages à présent. Et puis je suis allée voir H.

Dana m'a fait patienter dans le salon. Monsieur Muller se reposait dans sa chambre. L'atmosphère dans la maison m'a semblé différente de celle qui régnait la fois où j'étais venue. J'ai promené le regard un peu partout, risqué un œil dans la bibliothèque... Tout était rangé impeccablement. J'ai ouvert un placard, puis un deuxième : vides. Un grand ménage avait été fait. Pas un nettoyage de printemps. Un nettoyage de vie.

Dana est venue me chercher. Je l'ai suivie dans l'escalier. J'étais inquiète de l'accueil que H allait me réserver. Après tout, je lui avais désobéi. J'avais persévéré.

C'était mal le connaître : il n'a fait aucune allusion à ce qui s'était passé. L'irruption de Jeanne, l'agression, le chèque et même sa propre demande de tout arrêter. On aurait pu croire que rien de tout cela n'avait existé…

Ce soir, revenue à l'hôtel après notre entrevue, je sais que je suis presque arrivée au bout de ma mission. Je pourrais retranscrire ce dernier entretien et le livre serait terminé.

Quel genre d'homme faut-il être pour consacrer sa vie à aimer avec constance une femme qui vous montre qu'elle vous aime mais va se jeter dans les bras d'autres personnes ?

Comme ils ont dû être malheureux…

Mais comme ils ont dû être heureux aussi pour accepter de payer ce prix… pour vouloir plus que tout surmonter cela ensemble.

Notre dernier et long entretien s'est terminé à neuf heures du soir passées. Toute sa vie, Christine était allée voir différents thérapeutes. Rien n'y avait fait. Ce n'était pas tout le temps. C'étaient des crises. Le désir se réveillait tout à coup et ne la laissait pas tranquille tant qu'il n'était pas assouvi. Elle était incapable de poursuivre le cours de sa vie tant qu'on ne l'avait pas clouée, perforée, possédée. Un traitement médicamenteux avait eu raison un temps de ces accès mais il avait calmé Christine tout entière, elle avait quasiment disparu d'elle-même et Éric l'avait suppliée de l'arrêter.

Dans les moments difficiles, n'importe qui faisait l'affaire. Toutes ces fois où H était parti à sa recherche, ne sachant où ni avec qui il allait la retrouver, ni même s'il allait la retrouver…

Cette horrible soirée, où, prévenu par une connaissance, il était allé la chercher dans un bar. Il l'avait regardée évoluer à travers la vitrine du café. On aurait dit une héroïne d'un tableau d'Edward Hopper, coincée là pour l'éternité. Il avait hésité à partir. Mais il était resté. Il savait qu'il était le seul à pouvoir la sortir de là. Il était entré dans le bar, livide, les lèvres et les poings serrés malgré l'accablement. Son regard quand elle l'a aperçu a fait fondre tout ce qu'il pouvait avoir de colère contre elle. C'était le regard d'une petite fille qui disait, enfin, enfin, tu es là, enfin tu viens me chercher.

Néanmoins la vision de sa femme si frêle entre les mains de ce gros type avait tué quelque chose en lui.

Ce soir-là, m'a raconté H, j'ai réclamé ce qu'elle me proposait déjà depuis plusieurs années. Une séparation. Cet épisode dans le bar serait le dernier. Je ne me sentais pas capable d'en supporter un de plus. J'allais lui laisser la maison. Je prendrais quelque chose de mon côté. Nous convînmes tous les deux qu'il s'agissait là de la meilleure solution. J'étais résolu. Je voulais me retrouver, je ne savais plus qui j'étais. Je suis parti le lendemain en emportant quelques affaires. Nous avions décidé de ne pas en parler aux filles en attendant que j'aie trouvé de quoi me loger et que je puisse les accueillir. Nous savions que ce serait délicat… Un saut dans l'inconnu. Mais le connu n'était plus supportable.

Les crises passées, Christine se sentait soulagée. Ce soulagement qu'elle éprouvait était le pire. Ces étreintes, elle en avait besoin. Il fallait que ce soit viril, il fallait qu'on la réveille, il fallait qu'on la console. De quoi ? De quelque chose en elle qui était inconsolable. Être prise, c'était ça qu'elle voulait. Qu'on en finisse avec les abîmes qui la traversaient. C'était ça ou mourir. Même si, elle le savait, c'était aussi une façon de mourir. Toutes les drogues en sont une.

Le pire est d'ailleurs presque arrivé. Il a eu lieu un peu plus tard, le soir où H l'a retrouvée sur le sol, quasi morte, dans un parking public, rouée de coups… Il n'a jamais réussi à trouver le connard qui avait fait ça. C'est elle, Chris, qui l'avait fait prévenir avant de sombrer dans l'inconscience. Mon mari, avait-elle insisté, personne d'autre.

H aimait sa femme toujours autant. Il est revenu prendre soin d'elle.

Après l'agression, Christine a voulu en finir. Devant le miroir de la salle de bains, brûlante de fièvre, ne pesant déjà presque plus rien, elle a avalé un mélange de whisky, de médicaments et de détergent. Éric est arrivé à temps. Éric était toujours arrivé à temps. Lui, et seulement lui, et l'amour qu'il lui a porté lui ont permis de rester en vie aussi longtemps.

Un nouveau départ, c'est ce dont ils avaient besoin. La vie était devenue trop compliquée pour toute la famille à Condé. Il fallait changer de région. Ce serait Bourg-en-Bresse. Il y avait là une entreprise qui demandait à embaucher Éric depuis un moment, il allait accepter.

Les « crises » n'étaient pas si fréquentes heureusement. Elles se déclenchaient toujours en son absence. Ensemble ils ont décidé que désormais Christine lui dirait tout. Qu'il ne la jugerait pas. Il avait accepté le fait qu'il lui serait bien plus supportable de savoir que de ne pas savoir. Il ne pouvait pas vivre sans une dose minimum d'insouciance. Savoir permettait au moins de se sentir bien quand il ne se passait rien et, heureusement, la plupart du temps, il ne se passait rien.

Son job à lui serait de protéger sa femme et sa famille des conséquences de leur décision.

Mais ils ne pouvaient pas deviner que Jeanne s'était mis en tête que c'était lui, le connard.

a très mal à la tête, elle a tant essayé de ne pas être là. Il n'y a personne au rayon Homme. Un type très grand et très maigre arrive. Il la fixe. Il lui fait un signe de tête. Elle ne le sent pas. C'est toujours elle qui envoie les signaux d'habitude. Il se dirige vers la cabine d'essayage en ne la quittant pas des yeux. Il n'a pris aucun vêtement avec lui.

Quelque chose ne va pas.

Elle attend qu'il entre dans la cabine et fait demi-tour, repart aussi vite que possible, court presque dans l'escalier. Ses talons gênent sa course. Elle ouvre la porte qui donne sur le troisième sous-sol, la porte Vivaldi, prend les clefs de sa voiture dans sa poche… Il l'attrape par les cheveux.

Par le cou. Il la serre, elle étouffe. Je ne suis pas assez bien pour toi ? Pour mon pote, t'es bonne, mais pas pour moi ?

Elle comprend qu'il a été rencardé par l'une de ses rencontres précédentes. Elle a eu tort de revenir au même endroit. Il y a une nympho au rayon Homme du Printemps. Facile à choper.

Il lui donne un premier coup, une gifle. Elle cesse de respirer. Elle sait aussitôt que c'est ça qu'il est venu chercher. Elle n'est pas surprise. Elle avait vu la hargne dans ses yeux là-haut. Elle va se laisser faire. Elle n'est pas de taille, elle a tout à perdre à se débattre. Elle a très peur du viol. Mais pas des coups. Et c'est ce qu'il veut, la battre. Il est là pour en découdre.

Elle va encaisser, attendre qu'il se lasse. On se lasse à frapper une poupée de chiffon. Elle accueille les coups. Elle les mérite. Elle les prend, ne se défend pas. C'est ce qui lui sauve la vie. Il lui démonte le dos, les reins, le ventre, le visage. Il continue quand elle est à terre, immobile. Il reprend son souffle. Personne n'est intervenu. Personne n'est passé à pied. Depuis les vitres des voitures, on n'a rien vu. Il s'en va. Elle ne bouge plus. Un passant l'aperçoit. Il se penche vers elle. *Mon mari… s'il vous plaît. Personne d'autre. S'il vous plaît, personne d'autre*. Elle le supplie de son seul œil ouvert. Elle est si faible, l'homme doit se mettre à genoux et approcher son oreille tout près d'elle pour entendre le numéro. Elle ne dit plus rien. Elle a les deux yeux fermés maintenant, la tête sur le côté. L'homme sort pour appeler, pour trouver du réseau.

Elle est peut-être morte. Nul ne le sait. Ni lui, ni elle. Ni Éric quand il arrive.

8

UNE FEMME INTÉRESSANTE

Avant Bourg-en-Bresse, il y avait eu d'autres ruptures. Maintes fois, il avait pensé à quitter Christine, à divorcer… Elle-même avait proposé, avait supplié qu'il la quitte. Elle était même partie mais il était revenu la chercher. Il avait songé bien sûr à refaire sa vie avec une femme plus… normale, moins… Moins quoi ? Malade, Folle ? Mais Christine était tout ce qu'il aimait ! Vive, libre, fine, drôle… C'était la mère parfaite de ses filles ! Comment vivre sans elle ?

Je le regarde avec encore plus d'intérêt maintenant que je saisis l'ampleur de mon personnage.

Quel genre d'homme faut-il être pour supporter cette vie ?

C'était une femme intéressante, a-t-il répondu à ma question muette. Et il a répété la phrase pour que je saisisse bien. C'était une femme *intéressante.*

Comprendre : elle valait le prix qu'il fallait mettre pour partager sa vie. Ce prix exorbitant.

Il a alors eu un léger sourire. Je pense qu'il signifiait : malgré le prix à payer, je suis sorti gagnant.

Après l'agression, il a agi comme toujours en pensant d'abord à protéger tout le monde autour de lui. Les filles, de leur mère, et Christine, d'elle-même. Malheureusement, il n'y avait personne pour le protéger lui. Et quand les rumeurs, dont on ne peut jamais maîtriser le cours, l'ont accablé, il a laissé faire. Il valait mieux se construire avec un père soupçonné d'être volage et même violent, qu'avec une mère souffrant d'addiction sexuelle. Car les rumeurs ne font jamais dans la dentelle, n'est-ce pas ? Elles auraient dévoré Christine. Elles avaient déjà commencé à la mordre. Or H a insisté pour que j'en sois bien persuadée : ce n'était pas de la perversion, c'était autre chose, une angoisse physique de manquer d'amour. D'ailleurs, Christine ne cherchait pas à séduire la plupart du temps, et jamais en sa présence. Cela lui tombait dessus sans prévenir. Il lui semblait qu'elle allait mourir si elle restait une minute de plus toute seule. Il fallait qu'on la touche pour qu'elle soit sûre d'être vivante. Il fallait qu'on la rallume, elle allait s'éteindre. Tandis que H m'explique, je pense à Platon, au mythe d'Aristophane qu'il décrit dans *Le Banquet*. L'acte sexuel a pour but de rétablir l'unité d'un être androgyne, doté des deux sexes féminin et masculin, que les dieux de l'Olympe auraient coupé en deux moitiés, chacune porteuse d'un genre. Après la séparation, les deux êtres dissociés n'ont plus qu'une seule idée en tête : se retrouver pour s'unir à nouveau. C'est là le mythe de la naissance de l'hétérosexualité. Quel est le mythe de la naissance du trouble de Christine ?

Sans la tentative de suicide de Christine juste après l'agression, jamais H n'aurait accepté ce poste de directeur financier à Bourg-en-Bresse…

Tout se met en place dans ma tête. Le premier écart de Christine avec André et Maud a convaincu H d'accepter le poste à Paris dans la boîte allemande. Partir, passer à autre chose, laisser la boue derrière soi.

Tout à l'heure, H s'est adressé à moi d'une manière différente de d'habitude.

– Blanche, je vous suis infiniment reconnaissant du travail que vous avez fait. Vous n'avez rien d'une loseuse, au contraire. Je ne sais pas ce que vous allez gagner avec ce livre, mais je vous dis, moi, que vous avez réussi. Vous avez trouvé la sincérité, la mienne et celle de ceux qui m'entourent.

– Vous avez lu ?

– J'ai lu, oui. Qu'en pensez-vous ? C'est peut-être bien moi le loser au final ?

Je secouai la tête. Si H était un loser, c'était un loser magnifique.

– Je ne regrette rien. C'est une si grande chance d'aimer et d'être aimé en retour, de manière inconditionnelle…

Il s'est levé de son lit. Il a encore beaucoup maigri. J'avais oublié qu'il était si grand. Il s'est approché de moi, m'a prise entre ses bras décharnés. Je me tenais tout au bord de l'émotion et je sentais qu'il s'y cramponnait aussi. Il ne m'a rien dit de plus. Mais ses bras m'ont parlé. Ses grands bras autour de moi m'ont dit merci. Merci, Blanche, maintenant je vais pouvoir partir.

Ce moment hors du temps m'a laissée les larmes aux yeux dans cette chambre qui avait dû être la leur. Qui avait dû être pleine de vie et qui était languissante aujourd'hui. Cela ressemblait tellement à un rendez-vous d'adieu.

Je n'arrive pas à m'y faire. Je suis comme un auteur qui ne veut pas lâcher son personnage. Qui approche de la fin de son livre et qui dit, non, non, encore un peu.

D'ailleurs j'avais une dernière question.

– Éric, la première fois que vous m'avez parlé de la clinique Dignity, vous m'avez raconté tout ce que vous avez fait entre chacun de vos rendez-vous avec la mort. Je sais, et vos filles sauront en me lisant, tout ce qui s'est passé dans les intervalles. Sauf en une occurrence.

– Ah bon ?

– L'avant-dernière, en fait. Entre votre quatrième et votre cinquième rendez-vous, qu'avez-vous fait ? Comment avez-vous employé votre temps ?

C'est vrai que ce passage, il ne m'en avait rien dit. Je m'en étais aperçue à la relecture que j'avais faite dans le train. Après que je l'avais vu pour la première fois, après que j'ai photographié ses lettres à ses filles, après qu'il a disparu dans le ventre de la gare de Bourg-en-Bresse, qu'avait-il fait ? Nous n'en avions jamais parlé.

Il s'est assis sur le bord du lit. J'ai cru qu'il perdait la boule car au lieu de répondre à ma question, il a prononcé cette phrase étrange :

– Après la mort de Christine, je n'ai d'abord pas eu de ses nouvelles. Je lui parlais. Elle ne me répondait pas. Le silence complet.

Son chagrin affleurait à la crête de ses paroles. C'était comme une écume sur des vagues de mots ressassant l'absence de l'aimée.

Et puis il m'a raconté l'Italie. Son récit était haché par de nombreux silences, heurté de quintes de toux, brouillé de mes larmes que je laissais aller sans pudeur. Je ne l'ai pas enregistré mais l'ai retranscrit dans la foulée, dès que je suis arrivée à mon hôtel.

J'étais H, assise au minuscule bureau d'une chambre impersonnelle :

Je n'avais plus que cette idée en tête, pouvoir parler à mes filles de leur mère et de sa maladie, cet autre cancer… je voulais leur dire pour leur grande sœur Nora… C'était tout ce qui m'importait. Je n'allais pas tarder à me rapprocher de ma fin, à pouvoir presque la toucher. Mon corps me trahissait de plus en plus.

Une phrase que Barbara Bricott n'avait pas prononcée mais que j'avais entendue quand même me hantait : j'avais annulé mes rendez-vous quatre fois, mon désir de mourir pouvait-il encore être pris au sérieux ?

En arrivant à la maison, au moment où j'ouvrais la porte d'entrée et déposais ces ébauches de lettres que vous avez lues par-dessus mon épaule, sur la console dans le vestibule, elle a enfin pris la parole. Christine. « Ce ne serait pas le moment de filer en Italie, mon chéri ? »

Mon cerveau m'a-t-il joué un tour ? Je ne crois pas, j'ai entendu distinctement sa voix dans ma tête. J'ai été m'asseoir dans le jardin, cela ne m'était pas arrivé depuis un moment d'avoir envie de profiter de l'air frais, de la caresse de la brise, du parfum des roses centifolia que Christine adorait. Les douleurs de mon corps qui depuis un moment composaient une musique dissonante et perpétuelle à laquelle j'avais fini par m'habituer se sont dissipées. J'ai respiré un grand coup. L'espace d'un instant, j'ai oublié mes problèmes, ma maladie, mes filles. Tout ce qui constituait le programme de ma fin s'est évanoui, faisant place nette. La beauté de l'existence m'a sauté aux yeux. Du moins, celle qui avait lieu dans mon jardin. La voix de Christine avait réussi cela. Elle m'avait donné un rendez-vous avec la vie.

Le soir même, je réservais un aller-retour pour Naples.

Nous adorions cette ville, Christine et moi. C'était un rituel pour nous que d'aller y passer quelques jours. L'un de nous deux soudain disait, hum je me demande si les orangers sont en fleur en Campanie ? Ou j'ai comme une envie de margherita Bufala, pas toi ? Le visage de l'autre s'éclairait, et nous organisions le voyage.

Cette ville, c'est un endroit où je me suis toujours senti reconnecté à la Terre, à notre planète, à la vie. Non comme un sujet de mon époque mais comme un des environ cent milliards d'êtres humains apparus sur la Terre depuis le début de l'humanité. J'aime ça. Cette sensation d'appartenir à une seule branche. Celle des humains. Peut-être parce que l'on peut, à Naples et dans sa région, mettre ses pas dans les pas de ceux qui nous ont précédés de vingt siècles au moins. J'ai ressenti cela en Grèce aussi.

Christine disait que Naples était la ville la plus vivante qui soit. Naples *est* la vie. Si à Naples, on se sent mort, c'est qu'on l'est, affirmait-elle…

Christine avait raison. Naples était la ville parfaite pour aller prendre mon pouls.

J'ai décollé de Paris, le lendemain de ce trajet Genève-Bourg-en-Bresse où vous m'avez remarqué. Je voulais en avoir le cœur net. Christine m'attendrait-elle là-bas ?

J'ai posé mes affaires à l'hôtel où nous aimions nous installer, Christine et moi, pendant des années. Je me suis attardé dans les ruelles du centre historique. J'ai regardé par terre, en l'air, dans tous les coins, partout où elle me disait de regarder. Car elle était là, avec moi. J'ai repéré grâce à elle mille détails que j'avais toujours vus sans les voir, une fresque au-dessus d'une porte d'entrée, un pin parasol dressé au milieu d'une maison, l'ocre d'une façade.

L'après-midi, j'ai pris un train, je suis allé me perdre sur les pavés de Pompéi. Les ruines m'ont réconforté. Je me sentais de leur famille. Elles étaient belles, je n'étais pas malheureux. Bientôt je serais comme leurs habitants, poussière pour des siècles et des siècles. Dans les ruelles deux fois millénaires, Christine me tenait le bras.

Le soir nous sommes allés à l'opéra. Je n'avais pas pleuré depuis la naissance de Lou. *La Traviata* m'a bouleversé. À l'acte III, j'ai versé les larmes que je n'avais jamais versées de toute ma vie. J'ai pleuré la perte de Christine, la mort de mes parents qui sont partis sans que je les revoie, pleuré les temps perdus, les illusions déçues, pleuré les frustrations, pleuré les regrets, les bonheurs envolés. J'ai pleuré pour le tout, pleuré pour des riens. Le soir, à l'hôtel, elle m'a réconforté. Je me suis endormi, le cœur lourd. Réveillé au milieu de la nuit, je l'ai vue, assise à mes pieds, elle me massait les jambes, comme je le faisais souvent pour elle, le dimanche, lorsque nous paressions dans le canapé du salon.

Je suis rentré en France le lendemain. En fin de compte, je n'étais venu à Naples que pour y déverser mon chagrin dans les bras de mon épouse défunte.

J'en étais reparti léger, prêt à m'envoler.

C'est pourquoi lorsque, quelques jours plus tard, vous m'avez abordé à Genêve, au pied de mon hôtel, j'ai immédiatement pensé que vous m'étiez envoyée par Christine.

2 JOURS

Minuit passé. Tout est retranscrit. Que faire ? Je suis censée aller saluer Éric demain avant de prendre mon train. J'ai essayé d'avoir une réponse claire. Est-ce qu'il voudrait changer la fin du livre ? Il m'a gentiment congédiée. Il a eu une technique très efficace pour cela. Il s'est excusé un instant et il n'est jamais revenu. Dana m'a rejointe pour me dire que monsieur Muller était fatigué et qu'il lui fallait se reposer. Il me proposait de revenir le lendemain, si cela était possible pour moi.

Nous sommes le 19.

Je suis sortie dîner. Je dois dire que si la ville a son charme, ce n'est pas Naples. Que je ne connais pas mais où je préférerais largement être en ce moment. Là-bas, via N'importe quoi plutôt que là, boulevard Voltaire.

Je n'ai fait que soupirer dans les rues grises, je n'avais pas faim, je n'avais pas sommeil. J'ai regagné ma chambre d'hôtel. J'ai écrit.

Allongée sur mon lit, je fixe à présent le plafond en gémissant. La complexité de la situation me paralyse.

J'ai pas mal d'options. Je n'oublie pas que H m'a fait bon accueil lorsque je suis arrivée avec mon manuscrit malgré son renoncement. Je n'oublie pas qu'il a été heureux que je lui désobéisse.

Parce qu'il est des situations où il est de notre devoir de désobéir.

Ne suis-je pas face à l'une d'elles ?

Cela m'empêche de dormir.

Bien sûr que cela m'empêche de dormir. Ma responsabilité est immense.

Je peux faire en sorte que H meure plus tard, entouré des siens. Je peux éviter qu'il s'en aille mourir seul, dans cette clinique suisse et dans deux jours.

D'un autre côté, je risque aussi de dramatiser inutilement l'histoire. Si je me fais mal recevoir par les filles, si, par ma faute, la situation entre H et ses enfants empire, je ne me le pardonnerai jamais.

Que c'est difficile…

Qui ne tente rien n'a rien.

Oui, mais on ne parle pas d'une situation quelconque, n'est-ce pas ? Qui suis-je pour prendre ce risque ?

À deux heures du matin, ça y est, je sais. J'appelle H, qui me répond. Il ne dort pas, lui non plus. Je lui demande si son chauffeur est disponible pour me ramener à Paris. Je lui dis que j'ai une urgence, qu'il me faut y être aux aurores. Il ne me pose aucune question, ce que je prends pour un assentiment, et me rappelle peu après. Il me demande l'adresse de mon hôtel. Aurèle m'y attendra à trois heures du matin. Un arrêt exceptionnel après Le Terminus.

Je ne passerai donc pas chez H demain matin et dois me préparer à l'idée de ne pas le revoir.

À trois heures pile, Aurèle m'attend en bas. Je suis si concentrée sur ma tâche, si effrayée aussi pour être honnête, que je ne remarque pas l'inquiétude sur son visage lorsqu'il découvre le mien.

PENSÉE

«

Jeanne, Lou, mes enfants chéries, je vous demande pardon.

»

DERNIÈRE PARTIE

LE DÉNOUEMENT

9

L'Attente

C'est Jeanne que je veux contacter la première. Me Gellan-Vartier jouera le rôle de médiateur. Elle me donnera auprès d'elle la crédibilité dont j'ai besoin pour être écoutée.

Je n'ai qu'un seul objectif. Ébranler ses certitudes. Je l'appelle. Tôt le matin. Avant qu'elle ne parte travailler. Je lui dis qui je suis, que la notaire de son père m'a communiqué son numéro. Que j'ai quelque chose à lui donner à lire, quelque chose que je ne suis pas censée lui donner avant trois jours. Elle peut refuser bien sûr, mais j'ai de bonnes raisons de croire que lorsqu'elle saura de quoi il retourne, elle appellera plutôt son associé pour lui demander de faire sans elle pendant quelques jours.

Elle finit par accepter de me rencontrer. Je lui dis que je suis là, en bas de chez elle, sur le banc de la Petite Ceinture. Elle se penche vers la terrasse, m'aperçoit. J'agite le manuscrit que j'ai dans la main. Elle me donne rendez-vous devant la brasserie qui fait l'angle en bas de chez elle.

Je lui propose de lui raconter le début pour qu'elle sache tout de suite de quoi il s'agit. Elle est d'accord, accepte un café. Je lui résume donc en quelques mots ma rencontre avec son père, deux mois auparavant. Je lui annonce tout de suite que ce que je lui ai dit dans l'entrée de mon immeuble est vrai : il est gravement malade. C'est une question d'heures. Je lui dis aussi combien il est malheureux d'être éloigné d'elle et de Lou, de même qu'il ne leur en veut pas et même qu'il les comprend. J'avance qu'elles n'avaient pas toutes les données, que ce n'est pas leur faute, mais celle de leurs parents – j'insiste bien sur le pluriel – qui se sont accordés pour ne pas leur donner à voir la vérité, risquant par là qu'elles en inventent une, la nature ayant horreur du vide.

Elle m'écoute, sans rien dire. Quand j'ai fini mon exposé, je lui parle de Dignity, des rendez-vous manqués, du prochain, prévu pour le vingt et un juin, dans moins de quarante-huit heures maintenant.

Elle est impassible, le visage impénétrable. Que va-t-elle décider ? Je me force à rester calme. Je ne veux pas avoir l'air d'une illuminée, la situation est déjà assez étrange comme cela.

Elle a vu le deuxième manuscrit dans mon sac, me questionne à son sujet : à qui est-il destiné ? Je lui réponds qu'il est pour sa sœur. Elle me demande de le lui laisser, elle se chargera elle-même de le lui donner. J'ai un instant d'hésitation mais décide de laisser faire. Il est légitime qu'elle veuille protéger sa cadette de ce qui pourrait se trouver dans le texte.

Je rentre chez moi. Je ne suis partie que depuis la veille mais c'est à peine si je reconnais l'appartement. Rien de ce qui le compose ne me paraît avoir de sens. Je reste un temps infini à la fenêtre, à observer par-dessus les toits, les nuages bas s'effilocher à la flèche de la Sainte-Chapelle.

À dix-huit heures, je m'effondre dans mon lit. Je dors treize heures.

***

C'est la faim qui me réveille. Évidemment il n'y a rien dans mon frigo. Je prends une douche, sens mes côtes en passant le savon et les os de mes hanches qui n'ont jamais été aussi saillants. Depuis quand n'ai-je pas fait un repas normal ?

Au Perroquet, je commande un petit déjeuner de compétition. Mais n'en profite pas tellement, l'angoisse est plus forte que la faim.

À midi, pas de nouvelles. À quatorze heures, pas de nouvelles. Jeanne a forcément fini de lire. J'essaie de joindre H mais son portable ne me donne accès qu'à la messagerie. Je n'ai pas le numéro de son fixe, pas le numéro de son chauffeur. Je lui envoie un mail. Il reste sans réponse. Je n'ose pas appeler Jeanne.

Dix-huit heures. Allongée sur mon canapé, le téléphone branché sur secteur en permanence, je compte mes respirations pour tuer le temps. Dix-neuf heures trente. Je somnole, la sonnerie retentit. Je bondis. Le numéro de Jeanne s'affiche sur l'écran de mon téléphone. Mon cœur recommence à battre pour la première fois depuis plus de vingt-quatre heures.

– Je vous appelle… parce que mon père voudrait vous voir. Je suis avec lui, chez lui. Demain, c'est un peu court, mais pourriez-vous venir jeudi ?

Jeudi ? Jeudi ? Jeudi sera le vingt-deux juin.

– Jeudi ?

– Mon père a reporté son rendez-vous à la clinique. Il vous attend jeudi. À l'heure qu'il vous plaira.

Je raccroche, bouleversée. Et tente de retrouver mon souffle. C'est comme si ma vie pouvait reprendre son cours. Ce n'est pas un simple livre que je viens de terminer, c'est une mission délicate et je m'en suis tirée ! Cet ouvrage a permis la réconciliation. H va avoir ses heures supplémentaires. Ses filles sont autour de lui, connaissent la vérité et ils peuvent échanger, se dire tout ce qu'ils n'ont pu se dire jusqu'à présent. H va mourir, bien sûr, et c'est injuste, une mort prématurée, il n'est pas si vieux. Mais il ne va pas s'en aller, déchiré par ses tourments. Le vingt et un juin, jour de sa sixième mort, il le passera chez lui, en famille.

PENSÉE

«

Entre mes sept morts, la vie a jailli. J'ai même retrouvé Christine. J'aurais pu la rejoindre avant… Naples était une évidence. J'étais trop concentré sur mes filles pour pouvoir y penser. Je suis heureux d'avoir fait ce parcours. Si j'avais choisi de ne pas agir, de laisser la maladie faire son travail, sans tenter de fléchir le cours des choses, je serais peut-être mort un peu plus tard, mais j'aurais moins vécu.

»

J +1

Quand je pénètre dans sa chambre, ce jeudi vingt-deux juin, je le trouve affaibli par rapport à la dernière de nos entrevues, seulement quatre jours plus tôt – mais il est aussi plus vivant que je ne l'ai jamais vu. Il sourit. Il a même l'air heureux.

***

Je ne serai pas présente à la clinique fin août pour la dernière mort d'Éric Muller. Je ne saurai pas comment cela s'est passé. Je ne pourrai le raconter. Cela n'appartiendra qu'à la famille. Ce que je sais, et qui me met tellement de baume au cœur, c'est qu'il n'y sera pas seul. Jeanne, Lou, Nora seront là. Elles auront eu l'été pour se connaître.

***

Quand j'ai commencé ce livre, je n'avais pas de mort. Aujourd'hui j'ai Éric. Je ne suis pas de sa famille, je n'ai pas fait partie de sa vie. J'ai fait partie de sa mort. Et aujourd'hui, il est mon mort. Mon ami. J'en aurai d'autres. J'aurai ma famille des vivants et ma famille des morts. Ces derniers, je continuerai à les côtoyer, à en être proche, à les remercier pour ce qu'ils m'ont apporté. À les chérir, pas seulement leur souvenir, mais eux, les morts qu'ils sont.

10

Le dernier rendez-vous

De la pluie. Du soleil. Les herbes du cimetière, la pelouse, tout est éclaboussé. Il y a eu cette nuit un gros orage. J'ai pensé que cela allait être une journée difficile. L'eau du ciel n'aide pas à réconforter les vivants d'avoir perdu un des leurs. La Terre, elle, s'en accommode. Un de perdu, deux de retrouvés, c'est l'équation qui fait tourner le monde, un décès, deux naissances.

Je me tiens un peu en retrait. Ce sont elles qui m'ont proposé d'être là.

Jeanne tient Lou par la main. Yves Marie est juste derrière elle. Il a la main posée sur l'épaule de sa femme. Jean-Pierre Doucet et Clémence, Nina, Dana, Me Ollivier, Sabine Abkarian, l'infirmière, ont fait le déplacement. Nora se tient, toute droite, entourée de deux personnes qui doivent être ses parents. Il y a quelques silhouettes que je ne connais pas. Peu. Jeanne et Lou ont voulu que la cérémonie au cimetière soit intime. Tous ont pris la parole à tour de rôle.

Les regards sont pleins d'eau. Le mien aussi mais j'éprouve du réconfort à me dire que H est parti comme il le souhaitait, en s'épargnant le pire, en retrouvant ses enfants adorées.

En cette journée de la fin du mois d'août, dans ce petit cimetière de Nice, où l'histoire des Muller a commencé, j'ai devant mes yeux la famille réunie, une victoire d'Éric sur la fatalité, sur le mensonge, sur le secret.

Je réussis à enfermer ma peine à double tour pendant la cérémonie. Et puis, quand le cercueil descend en terre, Jeanne vient me voir et m'entoure de ses bras. Ce n'est pas malin de sa part, car mon corps ne peut plus retenir son chagrin qui en profite pour s'échapper. Le moment se prolonge avant qu'elle ne reparte vers ses sœurs. Je reste seule avec toute cette tristesse à mes pieds.

Une main vient se poser sur ma nuque. Je relève la tête, la main appartient à Aurèle. J'ouvre de grands yeux et remarque, cette fois-ci, sa belle figure, ses yeux sombres et caressants, le doux dessin de sa bouche.

– Eh bien, enfin ! me dit une voix que je reconnais tout de suite, il était temps que vous leviez un peu les yeux de votre ordinateur !

Je dois avoir un regard surpris et croise celui de Jeanne qui me sourit, complice. On dirait bien qu'elle a entendu la voix de son père, elle aussi.

CHRIS

est couchée. Depuis qu'Éric l'a ramenée, ensanglantée, à demi inconsciente à la maison, il y a trois jours, elle ne s'est pas levée. Il n'y a rien à regretter. Tout est sa faute.

Elle entend son pas. Il doit être en bas dans la cuisine.

Il reste auprès d'elle tout ce temps. Il n'est pas allé travailler, ne s'absentant que pour faire quelques courses. Il a fait venir le médecin. À lui, ils lui ont dit qu'elle avait été agressée. Il était catastrophé. Il leur a dit de porter plainte. Ils ont dit oui bien sûr et bien sûr ils ne l'ont pas fait.

Elle entend son pas maintenant dans l'escalier. Ça la submerge. C'est comme une vague chaude qui monte en elle et la bouleverse. Tout cet amour la brûle et son corps est si froid. Elle ferme l'œil, celui qui n'est pas blessé, et tourne la tête vers le mur. Elle ne veut pas qu'il la voie pleurer.

Lui s'assoit au bord du lit. Avec d'infinies précautions, il décolle le pansement qu'elle a à l'œil droit. Il applique un coton imbibé de désinfectant. Il la soigne avec douceur, tressaille à la moindre de ses douleurs.

Depuis qu'il l'a trouvée dans ce sous-sol, il agit en automate. Éloigner les filles, raconter une histoire plausible – il a inventé cet accident de voiture –, appeler le médecin, la pharmacie, les soins, annuler la femme de ménage, faire les courses, préparer à manger, la laver au gant de toilette car elle ne peut presque pas bouger tant elle a été brisée, la veiller… Rendre cet appartement de location qu'il avait pris à Paris.

Il s'arrête un instant. Parce qu'il voit une larme couler de l'œil gauche de sa femme. Sans qu'il y soit pour quelque chose, les yeux lui piquent aussi. À cet instant précis, la conscience lui revient. Il revient à lui. Il revient au monde. Il revient à elle.

Il réalise qu'il a failli la perdre. Il l'aime tellement !

Il sait qu'il va continuer à se battre. Se battre avec elle, pour elle, pour eux. Demain il regardera les annonces immobilières à Bourg-en-Bresse. Il y a un poste à pourvoir là-bas. Ils vont repartir à zéro. Il se penche à son oreille, ne t'inquiète pas, mon amour. Ne t'inquiète pas. Tout ira bien. Je ne te quitte plus, je te promets.

Remerciements, Blanche

Voilà bientôt un an, Éric, que tu es mort.

Oui, je te tutoie depuis. Je prends cette liberté. À vrai dire, grâce à toi, je prends beaucoup de libertés.

C'est Jeanne qui m'a contactée la première après l'enterrement. Nous avons bu un verre en ne parlant que de Christine et de toi. Puis nous avons bu un autre verre en nous parlant de nous et pour finir nous avons bu un dernier verre en refaisant le monde. Légèrement ivres, nous sommes devenues amies. Quand je lui ai parlé de notre contrat, elle a eu un drôle de regard. Mais oui, c'est vrai, m'a-t-elle dit, papa t'avait proposé de publier son histoire. J'avais oublié. Il faut que tu le fasses ! Tu es sûre ? lui ai-je répondu, sceptique, cette histoire est aussi la tienne, celle de Lou, de Nora. Elle raconte ta mère… Jeanne a versé la fin de la bouteille dans nos deux verres : Blanche, je suis fière de ma mère, fière de mon père. On va poser la question à mes sœurs, mais je suis certaine qu'elles pensent comme moi. Il faut que tu le publies. De plus, c'est ton livre. Ton enquête. Mes parents ont été plus grands qu'eux-mêmes. Ce sont des exemples. C'est bien que les gens sachent qu'ils ont existé. Oh oui, il faut que ce livre vive une vie.

Alors, merci, Jeanne, merci, Lou et Nora. Merci d'avoir su lire et d'avoir su comprendre. Et, bien sûr, merci à toutes les personnes qui m'ont aidée à aider Éric Muller. Jean-Pierre et Clémence Doucet, Sabine Abkarian, Me Ollivier, Francine Gellan-Vartier, Nina Pratt, Jörg et Hans Jager.

Merci, Aurèle, pour ton soutien aussi discret que fervent.

Enfin, merci à toi, Éric Muller. Merci d'avoir pensé que les mots avaient du pouvoir. Et merci d'avoir pensé que j'étais digne de ce pouvoir.

Remerciements

Isabelle Saporta, Jean-François Dauven, Iris Neron-Bancel, Jean-Marie Laclavetine, Patrick Besson, Florent et Azucena Pagny, Céline Christolomme, Nayla Chidiac, Jean Brousse, Christiane Poulain, ce livre n'aurait pas été le même sans l'appui des personnes précieuses que vous êtes et qui m'avez accompagnée à différents moments du temps d'écriture. Un merci reconnaissant, joyeux et chaleureux !

Merci à Louise Cand pour la couverture et à toutes les équipes des éditions Fayard et notamment à Marie Clerc, Laurent Bertail, Pauline Duval, Florian Madisclaire et tant d'autres.

Et enfin merci à Charly Cordenod et François Belay pour m'avoir si gentiment ouvert les portes de Bourg-en-Bresse.

Bibliographie

Le temps d'écriture de ce roman a été traversé par de nombreuses lectures ou visionnages qui m'ont touchée et ont sans nul doute contribué à faire avancer ma réflexion.

*

G. GNOLI et J.-P. VERNANT (dir.), *La Mort, les morts dans les sociétés anciennes*, Éditions de la Maison des Sciences de l'Homme, Cambridge University Press, 1990.

Marie-Françoise LAMBERT, *La Mort au quotidien dans le monde romain* ; actes du colloque organisé par l'Université de Paris IV, éd. François Hinard et Marie-Françoise Lambert, Paris, 1993.

Émile ZOLA, *Comment on meurt*, 1001 nuits, 1997.

Antoine AUDOUARD, *Une maison au bord du monde*, Gallimard, 2004.

Marie DE HENNEZEL, *La Mort intime*, Pocket, 2006 ; *Mourir les yeux ouverts*, Pocket, 2007.

Marie DEROUBAIX, *Six mois à vivre*, Le Cherche midi, 2012.

Emmanuèle BERNHEIM, *Tout s'est bien passé*, Gallimard, 2013.

Vinciane DESPRET, *Au bonheur des morts : récits de ceux qui restent*, La Découverte, 2015.

Pascale POUZADOUX, film *La Dernière Leçon*, d'après le livre éponyme de Noëlle Chatelet, France 2 Cinéma, 2015.

Anne BERT, *Le Tout Dernier Été*, Fayard, 2017.

Monseigneur Franck William SCHNAFFER, *Les Mystères de la mort et de la vie dans l'au-delà*, Éditions Bussière, 2017.

Mourir lorsque l'on est pauvre : « où s'arrête la dignité ? », collectif Huguette Boissonnat, Étienne Pelsy, Jean-Marc Stébé, Pauline Bascou, Jeanne-Marie Billotte, Chantal Sibue de Caigny, Éditions Quart Monde, coll. Dossiers et Documents, n° 28, 2018.

Christophe OTZENBERGER et Stéphane MERCURIO, documentaire *Petits Arrangements avec la vie*, La Générale de production, 2018.

Juliette CAZES, *Funèbre ! Tour du monde des mythes qui viennent d'un autre monde*, Éditions du Trésor, 2020.

Cet ouvrage a été imprimé en France par
CPI Firmin-Didot
16 rue Firmin Didot
27650 Mesnil-sur-l'Estrée (France)

pour le compte des Éditions Fayard
13 rue du Montparnasse, 75006 Paris
en février 2024

Photocomposition Belle Page

PAPIER CERTIFIÉ

fayard s'engage pour
l'environnement en réduisant
l'empreinte carbone de ses livres.
Celle de cet exemplaire est de :
1,200 kg éq. CO_2
Rendez-vous sur
www.fayard-durable.fr

N° d'édition : 53.4270.8/01 - N° d'impression : 177571